Le secret de Harper

Fiancée à un play-boy

CHARLENE SANDS

Le secret de Harper

Traduction française de
ROSA BACHIR

PASSIONS

HARLEQUIN

Collection : PASSIONS

Titre original :
CRAVING A REAL TEXAN

HARPERCOLLINS FRANCE
83-85, boulevard Vincent-Auriol, 75646 PARIS CEDEX 13
Service Lectrices — Tél. : 01 45 82 47 47 - www.harlequin.fr
ISBN 978-2-2804-6754-4 — ISSN 1950-2761

Composé et édité par HarperCollins France.
Imprimé en mars 2022 par CPI Black Print (Barcelone)
en utilisant 100% d'électricité renouvelable.
Dépôt légal : avril 2022.

FSC www.fsc.org MIXTE Papier issu de sources responsables FSC® C159065

Pour limiter l'empreinte environnementale de ses livres, HarperCollins France s'engage à n'utiliser que du papier fabriqué à partir de bois provenant de forêts gérées durablement et de manière responsable.

- 1 -

— Je suis arrivée, Lily, murmura Harper Dawn dans son téléphone portable. Personne ne m'a repérée.

Du moins, elle l'espérait. Elle avait vidé une boîte de coloration châtain sur ses cheveux, passant d'un blond miel à un brun brillant en quelques minutes. Elle avait ensuite coupé sa très longue crinière à hauteur d'épaule, et la transformation l'avait surprise elle-même. Avec un peu de chance, son relooking suffirait à tromper les paparazzis.

— Comment as-tu fait ? demanda Lily.

Son amie semblait soulagée. Tout comme elle. En ce moment, Harper était sans doute la star de télé-réalité la plus détestée de la planète. Son crime ? Avoir repoussé l'homme apparemment idéal devant des millions de téléspectateurs qui avaient suivi leur histoire sur une chaîne nationale.

— Comment as-tu fait pour sortir de ton immeuble sans qu'on te voie ?

— Ça n'a pas été sans mal. Mon voisin Tony m'a escortée. Et j'ai changé d'apparence. Même toi, tu ne me reconnaîtrais pas.

Elle vit la voiture de Lily passer dans la rue.

— En fait, tu viens de passer devant moi.

— Quoi ? Je ne t'ai pas vue… Oh ! mon Dieu ! Je te vois sur les marches de la bibliothèque. Attends, je fais demi-tour.

Harper rit pour la première fois depuis trois jours. Si elle pouvait tromper sa meilleure amie, alors le plan que cette dernière avait imaginé avait une chance de fonctionner.

Lily arrêta la voiture le long du trottoir. Harper monta prestement à bord.

— Bluffant ! s'exclama son amie. Tu es méconnaissable. Comment vas-tu ?

— Mieux, maintenant que je suis avec toi.

Lily écrasa la pédale de l'accélérateur.

— Je suis contente que tu aies pu t'enfuir. Rends-moi service, ne regarde pas ton fil Twitter avant un moment.

— C'est si grave que ça ?

Lily hocha la tête.

— Pire, et je me sens responsable. C'est moi qui t'ai suggéré de faire cette émission. Mais, honnêtement, Harper, je n'aurais jamais cru que tout pouvait dégénérer si vite.

— Ce n'est pas ta faute. Tu ne m'as pas forcé la main, dit-elle avec un petit sourire. J'aurais dû être plus prudente.

— Tu recherchais l'amour. Tout le monde devrait avoir une chance de connaître le bonheur, Harper. Tu y as droit aussi.

— Je commence à penser que je ne le trouverai jamais. Voyons les choses en face : j'ai trente ans et je n'ai connu que des relations bancales. Soit je ne sais pas cerner les gens, soit je suis inapte à être aimée.

— Sottises, protesta Lily. Tu n'as pas rencontré la bonne personne, voilà tout. Quand tu la rencontreras, ce sera comme créer le parfait soufflé. Tu seras toute moelleuse à l'intérieur.

Harper rit pour la seconde fois en moins d'une heure.

— Tu utilises des métaphores culinaires pour me convaincre.

— Ça fonctionne ?

— Non, mais persévère, ça finira par marcher.

— D'accord. Eh bien, nous y voilà. C'est ici que je te laisse.

Lily s'était engagée sur le parking d'un restaurant. Elle se gara à côté d'une berline blanche dont elle lui donna les clés.

— À qui est cette voiture ? demanda Harper.

— Je l'ai louée. À mon nom, alors personne ne pourra te retrouver. Du moins je l'espère. Oh ! j'allais oublier !

Elle prit un grand sac de voyage sur la banquette arrière.

— C'est pour toi, dit-elle. Il y a des vêtements et des produits de toilette, ainsi qu'un ordinateur.

— Lily, c'est tellement… gentil. Tu as pensé à tout. Je te promets que je te rembourserai tout.

— Ne t'en fais pas pour ça. C'est bientôt ton anniversaire. Considère cela comme un cadeau.

— Mon anniversaire ? Ce n'est que dans deux mois !

— Eh bien, j'ai supposé que tu ne pourrais pas t'éclipser discrètement si tu avais des bagages.

Décidément, Lily était la meilleure amie qu'elle ait jamais eue.

— Tu as fait tout le chemin depuis Juliet County pour venir à ma rescousse.

Il y avait une heure de trajet entre le domaine des Tremaine et Barrel Falls, la petite ville où vivait Harper. Elle s'y était installée quelques mois auparavant lorsqu'elle avait été choisie pour participer à *Un dernier rendez-vous*. Elle avait mis sa vie professionnelle en suspens afin de trouver l'amour. À présent, Lily lui donnait une occasion d'échapper aux journalistes de Los Angeles qui étaient venus la traquer jusqu'ici.

— Inutile de me remercier. Contente-toi d'aller au chalet et de te détendre. Tu verras, le coin est très joli.

Tu pourras travailler sur ton livre de recettes sans être dérangée. J'ai entré l'adresse dans le GPS de ta voiture. Tu as deux bonnes heures de trajet, alors sois prudente sur la route.

— Entendu, dit Harper, prenant une inspiration pour se calmer. Il ne m'était jamais rien arrivé de ce genre. J'ai l'impression d'avoir commis un crime !

— Harper, tu as suivi ton cœur. Tu n'aimais pas Dale Murphy et tu as bien fait de rompre. Je te garantis que dans une semaine ou deux, ce fiasco sera oublié. Ensuite tu pourras rentrer chez toi et retrouver une vie normale.

— C'est…

Harper se mordilla la lèvre tandis que les larmes lui montaient aux yeux.

— Tu es une très bonne amie, Lily.

Lily était la seule fille de la famille Tremaine, l'un des clans les plus riches de Juliet County, voire de tout le Texas. Lily et elle avaient été camarades de chambre à l'université de Stanford, et elles s'étaient fait le serment de rester amies pour la vie. Elles avaient suivi des chemins professionnels différents : Lily avait étudié la décoration d'intérieur tandis que Harper était entrée dans une école de cuisine.

— Tu ferais la même chose pour moi, Harper. Je le sais.

Harper sortit de la voiture de Lily et monta dans le véhicule de location. Après avoir fait un signe de la main à son amie, elle démarra et prit la direction d'un chalet retiré au fin fond du Texas.

Prenez des vacances, Cade. Vous travaillez beaucoup trop.

Le Dr Adams avait rendu son verdict après un examen

qui avait confirmé une hypertension – ce qui était inquiétant pour un homme dans la trentaine. Cade souffrait d'insomnies presque toutes les nuits. Il se consacrait entièrement à l'entreprise familiale, Tremaine Corp., et son corps ne pourrait plus endurer la pression très longtemps. En tout cas, c'était ce qu'affirmait son médecin.

Cade s'assit sur son lit et passa la main sur son front. À l'université, il avait joué au base-ball à un haut niveau tout en obtenant des diplômes en gestion et en communication. Il avait toujours été en bonne santé. Mais c'était avant qu'il ne perde Bree, l'amour de sa vie et la femme la plus merveilleuse du monde. Une maladie cruelle la lui avait arrachée dix-huit mois plus tôt.

À présent, il tremblait à l'idée de se retrouver seul avec ses pensées, de ne pas travailler, de ne pas s'épuiser pour s'occuper l'esprit et tenir son chagrin à distance. Diriger le ranch Tremaine, gérer l'entreprise pétrolière et les actifs immobiliers de sa famille était maintenant toute sa vie. Mais le médecin lui avait fortement recommandé de prendre des congés. S'il ne suivait pas ce conseil, il lui faudrait prendre tout un tas de médicaments.

Pour une fois, Cade regrettait de ne pas être davantage comme son frère Gage. Chanteur de country et personnage extraverti, Gage semblait serein en toutes circonstances. À l'inverse, Cade gardait tout en lui. Aîné de Gage et de leur sœur Lily, c'était lui qui avait repris les rênes de la compagnie familiale lorsque leur père, Brand, était décédé huit ans plus tôt. Depuis, il faisait tout son possible pour que les affaires continuent à prospérer.

Sa mère entra dans la chambre ouverte. Le port altier, Rose Tremaine était d'une grande élégance et attirait l'attention dès qu'elle entrait dans une pièce. Elle traitait tout le monde de la même manière, depuis leur employée de maison jusqu'au maire de Juliet County. Ses enfants avaient suivi son exemple.

— Cade, je vois que tes bagages sont faits.

— Oui, maman. Tout est prêt.

— Je suis contente que tu ailles au chalet. Ça te fera du bien.

— Tu crois ? Je n'en suis pas si sûr.

— Tu as besoin d'un changement de rythme. Et le travail peut attendre. Albert te remplacera pendant ton absence et tu sais comme moi qu'il est très compétent.

— Mais il y a cette fusion potentielle sur laquelle j'ai travaillé d'arrache-pied.

— Cade, as-tu oublié qui a aidé ton père à fonder cette entreprise ? Je suis là, et Albert sait qu'il peut s'adresser à moi en cas de besoin. Ces vacances sont une bonne chose. Tu n'as toujours pas accepté le décès de Bree.

— Comment peux-tu me dire ça alors que j'y pense en permanence ?

— C'est bien là le problème. Ce sera l'occasion de se débarrasser d'une partie de ce chagrin que tu retiens en toi. Tu files un mauvais coton, ces derniers temps. Tu manges mal, tu dors peu. Tu es en train de tuer au travail, Cade. Ce n'est pas raisonnable.

— On croirait entendre mon médecin, grommela-t-il.

Il ferma les yeux. Il détestait l'idée d'être seul au chalet avec ses démons.

Sa mère l'embrassa sur la joue.

— Je suis ta mère, et les mères savent ce qui est le mieux pour leurs enfants. Je te promets que ce séjour sera bénéfique. J'ai prévenu de ton arrivée, et tout est prêt.

— Merci, maman.

Rose était une femme organisée, on ne pouvait pas le nier.

Il songea à ce qu'elle lui avait dit à propos de Bree.

Retenir son chagrin lui permettait de garder sa fiancée dans son cœur. S'il essayait d'aller de l'avant, il aurait l'impression de la trahir, en quelque sorte.

Il n'était peut-être pas prêt à tourner la page.

Voilà deux jours que Harper était au chalet et elle se sentait déjà beaucoup mieux. Elle avait peine à croire qu'une semaine plus tôt, elle était traquée par les médias qui la présentaient comme la candidate de télé-réalité la plus détestée du moment. Elle n'avait pas suivi le conseil de Lily comme elle aurait dû le faire. Sa curiosité l'ayant emporté, elle s'était aventurée dans la twittosphère, et ce voyage l'avait beaucoup secouée. Néanmoins, elle avait quelques supporters sur le réseau social. Des braves âmes qui prenaient sa défense, des personnes rationnelles qui n'étaient pas sensibles au charme de Dale Murphy et qui trouvaient que Harper et lui n'étaient pas faits l'un pour l'autre.

À présent, Harper était de bien meilleure humeur. Elle avait allumé la radio et fredonnait le dernier tube de Gage Tremaine. Elle n'en revenait toujours pas que le célèbre chanteur de country soit le frère de Lily. Elle n'avait encore jamais rencontré aucun des frères de son amie, cependant Lily lui avait souvent parlé d'eux quand elles étaient camarades de chambre. Et aujourd'hui, Harper était ici, dans le chalet des Tremaine. C'était une luxueuse demeure de quatre chambres, située non loin d'un lac, dans une petite bourgade de montagne. Harper était en train de préparer un poulet rôti aux herbes dans la cuisine dernier cri. Les arômes alléchants de la sauge, du romarin et de l'ail emplissaient l'air et la mettaient en joie.

Cet endroit était splendide. Paisible. Et sans paparazzis.

Elle sortit le poulet du four et le recouvrit d'aluminium. Il ne lui restait plus qu'à préparer une salade au chou kale. Le réfrigérateur avait été rempli de produits de base avant son arrivée, mais il n'y avait pas de légumes ni de fruits frais. Aujourd'hui, elle irait faire des courses pour la première fois. Elle espérait que le scandale de sa rupture avec Dale était déjà oublié.

Harper enfila un sweat-shirt à capuche et mit une casquette de base-ball sur sa tête. Bien que les températures de printemps soient douces, les collines pouvaient être fraîches à cette heure avancée de l'après-midi. Après avoir chaussé une paire de lunettes de soleil, elle s'aventura dehors. Le supermarché de Bright Landing était situé à deux kilomètres. Elle décida de s'y rendre à pied pour profiter de l'air pur.

Après vingt minutes, elle parvint à destination et entra dans le supermarché désuet mais bien fourni. Elle empoigna un panier et parcourut les allées, choisissant les ingrédients dont elle avait besoin pour sa salade : chou kale, brocolis, chou vert, choux de Bruxelles et radis.

Alors qu'elle tournait à l'angle d'un rayon, elle heurta un autre client. Un homme de haute stature, aux cheveux châtain foncé et aux pectoraux durs comme du granit.

— Oh ! désolée. Je ne vous avais pas vu, balbutia-t-elle.

— Moi non plus, je ne vous avais pas vue.

L'inconnu avait une voix grave et un accent texan.

— Est-ce que ça va ? demanda-t-il.

— Oui, merci.

Elle plongea le regard dans le sien. Dans ses beaux yeux noirs, elle crut déceler une douleur bien cachée. Et elle en fut émue. Que s'était-il passé dans la vie de cet homme pour qu'il ait un tel regard ?

Elle se rendit compte qu'elle le dévisageait, tout comme

il la dévisageait. Il sourit, et son regard triste disparut aussitôt. Le contraste était frappant. Et son sourire était dévastateur.

Du coin de l'œil, elle remarqua un tabloïd au comptoir de la caisse. Une photo d'elle en blonde était étalée en première page. Elle lut le titre qui l'accompagnait.

Où est passée Harper, la briseuse de cœurs ? Le chef Dale Murphy aimerait le savoir.

Mince ! Le scandale n'était donc pas retombé. Et, s'il était arrivé jusque dans une petite ville comme celle-ci, cela voulait dire qu'il était encore puissant. Elle n'était en sécurité nulle part, songea-t-elle, le cœur battant. Heureusement, son relooking la protégeait. Aucun des clients du magasin ne semblait l'avoir reconnue.

Dieu merci.

— Excusez-moi, dit-elle avant de se précipiter vers la caisse.

Elle garda la tête baissée et paya ses courses. Une fois dehors, elle poussa un soupir de soulagement.

Mais cette petite victoire ne l'empêcha pas de trembler de la tête aux pieds. À nouveau, elle se sentait totalement exposée et vulnérable. Ce que les journaux disaient d'elle était faux. Elle n'était ni capricieuse ni cruelle. Elle n'avait pas joué avec le cœur de Dale et n'avait voulu blesser personne. Tout ce qu'elle voulait, c'était trouver l'amour vrai. Le monde entier semblait penser que, parce que Dale était chef cuisinier comme elle, il était parfait pour elle. Pendant un temps, elle l'avait cru, elle aussi. Mais les seules flammes qui avaient jailli entre eux étaient celles des fourneaux. Son seul véritable crime était d'avoir découvert trop tard qu'elle admirait le cuisinier, mais qu'elle n'appréciait pas l'homme.

Elle retourna rapidement au chalet et rangea ses emplettes. Les mains encore tremblantes, elle enfila son tablier rose à pois blancs et commença à préparer sa salade. Cuisiner avait toujours été pour elle un moyen de se détendre. Elle détacha les feuilles du chou kale et les plaça dans un saladier, coupa les brocolis frais puis trancha des lamelles de chou. Un peu plus calme à présent, elle se mit à fredonner un air. Ici, elle était à l'abri, songea-t-elle. Grâce à Lily.

Son téléphone portable sonna, la faisant sursauter.

Elle jeta un coup d'œil à l'écran. C'était un appel de Lily.

— Lily, bonjour !

— Bonjour, Harper. Comment vas-tu ?

— J'ai connu mieux. J'ai pris mes marques et j'adore cet endroit. Mais je viens de voir une photo de moi en première page d'un tabloïd, alors j'imagine que le scandale continue.

— Je suis navrée, Harper. Laisse le temps faire son œuvre. Ça finira par s'arranger.

— J'espère que tu as raison. Mais parlons de choses positives. Tu ne m'avais pas dit que ce chalet était une demeure de rêve ! En plus, le coin est magnifique. Merci mille fois de m'avoir permis de séjourner ici. C'est très généreux de ta part et de celle de ta famille.

— Justement, à propos de ça… J'ai un tout petit service à te demander.

— Tout ce que tu veux. Tu sais que je ferais n'importe quoi pour toi.

— Oui. Mais tu changeras peut-être d'avis quand tu entendras la suite.

— Je t'écoute, Lil.

— Mon grand frère, Cade, est en route pour le chalet. Je suis désolée, ma mère et moi ne nous sommes pas concertées. D'habitude, il peut se passer un an sans que personne n'y séjourne. Mais Cade a une bonne raison de venir. Depuis le décès de sa fiancée, il travaille trop. Il ne s'est jamais accordé de temps pour se remettre de son deuil, et maintenant il fait de l'hypertension. De plus, il se nourrit mal. Son médecin lui a recommandé de lever le pied et de prendre soin de lui. Cade ne voulait pas s'octroyer de vacances, mais ma mère a réussi à le convaincre.

— Oh ! ma pauvre Lily. Je suis navrée pour ton frère.

Elle se mordilla la lèvre, devinant la suite.

— Je ferais mieux de partir, conclut-elle.

— Ne sois pas bête ! Tu n'as nulle part d'autre où aller. Et le chalet est bien assez grand pour deux.

— Mais…

— Si nous avouons la vérité à Cade, il insistera pour te laisser le chalet. Cela lui donnerait une bonne excuse pour retourner au travail. Or, il a besoin de se relaxer.

— Où veux-tu en venir ?

— Eh bien, j'ai discuté avec ma mère. Elle tient absolument à ce qu'il prenne ces vacances. Alors j'ai eu une idée. Nous pourrions prétendre que c'est ma mère qui t'a engagée, afin que tu sois la cuisinière personnelle de Cade.

— Quoi ?

— Tu es cheffe, Harper. Et il se nourrit mal. Ma mère aurait très bien pu avoir cette idée.

— Tu veux que je prétende avoir été embauchée par ta mère ?

— Oui, mais il faudrait que tu utilises un autre nom. Même si tu ne l'as jamais rencontré, Cade m'a déjà entendue parler de mon amie Harper. Il ne risque pas de te reconnaître car il ne regarde presque jamais la télévision, à part les émissions sportives. Ce ne serait que pour une semaine ou deux.

— Mais…

Harper entendit une voiture s'arrêter dans l'allée. Oh ! non ! Elle avait très peu de temps pour se décider.

— Il est ici, chuchota-t-elle.

— Que vas-tu faire ? murmura Lily.

Que pouvait-elle faire ? Lily était une amie chère. Elle avait fait de son mieux pour l'aider, et la santé de son frère était en jeu. Harper n'avait pas vraiment le choix.

— C'est d'accord, répondit-elle. Je lui dirai que Rose m'a engagée en tant que cuisinière.

— Formidable ! Je suis soulagée. Merci, Harper. Je te rappelle bientôt et…

— Il faut que je te laisse. Je l'entends qui approche.

— D'accord, bonne chance !

Harper raccrocha au moment où le frère de Lily insérait sa clé dans la serrure. Elle se figea, retenant son souffle. L'ironie de la situation la frappa comme un coup de massue. Elle était obligée de se cacher après avoir participé à un programme de télé-réalité et voilà que maintenant elle était entraînée dans un autre scénario insensé. Bonté divine, qu'était-il arrivé à la jeune femme tranquille qui adorait rester chez elle le soir pour tester des recettes ? La jeune femme qui était heureuse d'être la cheffe d'un petit restaurant de Barrel Falls ?

Elle fixa la porte d'entrée et la vit s'ouvrir. Un grand sac de voyage en toile atterrit d'abord dans le vestibule. Puis un homme apparut.

Son cœur s'emballa lorsqu'il franchit le seuil en faisant rouler une valise noire derrière lui.

— Vous ! fit-elle d'une voix presque inaudible.

C'était l'inconnu du supermarché.

Il sursauta et secoua la tête comme s'il avait la berlue. Lui avait-elle fait peur ?

— Vous êtes la fille du supermarché !

Elle hocha la tête et s'essuya les mains sur son tablier.

— En effet.

— Qu'est-ce que vous faites ici ?

Il se tenait à bonne distance, une politesse appréciable. Après un instant, il remarqua son tablier et huma l'air. L'odeur du poulet au romarin flottait jusqu'à eux.

— Quelque chose sent diablement bon.

— Merci, dit-elle en souriant. Je m'appelle Dawn.

Comme Harper Dawn. Elle n'avait pas eu beaucoup de temps pour réfléchir, et son nom de famille pouvait faire office de prénom.

— Et je suis votre cuisinière personnelle.

Cade dévisagea la femme qu'il avait heurtée une demi-heure plus tôt. Elle l'étudiait avec méfiance, comme si elle craignait qu'il la morde.

— C'est drôle, je ne me souviens pas avoir engagé une cuisinière, souligna-t-il.

— Vous, non. C'est votre mère, Rose, qui m'a engagée.

Poussant un soupir, Cade se frotta la nuque. Les paroles de cette femme semblaient plausibles. Sa mère était une femme d'action, et elle n'aimait pas qu'on lui dise non. Si elle lui avait posé la question, il lui aurait répondu qu'il n'avait pas besoin d'une cuisinière. Mais pour être franc, au fond de lui, l'idée d'avoir quelqu'un d'autre ici le rassurait. Car cela signifiait qu'il ne serait pas totalement seul avec ses souvenirs. Avec son chagrin. Avec son cœur en miettes.

— Ça ne m'étonne pas d'elle, dit-il. Elle sait que je suis incapable de faire cuire un œuf.

— Vous n'exagérez pas ?

— Je sais faire un œuf dur. Point.

— Eh bien, c'est un début.

Où étaient passées ses bonnes manières ?

— Je suis Cade, dit-il, tendant la main. Enchanté, Dawn.

Elle hésita une seconde avant de serrer sa main. Puis elle sourit, dévoilant des fossettes délicates. Bree aussi avait des fossettes, mais la ressemblance s'arrêtait là. Bree était une rousse flamboyante aux splendides yeux verts et au teint de porcelaine. Cette femme avait un regard azur, une peau hâlée et une chevelure d'un brun chaud.

Il ne devrait pas comparer les deux femmes. Mais c'était plus fort que lui. En fait, il comparait les femmes à Bree en permanence. Et elles n'étaient jamais à la hauteur. Il se montrait injuste, il en était conscient.

— Vous vivez près d'ici ? demanda-t-il.

— Non, à Barren Falls, à environ cent vingt kilomètres d'ici.

— Ce n'est pas très loin de Juliet County. Nous sommes presque voisins. Alors, vous séjournerez ici, vous aussi ?

— Oui, mais je promets de ne pas vous déranger. Je… travaille sur un livre de cuisine. Je vais tester des recettes et enregistrer mes résultats dans mon ordinateur pendant l'essentiel de mon temps.

— Un livre de cuisine ?

— C'est un de mes rêves. Mais je ne veux pas vous empêcher de vous installer. J'ai pris l'une des chambres du rez-de-chaussée, si vous n'y voyez pas d'inconvénient. À moins que vous ne la vouliez ?

— Non, je serai très bien à l'étage.

Chacune des quatre chambres était luxueuse et dotée d'une salle de bains. Cade n'était jamais venu avec Bree à Bright Landing, alors au moins il n'avait aucun souvenir avec elle ici.

— J'ai un poulet rôti dans le four et je suis en train de terminer une salade, si vous avez faim.

— Si le goût est à la hauteur des arômes, ce devrait être délicieux. Je vais m'installer et je reviens dans quelques minutes.

— D'accord, dit-elle d'un ton un peu timide. À tout de suite.

Il monta l'escalier et s'installa dans la chambre bleue, sa préférée. Elle offrait une vue imprenable sur le lac et sur les collines verdoyantes. Il posa sa valise et alla se rafraîchir dans la salle de bains.

Dix minutes plus tard, Cade s'était changé. Il coiffa ses cheveux sombres en arrière, notant que sa masse épaisse avait besoin d'une coupe. Puisqu'il avait de la compagnie, il devrait prendre davantage soin de son apparence, songea-t-il. Sur le plan vestimentaire, il ne pourrait pas faire de miracles. Car il n'avait apporté que des jeans, des T-shirts et quelques pulls. Il n'avait pas prévu de rester très longtemps. Dix jours, tout au plus. Dix jours à ne rien faire…

— Bon sang, marmonna-t-il, observant son reflet dans le miroir. Ça risque d'être long.

Il ouvrit sa valise et saisit une photo de Bree et de lui, prise quand ils étaient au comble du bonheur, juste avant un concert de Gage. Ce soir-là, Cade avait mesuré à quel point il aimait sa fiancée.

— J'ai du mal à aller de l'avant, n'est-ce pas, Bree ?

Il sourit tristement, remit la photo dans sa valise puis retourna au rez-de-chaussée.

— Vous êtes du genre à manger dans la cuisine ? s'enquit Dawn quand il la rejoignit. Ou vous préférez la salle à manger ?

La cuisine était spacieuse et la table en chêne clair pouvait accueillir dix personnes. La salle à manger était utilisée uniquement pour les occasions spéciales.

— Je préfère la cuisine. À moins que je ne vous dérange ?

— Pas du tout.

Elle mit une assiette sur le plan de travail et y disposa un morceau de poulet rôti et des pommes de terre grenaille aux herbes. Elle ajouta un peu d'huile d'olive vierge puis plaça l'assiette sur la table.

— Que voulez-vous boire ? demanda-t-elle.

— Voyons ce que nous avons.

Il ouvrit le réfrigérateur et en inspecta le contenu. Après quelques secondes, il se décida pour une bouteille d'eau.

— L'eau m'ira très bien pour l'instant, dit-il, s'asseyant à table.

Il aurait peut-être besoin de quelque chose de plus fort tout à l'heure.

— Bon appétit, lança-t-elle.

— Merci.

Elle retira son tablier, le plia et le rangea dans un tiroir.

— J'espère que ça vous plaira, ajouta-t-elle.

Il considéra son assiette.

— Comment pourrait-il en être autrement ? Je sais déjà que ça va me plaire.

— J'aimerais que les critiques culinaires soient aussi gentils.

— S'ils l'étaient, ils ne seraient pas critiques culinaires.

Elle s'esclaffa, le son joyeux de son rire résonnant dans la pièce.

— Vous avez raison, répliqua-t-elle. Je... je serai dans ma chambre. Si vous avez besoin de quoi que ce soit, dites-le-moi.

— Quoi ? Vous ne mangez pas avec moi ?

— Non, je... Eh bien, non.

Elle se mordilla la lèvre, attirant le regard de Cade sur cette partie de son visage. Elle avait une jolie bouche en forme de cœur.

— En général je ne mange pas avec… mes clients.

Il était un *client* ? Le terme le surprenait un peu.

— Vous avez d'autres choses à faire ? demanda-t-il.

— Quand je ne cuisine pas, je pense cuisine. Je travaille sur mes recettes ou je fais des recherches.

— Ah, je comprends. Mais, pour votre information, ça ne m'ennuie pas que nous prenions nos repas ensemble. Vous pouvez vous joindre moi quand vous voulez.

— Merci. Je m'en souviendrai.

Elle s'éclipsa, le laissant seul. Il prit une bouchée de son plat. Le poulet était réellement délicieux et offrait un mariage de saveurs unique. Dawn était douée, pour sûr. Il devait le reconnaître, sa mère avait engagé une grande cuisinière.

Il goûta ensuite la garniture. Elle était tout aussi succulente, mais il n'avait pas beaucoup d'appétit. Il avait perdu du poids ces dix-huit derniers mois. Parfois, il avait peine à croire qu'il s'était écoulé autant de temps depuis le décès de Bree. Ils avaient eu le projet de se marier et de fonder une famille, mais le destin en avait décidé autrement.

Il se leva et alla mettre son assiette dans le lave-vaisselle. Il n'attendait pas de Dawn qu'elle fasse le travail d'une employée de maison. Il pouvait tout à fait lui donner un coup de main. D'ailleurs, qu'avait-il d'autre à faire ? Du bois à couper ?

L'idée le fit sourire. Mais, lorsqu'il se rendit dans le vaste salon, il remarqua que l'emplacement réservé aux bûches était presque vide. À la réflexion, fendre du bois pourrait lui faire le plus grand bien. Cela lui permettrait d'évacuer la tension qui montait en lui chaque fois qu'il se retrouvait seul.Il enfila ses chaussures de randonnée et se rendit à l'arrière du chalet. Dans l'abri de jardin, il trouva une hache, des lunettes de protection et un casque. Le vieux billot était toujours au même endroit.

— Voyons si je me souviens comment faire, dit-il, posant une épaisse bûche sur le billot et levant la hache.

Quelques secondes plus tard, il sourit, satisfait. Les muscles contractés, il donna un second coup de hache et acheva de fendre le morceau de bois. Il n'avait pas perdu la main, constata-t-il. Cinq bûches fendues plus tard, il retira son T-shirt noir et essuya la sueur sur son front. Tandis qu'il relevait son outil à nouveau, il entendit une voix féminine s'exclamer :

— Oh ! mince.

Il se retourna, la hache à la main, et fit face à Dawn. Elle portait un short en jean, une chemise de flanelle bleue et une paire de bottines de randonnée. On aurait dit une version moderne de Daisy Duke. Adolescent, il regardait des rediffusions de *Shérif, fais-moi peur* rien que pour apercevoir Daisy en short.

— Désolée de vous déranger.

Elle déglutit et regarda son torse nu.

La lueur appréciatrice dans ses yeux ne lui échappa pas. Certes, il était en deuil, mais il n'était pas totalement mort à l'intérieur. L'espace d'une seconde, un courant électrique passa entre eux.

— Vous allez quelque part ? questionna-t-il.

Elle s'éclaircit la voix.

— Je vais faire une petite randonnée. J'ignorais que vous étiez ici.

— J'avais besoin de m'occuper, alors je suis venu fendre du bois.

— Je pourrais vous trouver quelque chose à faire, glissa-t-elle.

Il haussa les sourcils. Elle n'avait pas sans doute pas

d'arrière-pensées, mais sa phrase sonnait comme une proposition. Tout à coup, il imagina toutes sortes de choses qu'ils pourraient faire ensemble. Il n'avait pas couché avec une femme depuis Bree. Pour la première fois, il pensait au sexe. Avec un sosie de Daisy Duke. Il baissa la tête pour qu'elle ne puisse pas lire dans ses pensées.

— Je ne voulais pas sous-entendre que…, commença-t-elle. Il y a beaucoup de choses faire ici, si vous aimez le grand air.

Elle s'était bien rattrapée.

— Comme une randonnée ?

— Oui, j'aimerais voir la végétation de plus près. Je voulais juste vous prévenir que je serai partie une heure. Le dîner sera servi à 19 heures.

— Il n'y a pas de restes de midi ?

— Si. Vous seriez d'accord pour les manger demain ?

— Bien sûr. C'était délicieux.

— Merci. J'essaye une nouvelle recette ce soir. Des pâtes, ça vous dit ?

— Qui n'aime pas les pâtes ?

Elle esquissa un doux sourire, admira ses pectoraux une fois de plus puis pivota sur ses talons, lui offrant une belle vue sur ses longues jambes hâlées et son postérieur parfait.

Il ne devrait pas remarquer ce genre de détails. Mais il n'était qu'un homme.

- 2 -

Harper effectuait la même randonnée chaque jour depuis son arrivée. Les sentiers étaient relativement isolés, et elle y croisait peu de monde. C'était une journée idéale pour s'éclaircir les idées sans s'inquiéter d'être repérée. Son déguisement semblait fonctionner.

Dieu merci, Cade ne l'avait pas reconnue lors de leur première rencontre. Heureusement pour elle, il regardait peu la télévision.

Lorsqu'elle l'avait vu couper du bois torse nu tout à l'heure, elle avait eu l'impression d'être face à un bûcheron et non à un magnat des affaires. Ses muscles qui ondoyaient lorsqu'il soulevait sa hache, ses cheveux bruns et raides qui lui tombaient sur le front, sa barbe naissante… tout cela avait réveillé son désir. Ce qui, en ces circonstances, la perturbait. Elle n'était pas censée éprouver une attirance physique pour Cade. Elle était supposée se remettre d'un scandale qui avait bouleversé son existence, et non se pâmer devant le très séduisant frère de Lily.

Le soleil de mai tapait fort. Tandis qu'elle gravissait une colline, Harper remarqua un champ de fleurs sauvages qui dansaient dans la brise. On aurait dit un coin de paradis couleur pastel. Elle cueillit les plus jolies fleurs pour en faire un bouquet.

Sur le chemin du retour, elle remarqua des oignons sauvages le long du chemin. Leur parfum âpre lui chatouilla les narines, aussi décida-t-elle de s'arrêter pour en ramasser quelques-uns.

Après cela, elle se remit à marcher, ne s'arrêtant que lorsqu'elle eut atteint un passage pour piétons. Elle attendit que les voitures passent sur la route à deux voies, baissant la tête par prudence. Lorsque la voie fut libre, elle traversa la route en courant puis reprit son chemin.

Elle trouva Cade assis sous la galerie du chalet. Il portait un T-shirt – Dieu merci – et tenait un livre qui ne semblait guère le passionner.

Tandis qu'elle montait les marches du perron, il leva les yeux vers elle.

— Qu'est-ce que vous nous avez apporté ? demanda-t-il en se levant.

Elle lui montra ses trouvailles.

— Des oignons sauvages. Je les cuisinerai ce soir.

— Bonne idée. Comment était votre balade ?

— Très agréable. C'est un parcours facile, si vous voulez le suivre un jour.

— Je le ferai peut-être.

— Et comment s'est passé le fendage de bûches ?

— J'ai reconstitué le tas de bois.

— J'aimerais essayer un jour.

— Pardon ? Vous voulez fendre du bois ? s'étonna-t-il.

— Oui, pourquoi pas ? Ça n'a pas l'air très compliqué.

Il sourit.

— C'était une pique ?

— Non. Êtes-vous un macho ?

— Êtes-vous une de ces femmes qui se vexent facilement ? Si oui, je ferais mieux de tenir ma langue, avança-t-il, une lueur taquine dans le regard.

— Pas du tout. J'aime être au grand air et j'adore relever de nouveaux défis.

— Je comprends.

— Vous savez, je ne m'attends pas à ce que vous vous leviez chaque fois que j'entre dans une pièce. Toutefois, je tiens à le dire, je trouve cette galanterie très plaisante.

— Les manières du Sud, Dawn. Rien de plus. Je les ai apprises durant mon enfance.

— Cela me va, tant que vous…

Trop tard, il lui ouvrait déjà la porte.

—… n'ouvrez pas la porte pour moi.

— Désolé. Vous savez ce qu'on dit sur les vieilles habitudes.

Elle s'esclaffa.

— Qu'est-ce qui vous fait rire ?

— Je songeais que le dernier homme que j'ai fréquenté ne connaissait même pas les bonnes manières.

Sauf quand les caméras étaient allumées.

— Je suppose qu'il n'était pas texan.

— Non, il était de la côte Est, et j'ai rompu.

Pourquoi avait-elle éprouvé le besoin d'apporter cette précision, elle l'ignorait. Peut-être parce qu'elle se sentait nerveuse chaque fois que Cade était près d'elle.

— Je crois que vous avez bien fait.

— Vous êtes bien le seul à le trouver, marmonna-t-elle.

— Je vous demande pardon ?

— Oh ! rien. Oubliez ça.

Elle ne voulait pas gâcher sa journée en pensant à Dale. Il faisait désormais partie de son passé. Elle ne regrettait absolument pas d'avoir refusé sa demande en mariage. Au moins, elle pouvait se féliciter d'avoir résisté à la pression, et d'avoir su écouter son cœur et son esprit.

Elle entra dans la cuisine et se lava soigneusement les mains. Cade la rejoignit après avoir pris une bouteille de vin rouge dans l'armoire à vin.

— Je me suis dit que le vin irait bien avec les pâtes, expliqua-t-il.

Il sortit des verres d'un placard et ouvrit la bouteille.

— Je vous sers un verre ? lança-t-il.

Elle n'était pas une grande buveuse, néanmoins le vin se marierait bien avec son plat, en effet.

— Volontiers, mais plus tard, pendant le repas.

— Ça ne vous ennuie pas si je commence maintenant ?

— Non, bien sûr. Vous êtes chez vous.

Tandis qu'il remplissait un verre, elle rassembla les ingrédients nécessaires à sa recette.

— Vous aimez les champignons ? questionna-t-elle.

— Oui. Ils sont sauvages aussi ?

— Non, je n'en ai pas vu pendant mes randonnées.

— Que nous mijotez-vous ?

— Un plat un peu différent : pâtes croustillantes accompagnées d'une sauce aux champignons et aux herbes. Je travaille sur cette recette depuis quelque temps. J'espère qu'elle est assez raffinée pour mon livre de cuisine.

Cade recula une chaise et s'assit.

— Vous avez déjà trouvé un éditeur ?

— Pas encore. À notre époque, si on n'est pas connu dans le métier, on doit avoir un thème ou un angle différent pour obtenir un retour. La moitié de mes recettes sont un peu originales, comme ces pâtes croustillantes. Et je mets l'accent sur l'aspect diététique. J'espère que cela jouera en ma faveur.

— Je n'en doute pas, Dawn.

Elle ne s'appelait pas Dawn. Cade venait de lui rappeler qu'elle lui mentait délibérément.

Néanmoins, elle le faisait pour son bien. Selon Lily, il avait besoin de se reposer et de se détendre. Pour l'instant, l'objectif semblait atteint. Cade sirotait son vin, en l'observant de près.

Cela la rendait nerveuse.

Car elle éprouvait de l'attirance pour lui. Elle avait beau se dire qu'elle ne devrait pas céder à cette attraction, elle n'avait pas vraiment de contrôle sur ce qu'elle ressentait.

— Ça vous ennuie si je vous regarde faire ? s'enquit-il.

Oui, cela l'ennuyait. Elle devait se concentrer sur son plat et prendre des notes pour son livre, or elle n'y arriverait pas si Cade Tremaine était près d'elle.

— Non, pas du tout, affirma-t-elle.

Elle déglutit. Elle s'en voulait de mentir avec une telle facilité.

— Merci, dit-il.

Sans attendre, elle mit de l'eau à chauffer dans une casserole puis elle s'employa à couper les champignons en petits morceaux. Lorsque l'eau arriva à ébullition, Harper versa les spaghettis dans la casserole. Ensuite, elle alluma son ordinateur et tapa quelques notes. Elle risqua un regard vers Cade. Il buvait son cabernet en silence, sans la quitter des yeux.

Les nerfs à vif, elle referma le clapet de son ordinateur.

— Qu'est-ce que vous lisiez tout à l'heure ? demanda-t-elle pour briser le silence.

— Un thriller. Comme je ne suis pas un grand lecteur, j'ai choisi un best-seller. *La Forteresse noire*, vous connaissez ?

— Non, je n'aime pas les thrillers. Donc, vous ne lisez pas beaucoup ?

— En général, je n'ai pas le temps. On dit que la lecture aide à se détendre. Malheureusement, j'ai du mal à me relaxer. Et je n'arrive pas à rentrer dans ce roman.

— C'est pour ça que vous avez décidé de fendre du bois ?

Il sourit.

— Je compte faire un feu ce soir.

— Ah ? Il ne fait pas très froid. Cela dit, regarder les flammes d'un feu est un bon moyen de se relaxer, fit-elle valoir.

— Quand j'étais enfant, nous séjournions ici en hiver. Je restais près du feu, à boire du chocolat chaud et à jouer à des jeux de société avec ma famille. Mon père était encore de ce monde.

— Il aimait jouer ?

— Oui. Il était très compétiteur et adorait gagner.

— Beaucoup de gens aiment gagner.

— C'est votre cas ?

— Oui. Je suis assez douée pour les cartes. Poker, gin, Uno, jeu des sept familles.

— Jeu des sept familles ?

— Que voulez-vous ? J'ai gardé mon âme d'enfant.

Il gloussa puis but une gorgée de vin.

Harper égoutta les spaghettis puis les versa dans un grand saladier.

— Il faut qu'ils refroidissent un peu, dit-elle.

Elle versa quelques cuillerées d'huile d'olive dans une poêle en fonte qu'elle mit à chauffer.

— Ça ne vous dérange pas que j'essaye cette recette sur vous, j'espère ? C'est sans doute très différent de ce que vous connaissez.

Il réfléchit un instant avant de répondre.

— Puisque ma mère vous a engagée, vous êtes sûrement très douée. Ne vous inquiétez pas, vous pouvez faire vos expériences sur moi. Je suis votre cobaye, en quelque sorte.

Elle se retourna vers lui.

— Tout de même, si vous avez des plats préférés ou des envies…

Une lueur passa dans le regard de Cade.

— Je ne manquerai pas de vous prévenir si j'ai la moindre envie, répondit-il d'un ton neutre.

Mais elle crut distinguer l'esquisse d'un sourire. Ou était-ce le fruit de son imagination ?

— Je suis ouverte aux suggestions. Aux suggestions *culinaires*, précisa-t-elle.

— Ah. Compris, fit-il d'un ton désinvolte

On aurait dit qu'il la taquinait. Mais ce n'était pas possible. D'après Lily, Cade avait été anéanti par le décès de sa fiancée et il s'était refermé sur lui-même. Donc, il était peu plausible qu'il tente de flirter avec elle.

Et c'était tant mieux.

Elle versa les pâtes dans la poêle et les fit revenir jusqu'à ce qu'elles soient légèrement brunies et croustillantes. Ensuite, elle ajouta la sauce tomate, les oignons et les champignons ainsi que du basilic frais et des morceaux de ricotta.

— Prêt ? demanda-t-elle en retirant la poêle du feu.

— Ça a l'air délicieux. Vous vous joignez à moi, n'est-ce pas ?

— Seulement si ça ne vous dérange pas.

— La cuisine est meilleure quand on la partage. J'ai lu ça quelque part.

Elle laissa échapper un petit rire.

— Je crois que vous m'avez volé ma réplique, Cade.

Elle posa la poêle fumante sur la table puis apporta deux assiettes et des couverts.

— Oh ! fit-elle. J'ai failli oublier.

Elle alla chercher le bouquet qu'elle avait mis dans un vase et le plaça au centre de la table. Après un rapide coup d'œil pour s'assurer que rien ne manquait, elle s'assit enfin.

Le soleil de mai descendait vers l'horizon, projetant une

douce lumière dorée dans la pièce. Harper avait toujours aimé ce moment de la journée.

— Mon estomac gronde déjà, dit Cade. Soit j'ai vraiment faim, soit votre plat est diablement appétissant.

— L'un n'empêche pas l'autre. Je vous sers ? demanda-t-elle.

— Volontiers.

Il lui tendit son assiette sur laquelle elle déposa une généreuse portion.

— Je ne sais pas si j'ai aussi faim que ça, déclara-t-il.

— J'ai foi en vous.

— Ah bon ?

— Oui, vous m'avez l'air capable d'avaler tout ça, dit-elle en souriant.

Après avoir posé sa serviette sur ses genoux, elle prit une première bouchée. Aussitôt, elle fit la critique de son œuvre.

— J'aurais dû assaisonner un peu plus. Je le préciserai dans mes notes.

Cade goûta le plat à son tour puis commenta :

— Pour moi, c'est très bien comme ça.

— C'est correct, mais pas parfait.

— Vous êtes perfectionniste ?

— Quand il s'agit de cuisine, oui.

— Donc, vous êtes comme les artistes. Vous êtes votre pire juge.

— Je suppose. Je n'avais jamais vu les choses sous cet angle. Tout le monde est perfectionniste dans un domaine ou dans un autre, vous ne croyez pas ? Dans quel domaine recherchez-vous la perfection, Cade ? Dans votre travail ?

— Pas vraiment. Mes affaires comptent beaucoup, mais je n'ai pas besoin de perfection. Je veux juste vendre de bons produits, que ce soit du bétail ou du pétrole. Tant que le nom des Tremaine représente l'honnêteté et l'intégrité, cela me suffit.

Il réfléchit un instant avant d'ajouter :

— Je crois que j'avais trouvé la perfection chez ma fiancée. Elle était tout ce dont j'avais besoin. Tout ce que je désirais.

— Je suis navrée que vous l'ayez perdue.

Il lui décocha un regard acéré.

— Comment savez-vous qu'elle est décédée ?

Mince ! Il lui fallait trouver rapidement une explication.

— Oh ! euh… votre mère m'en a parlé. Pendant l'entretien. Elle m'a dit que vous vous nourrissiez mal. Quand je lui ai demandé pourquoi, elle m'a parlé de votre fiancée.

Quel gros mensonge ! Mais elle avait commis un impair, et il fallait bien qu'elle le rattrape. Elle espérait que Rose Tremaine lui pardonnerait.

— Ma mère vous a raconté que je mangeais mal à cause de Bree ? Que vous a-t-elle dit d'autre ?

— Rien de plus. Du moins, elle a parlé de votre… votre…

Elle ferma les yeux un instant. Bon sang, elle était en train de s'enfoncer !

— De quoi ?

Son regard la transperçait comme celui d'un prédateur.

— Votre hypertension, finit-elle par lâcher.

Elle le vit serrer la mâchoire.

— Incroyable ! s'exclama-t-il. J'ai trente-trois ans et ma mère me prend encore pour un gamin ! Je suis venu au chalet pour qu'elle me laisse tranquille. Si j'étais resté chez moi, elle m'aurait surveillé comme le lait sur le feu.

Elle haussa les épaules.

— C'est ce que font les mères, j'imagine. Par amour.

— Oui, je sais.

Il l'observa de ses yeux sombres, comme pour la jauger.

— Je suis vraiment navrée, dit-elle, sincère.

Le regard de Cade s'adoucit.

— Vous savez quoi ? Vous êtes une victime innocente dans cette histoire. Je ne devrais pas vous en vouloir parce que les choses n'ont pas fonctionné pour moi comme elles l'auraient dû.

Non, elle n'était pas innocente. Elle n'arrêtait pas de mentir, et cela ne lui ressemblait pas. Mais il était trop tard pour reculer à présent.

— Ne vous en faites pas pour ça. Revenons-en au bois que vous avez coupé. Vous comptez toujours faire un feu ce soir ?

— Je… oui. Je ferai un feu.

Il semblait surpris qu'elle ait changé de sujet aussi vite.

— Bien. Pendant ce temps, je rangerai la cuisine, déclara-t-elle. Vous avez fini ? Je vous ressers ?

— Non, merci. C'était délicieux, mais j'ai assez mangé.

— Pas de place pour une tasse de café ?

— Si, un café me tente bien.

— D'accord. Occupez-vous de la cheminée. Le café sera prêt dans quelques minutes.

— Voulez-vous que je vous aide à ranger d'abord ?

— Non, ça ira.

Lorsqu'il quitta la pièce, Harper poussa un grand soupir. Elle avait bien failli être démasquée tout à l'heure.

— Il faut que tu sois plus prudente, Harper, marmonna-t-elle. Sinon, tu risques de lui gâcher ses vacances.

Le mieux qu'elle puisse faire était de rester loin de Cade et de le laisser gérer ses problèmes seul.

Le vaste salon était la pièce la plus rustique du chalet, avec son parquet de bois et sa belle cheminée qui montait jusqu'au plafond en pente barré de poutres. Trois grands canapés étaient disposés en U autour de la cheminée. Cade finissait d'allumer le feu.

— Vous êtes doué, nota-t-elle.

— J'ai été scout, dit-il, utilisant un tisonnier pour déplacer les bûches tandis que de douces flammes commençaient à jaillir.

Il se leva, épousseta son jean puis se tourna vers elle.

— Voilà votre café, dit-elle en lui tendant une tasse. Vous prenez de la crème ou du sucre ?

— Non, je le préfère noir. Asseyez-vous.

— Oh ! Je ne voulais pas m'imposer. J'ai encore du travail qui m'attend.

— Vous ne vous imposez pas. Asseyez-vous et profitez du feu. Au moins pendant que vous buvez votre café.

Elle avait le sentiment qu'il n'aimait pas la solitude. Ou peut-être se montrait-il courtois, simplement. Mais son instinct lui soufflait que Cade se sentait seul et qu'il avait réellement envie qu'elle lui tienne compagnie.

— D'accord, je reste.

Elle s'assit face à la cheminée, et il prit place à côté d'elle sur un autre canapé.

— C'est une belle pièce, commenta-t-elle. Grande et néanmoins chaleureuse.

Il sirota son café avant de répondre :

— Nous avons vécu de bons moments dans ce salon.

— Ce doit être formidable d'avoir une grande famille. Je suis fille unique.

— Ah ? D'où êtes-vous ?

— Mes parents sont originaires de Floride. J'ai grandi là-bas, à Clearwater.

Le soleil s'était couché à présent. Dans la cheminée, le feu crépitait et faisait des étincelles.

— Ma petite sœur Lily s'asseyait toujours à côté du foyer, elle était fascinée par les flammes. Nous lui répétions de reculer un peu parce qu'elle était trop près. Un jour, une étincelle a volé sur son pull, qui a pris feu. Lily n'a pas été brûlée, heureusement, mais elle a beaucoup pleuré.

— Mon Dieu ! C'est terrible !

— Oui, c'était effrayant. Lily a toujours eu un esprit aventureux.

Harper ne pouvait pas rester là et faire comme si elle ne connaissait pas Lily. Elle n'était pas assez bonne comédienne pour cela. De plus, elle se sentait coupable de tromper Cade. Elle avala son café en trois gorgées et se leva.

— Eh bien, j'ai fini, on dirait.

— Déjà ? s'étonna-t-il, se levant à son tour. J'ai à peine commencé ma tasse.

— Il faut vraiment que je travaille sur mon livre. Il reste du café dans la cuisine si vous voulez vous resservir.

— Une tasse me suffira.

— Dans ce cas, je vais éteindre la cafetière. Bonne nuit, Cade.

— Bonne nuit, dit-il, l'observant de son regard si troublant. Faites de beaux rêves.

— J'essayerai.

Elle s'empressa de quitter la pièce pour ne pas éveiller les soupçons de Cade.

Lily avait affirmé que la situation serait simple, mais être la cuisinière personnelle de Cade Tremaine se révélait plus compliqué que prévu.

Harper avait enfilé son pyjama et entrait des notes sur son ordinateur quand son téléphone sonna. Elle vit le visage de Lily apparaître sur l'écran et s'empressa de décrocher.

— Allô ? murmura-t-elle.

— Bonsoir, Harper. Pourquoi est-ce que tu chuchotes ? demanda Lily en parlant tout bas également. Tu es avec Cade ?

— Je suis dans ma chambre et il est dans le salon. Il a fait un feu dans la cheminée.

— Bien, dit Lily, reprenant une voix normale. Il ne pourra pas t'entendre.

— Je sais, mais je préfère être prudente. Toute cette histoire me perturbe, Lil. J'ai proféré plus de mensonges en une journée que durant toute ma vie.

— Comment ça ?

— Eh bien, pour commencer, je fais semblant de ne pas te connaître. Ce qui est difficile puisqu'il me parle de toi. Il a évoqué vos vacances au chalet quand vous étiez enfants. Il m'a même raconté la fois où ton pull a pris feu.

— C'est vrai ? Je n'oublierai jamais cette frayeur ! Je n'osais plus approcher de la cheminée après ça.

— Ce que je veux dire, c'est que j'ai menti en disant que ta mère m'avait engagée, et qu'ensuite, un mensonge en a entraîné un autre. Je m'en veux de cacher des choses à Cade.

— C'est pour son bien. Est-ce qu'il a l'air détendu ? Il mange mieux ?

— Oui, il mange ce que je lui prépare. Cela dit, je ne suis pas sûre qu'il se détende. Il a coupé du bois aujourd'hui. Au fait, tu ne m'avais pas dit qu'il…

Elle se mordilla la lèvre. Elle ne pouvait pas avouer à Lily qu'elle trouvait son frère très séduisant.

— Qu'il quoi ?

— Euh… qu'il aimait avoir de la compagnie. Chaque fois que je trouve une excuse pour m'échapper, il paraît déçu. C'est comme s'il avait besoin de moi pour le divertir.

— Je comprends. Je crois qu'il a peur d'être seul avec ses pensées. C'est pour ça qu'il travaille si dur. Et c'est aussi pour cette raison qu'il est important que tu restes. Pour toi, et pour lui.

— Comment ça, pour moi ? Quelles sont les nouvelles ?

Cela faisait près d'une semaine que l'épisode fatal *d'Un dernier rendez-vous* avait été diffusé. L'épisode dans lequel elle rejetait la demande en mariage de Dale.

— Tu veux vraiment savoir ?

Non. Si.

— Dis-moi ce qui se passe. Je peux encaisser le choc.

— Eh bien, les tabloïds disent que tu es terrée quelque part, et ils préconisent aux fans d'ouvrir l'œil. Je crois qu'ils appellent ça « la traque de Harper » sur les réseaux sociaux.

Harper soupira. Les gens n'avaient-ils rien de mieux à faire que de se lancer dans une traque malsaine ?

— Donc, ils n'en ont pas encore terminé avec moi.

— Non, hélas. Mais ils finiront par te laisser tranquille. J'en suis persuadée.

— Je veux juste retrouver ma vie d'avant, Lily.

— Tu la retrouveras, Harper. Il faudra juste un peu plus de temps. Au moins, au chalet, tu es tranquille.

— Je n'en suis pas si sûre. Je mens constamment à ton frère. Il m'a prise de court ce matin, et j'ai dit que mon prénom était Dawn. C'est la première chose qui me soit venue à l'esprit.

— Dawn ? Au moins, ce n'est pas un mensonge total.

— Oui, j'ai pensé que ce serait plus facile. Mais, encore une fois, je déteste mentir.

— C'est pour la bonne cause, et pour ton propre bien. Vois ça comme un mal nécessaire.

— J'essayerai. Au fait, j'ai quelque chose à t'avouer.

Elle marqua un temps puis se lança.

— J'ai commis deux erreurs avec Cade : j'ai évoqué ses problèmes d'hypertension et la mort de Bree. Maintenant, il est furieux contre ta mère. J'ai prétendu que le sujet était venu sur le tapis pendant mon entretien avec elle. Pourrais-tu la prévenir et lui dire que je suis vraiment désolée ?

— Promis. Maman ne se formalisera pas, rassure-toi. Elle est heureuse que tu séjournes au chalet et que tu cuisines pour Cade. Ne te torture pas avec ça. Il ne sera pas fâché longtemps.

— J'espère que non.

— Fais simplement ton travail et tâche de rester loin de Cade. Ça ne devrait pas être difficile puisque le chalet est grand. Merci pour tout ce que tu fais… Dawn, railla-t-elle.

— Chipie !

— Bonne nuit. Fais de beaux rêves.

Harper raccrocha et reporta son attention sur son ordinateur.

Elle avait inventé une nouvelle recette pour le petit déjeuner qu'elle souhaitait tester. Elle ne savait pas si Cade mangeait au petit déjeuner ni s'il était un lève-tôt. Elle serait bientôt fixée.

Harper dormait étonnamment bien, compte tenu des circonstances. Peut-être était-ce à cause de la fatigue mentale. En tout cas, ces trois dernières nuits, elle n'avait eu aucun mal à trouver le sommeil et n'avait subi aucun réveil nocturne. Sans doute parce que ici elle se sentait en sécurité. Et libre.

Elle ouvrit les yeux et s'étira. Il lui fallait toujours quelques secondes pour retrouver ses repères et se souvenir qu'elle était dans le chalet des Tremaine.

Elle consulta le réveil sur la table de chevet.

— Oh ! non !

Elle se redressa brusquement. Il était déjà 8 heures !

— Oh ! non, non, non !

L'odeur du café chaud ajouta à sa panique. Cade était déjà debout et il avait manifestement préparé son café lui-même.

Elle se précipita dans la salle de bains, passa de l'eau sur son visage, enfila un peignoir puis courut vers la cuisine.

— Je suis désolée, vraiment désolée, bredouilla-t-elle en entrant dans la pièce. J'ai eu une panne d'oreiller.

Debout près du plan de travail, Cade buvait tranquillement son café. Sa barbe était plus sombre aujourd'hui et ses cheveux étaient décoiffés, pourtant il n'avait pas l'air de sortir du lit. Il était très… sexy. Bon sang, elle devait cesser de fantasmer sur le frère de Lily ! se tança-t-elle.

— Vous n'avez pas à être désolée, Dawn. J'aime me lever tôt.

Il promena son regard sur elle.

— Vous aviez tout le temps de vous préparer, ajouta-t-il.

Elle rougit en songeant à son apparence. Lui était à son avantage dans un T-shirt blanc qui moulait ses biceps, tandis qu'elle portait un vieux peignoir par-dessus un pyjama froissé acheté le jour de son arrivée.

— Je sais, j'ai piètre allure, déplora-t-elle. D'habitude, je me lève tôt. Si vous attendez quelques minutes, je vais vous préparer votre petit déjeuner.

— Pour commencer, vous n'avez pas piètre allure.

Elle roula des yeux, ce qui le fit sourire.

— D'accord, vous n'êtes pas à votre avantage. Mais ce n'est pas un problème.

— C'est gentil à vous de prendre des pincettes.

Il gloussa.

— En fait, je n'ai pas faim pour l'instant. Le café est correct. En tout cas, j'ai fait de mon mieux.

Elle se servit une tasse et goûta le breuvage.

— Pas mauvais, commenta-t-elle.

— Venant de vous, je prends ça comme un compliment.

Le soleil filtrait par la fenêtre, réchauffant la pièce.

— Je vous présente mes excuses pour mon réveil tardif. Hier, j'aurais dû vous demander à quelle heure vous aimez prendre votre petit déjeuner.

Ses compétences de cheffe à demeure laissaient sérieusement à désirer.

— Je peux manger, ou ne pas manger, dit-il, avalant une autre gorgée de café.

— Si ça ne vous ennuie pas d'attendre, je vais m'habiller et ensuite je préparerai le repas. Une recette rapide. Y a-t-il des choses que vous ne mangez pas ?

— Foie, pieds de cochon, calamar.

Elle sourit.

— Je peux vous certifier que votre petit déjeuner n'inclut rien de tout cela.

— Vous me rassurez.

— Savourez votre café, Cade. Je vous présenterai un plat comestible d'ici une demi-heure.

— Ça me va.

Elle alluma le four puis déclara :

— Je reviens dans quelques minutes.

Elle quitta la pièce, assez embarrassée. Elle n'avait jamais été la cuisinière personnelle de personne auparavant. Après ses études, elle avait travaillé pour un traiteur pendant quelque temps, avant de décrocher un poste de cheffe dans un restaurant de Barrel Falls.

Dix minutes plus tard, après s'être douchée et habillée, elle retourna dans la cuisine, vêtue d'un jean et d'un débardeur couleur chocolat, les cheveux coiffés et presque secs.

Dès qu'elle apparut, Cade leva les yeux de son téléphone et le posa sur la table.

— C'était du rapide, s'étonna-t-il, la détaillant de pied en cap. Vous êtes en beauté.

— Merci.

— Qu'y a-t-il au menu ?

— C'est une surprise. Une variation diététique d'un plat délicieux. Vous êtes partant ?

— J'ai le choix ?

— Bien sûr.

— Je plaisantais, dit-il.

Mais il ne souriait pas. Il souriait rarement, songea-t-elle.

— Cette recette figurera dans mon livre. Alors je veux votre avis honnête.

— D'accord. Je vous laisse travailler.

— Bien.

Mais il ne reprit pas son téléphone. Au lieu de cela, il la regarda s'affairer dans la cuisine, lui accordant toute son attention. Elle s'efforça de ne pas se laisser troubler.

Elle beurra un moule et y versa des miettes de pain puis le mit à chauffer dans le four. Ensuite, elle hacha des oignons, des brocolis, et des épinards qu'elle fit revenir dans une poêle avec une demi-tasse de morceaux de bacon. Pendant que les légumes cuisaient doucement, elle battit deux œufs et deux blancs d'œufs.

Croisant le regard de Cade, elle éprouva le besoin de briser le silence.

— Vous avez prévu quelque chose aujourd'hui ? demanda-t-elle tout en sortant le moule du four.

— Sans doute une randonnée.

— Bonne idée. Il y a beaucoup de parcours intéressants dans le coin.

Elle versa les légumes dans le moule, ajouta les œufs et les saupoudra de fromage. Lorsqu'elle eut terminé, elle remit le mélange au four.

— Je ferai une randonnée plus tard dans la matinée, moi aussi, dit-elle.

— Ah ? Vous voulez de la compagnie ?

Elle ouvrit de grands yeux. Heureusement qu'elle avait le dos tourné… Elle était censée se tenir à distance de Cade. Or, sans le vouloir, elle avait suggéré qu'ils fassent une sortie ensemble.

— Vous ne préférez pas vous promener seul ? lança-t-elle.

Du coin de l'œil, elle le vit hausser les épaules.

— Et vous ?

Il venait de renvoyer la balle dans son camp. Elle pouvait difficilement répondre par la négative puisqu'elle avait déjà avoué qu'elle comptait faire une randonnée.

— Je suppose que nous pouvons y aller ensemble, concéda-t-elle.

— Je tâcherai de ne pas vous ralentir, assura-t-il, l'air malicieux.

Elle réprima un sourire. Cade la taquinait, et elle aimait cela – un peu trop.

Après avoir débarrassé le plan de travail, elle fit la vaisselle. Quand le minuteur sonna, elle enfila des gants de protection et sortit le plat du four.

— Le petit déjeuner est prêt.

Elle posa le plat au centre de la table.

— Ça a l'air délicieux ! C'est une quiche ?

— En quelque sorte. C'est une version diététique avec beaucoup de légumes. Le secret, c'est la couche de miettes de pain au fond du plat qui remplace la pâte au beurre.

— J'en ai déjà l'eau à la bouche.

Elle déposa une large portion sur l'assiette de Cade.

— Et voilà.

Elle se servit une part plus petite et s'apprêta à sortir de la pièce.

— Où allez-vous ? demanda-t-il.

— J'allais juste… eh bien…

— Dawn, asseyez-vous. Je le répète, la cuisine est meilleure quand on la partage.

— Je travaille pour vous, Cade. Je parie que chez les Tremaine, vos employés ne partagent pas vos repas.

— Irene prépare nos repas depuis mon enfance. Elle nous a pratiquement élevés et elle a toujours pris place à table avec nous.

— Vraiment ?

— Oui. Elle fait partie de notre famille.

— Mais je ne suis pas…

— C'est ma mère qui vous a engagée, pas moi. Donc, vous ne travaillez pas pour moi.

— Ah, c'est ainsi que vous voyez les choses ?

Elle posa les mains sur les hanches. Cade essayait par tous les moyens de la garder près de lui. Elle pensait savoir pourquoi : il détestait être seul avec son chagrin.

— Oui, c'est ainsi que je vois les choses. Si nous devons passer du temps ensemble, autant devenirs amis.

— Une amitié sans attaches ?

— Pourquoi pas ?

— Mais nous nous connaissons à peine !

— Ce n'est pas un problème. Dieu sait que je n'aime pas parler de moi, mais je ne veux pas que vous vous sentiez obligée de quitter une pièce chaque fois que j'y entre.

— Je ne me sens obligée de rien, répondit-elle sans guère de conviction.

— Ah, non ?

— Peut-être un peu, concéda-t-elle. Je veux juste vous laisser respirer.

Elle n'avait jamais été cheffe à domicile et ne connaissait pas les règles. Mais une chose était sûre : elle ne voulait pas gâcher la chance qui lui était offerte.

— Dawn, voilà ce que je vous propose : si l'un de nous a besoin de solitude, il le dit à l'autre.

— Cela me va.

— Alors, c'est entendu.

— Merci, Cade, dit-elle en s'asseyant. Mangeons tant que c'est chaud. Rappelez-vous, je veux votre avis honnête.

— Je serais incapable de mentir. Je ne connais que l'honnêteté.

Elle savait qu'il disait vrai. Elle, en revanche, ne faisait que lui mentir depuis leur rencontre.

- 3 -

— Vous m'avez accordé un dix sur dix, Cade. Vous n'aviez absolument rien de négatif à dire sur ma quiche, énonça Harper tandis que Cade et elle marchaient le long d'un sentier.

— J'ai mangé deux parts. C'est une preuve de ma sincérité, non ?

— Donc, vous pensez que cette recette mérite de figurer dans mon livre ?

— Tout à fait. Comment s'appelle ce plat, au fait ? La quiche Dawn ?

Elle sourit.

— Je ne lui donnerai pas mon nom. Mon ego n'est pas si boursouflé.

Elle passa devant lui pour monter une pente.

Cade n'était pas loin derrière. De temps en temps, quand elle se retournait, elle le surprenait en train de regarder ses jambes. Il détournait aussitôt les yeux, mais elle n'était pas dupe. En réalité, elle se sentait flattée. Et elle se réjouissait que Cade oublie un peu son chagrin.Il avait suggéré qu'ils déjeunent dans la nature. Avec son sac rempli de victuailles sur le dos, il ressemblait à un vrai randonneur, d'autant plus qu'il portait, comme elle, des lunettes de soleil et une casquette.

Lorsqu'elle atteignit un plateau au sommet de la pente, elle attendit Cade.

— Il faut que vous voyiez ça, dit-elle.Il ne tarda pas à la rejoindre. Leurs épaules se touchaient presque tandis qu'ils contemplaient une vaste étendue de fleurs sauvages aux couleurs pastel. C'était la partie de la randonnée que Harper préférait.

— N'est-ce pas splendide ? demanda-t-elle.

— Si, en effet. C'est la *Manta de flores silvestres*, la couverture de fleurs sauvages.

— Vous connaissez cet endroit ?

— Je suis déjà venu ici quand j'étais enfant. Ce n'est pas quelque chose qu'on voit tous les jours.

— Oui, c'est à couper le souffle. Les lupins sont en abondance, mais il y a aussi beaucoup d'autres variétés. Dommage que je n'aie pas pris mon appareil-photo. Je n'ai pas non plus mon téléphone, je l'oublie souvent.

— Eh bien, j'ai le mien.

Il sortit l'appareil de son sac à dos.

— Souriez.

— Oh ! non ! Je ne veux pas être sur la photo, ça gâcherait tout.

En reculant pour sortir du champ de l'objectif, elle trébucha sur une pierre. Elle perdit l'équilibre et bascula en arrière.

Cade la rattrapa immédiatement, avec une telle force qu'elle se retrouva plaquée contre lui.

— Oh là, murmura-t-il. Tout va bien ?

Ses lèvres n'étaient qu'à un souffle de son front. Et son corps était dur comme du granit. Entre ses bras, elle se sentait parfaitement en sécurité. Cela ne lui était pas arrivé depuis bien longtemps.

— Je… je crois.

Pourtant, elle continua de s'accrocher à lui, savourant la

sensation de son corps ferme contre le sien. Cade n'essaya pas de reculer. Aucun d'eux ne semblait vouloir bouger.

— Dawn, susurra-t-il.

— Tenez-moi encore un peu, Cade.

Accédant à sa demande, il resserra son étreinte. Elle ne voulait pas penser aux conséquences. Tout ce qu'elle souhaitait, c'était se sentir protégée.

La beauté de l'endroit, l'air frais et le silence l'apaisaient. Mais bien vite, tout changea. Elle sentit le cœur de Cade battre plus fort et son corps se raidir. Une onde de chaleur et d'excitation, contre laquelle elle était incapable de lutter, la submergea .

Quand Cade lui releva le menton et qu'elle plongea le regard dans le sien, elle décela du désir dans ses yeux.

— Cade, chuchota-t-elle.

— Je vous préviens, Dawn. Je vais vous embrasser.

Elle ne protesta pas, ne recula pas. Alors, avec douceur, il prit son visage entre ses mains et l'embrassa. Ses lèvres étaient fermes et néanmoins douces. C'était un baiser magnifique et profond. Des frissons la parcoururent, et tous ses sens furent en alerte. Cade continuait de l'embrasser, et avec ce baiser, elle avait l'impression qu'il repoussait des mois de chagrin et de solitude tandis qu'elle oubliait ses propres démons, du moins pour quelques instants.

— C'est fou, dit-elle contre ses lèvres. Nous nous connaissons à peine.

— Je sais, murmura-t-il.

Puis ils entendirent des voix ; un groupe de randonneurs apparaissaient sur le sentier. Cade et Harper reculèrent en même temps et se regardèrent. Elle vit de la contrariété dans ses yeux. Regrettait-il que le baiser se soit produit ou qu'ils aient été interrompus ?

Pour sa part, Harper ne regrettait absolument rien. Elle

avait eu besoin du réconfort que Cade lui avait donné, tout comme elle avait eu besoin de ses baisers.

— Bonjour, lança l'un des randonneurs en arrivant au sommet de la pente. C'est bien ici que se trouve la *Manta de flores silvestres* ?

— Oui, c'est bien ici, répondit Cade.

— Merci, dit l'autre homme avant de faire signe à son groupe. C'est par là !

Cade ramassa son sac à dos et prit Harper par la main.

— Allons-y, lui enjoignit-il.

— Oh ! ne partez pas pour nous, intervint le randonneur.

— Non, nous avions fini, affirma Cade.

Il emmena Harper vers un grand genévrier entouré d'une herbe verte et luxuriante.

— Asseyons-nous, dit-il.

Elle ignorait ce qu'il avait en tête.

— D'accord.

Tous deux s'installèrent sur l'herbe. Cade sortit de son sac un petit torchon qui leur servirait de nappe. Harper attrapa les sandwichs qu'elle avait préparés : dinde et bacon, pain italien et sauce à l'ail, accompagnés de chips de pomme de terre maison. Elle tendit à Cade une des bouteilles d'eau qu'elle avait pris soin de glisser dans le sac.

— Vous avez faim ? s'enquit-elle.

Sans la regarder, il secoua la tête. Puis il finit par demander :

— Qu'est-ce que c'était, tout à l'heure ?

Puis, comme s'il s'était rendu compte que c'était un peu présomptueux de rejeter toute la faute sur elle, il ajouta :

— Je n'ai rien vu venir, et vous ?

— Moi non plus.

Elle se garda de lui avouer qu'il l'attirait depuis le premier jour.

— Je n'ai rien vu venir non plus, reprit-elle. Mais il faut que vous le sachiez, je sors d'une relation compliquée. La rupture a été très douloureuse.

Elle haussa les épaules.

— J'imagine que j'avais besoin de réconfort, et quand vous m'avez prise dans vos bras, je me suis sentie en sécurité pour la première fois depuis bien longtemps. Mais je n'avais pas prévu de…

— Vous n'avez rien à vous reprocher, Dawn. Je ne voulais pas vous accuser de quoi que ce soit. C'est arrivé comme ça. Je n'avais pas touché et encore moins embrassé une femme depuis la mort de Bree. Je suppose que j'avais besoin de réconfort, comme vous.

Mais il avait éprouvé du désir, aussi. Elle l'avait ressenti. Si ces randonneurs ne les avaient pas interrompus, qui sait ce qui aurait pu se passer ? Cependant, si Cade et elle refusaient d'y songer, ils pourraient peut-être faire comme si de rien n'était. Faire comme s'ils n'étaient pas attirés l'un par l'autre.

Quoi qu'il en soit, Harper avait désormais la certitude qu'elle ne pourrait pas aisément ignorer Cade. Non seulement il était terriblement séduisant, mais en plus il embrassait aussi comme un dieu.

S'il était possible de conquérir le cœur d'un homme par de bons petits plats, alors il était dans le pétrin. Les repas de Dawn étaient délicieux, et son appétit déclinant revenait peu à peu. Sa mère avait été bien inspirée d'engager Dawn afin qu'elle cuisine pour lui. Mais elle n'était que sa cheffe personnelle, rien de plus.

Dawn et lui mangeaient en silence, perdus dans leurs pensées. L'ambiance était maintenant étrange, après ce long baiser qui l'avait profondément ébranlé. Une fois qu'il avait commencé à embrasser Dawn, il n'avait pas réussi à s'arrêter. Ce qui avait commencé innocemment s'était mué en un désir brut dont il n'avait pas soupçonnél'existence. Une lumière s'était allumée en lui, et tant qu'il pouvait l'éteindre, tout irait bien. Mais pouvait-il l'éteindre ? Pouvait-il oublier la douce pression des seins de Dawn contre sa poitrine, le parfum délicat de ses cheveux, la saveur exquise de ses lèvres ? Durant quelques minutes, il avait eu l'impression d'être au paradis.

Dawn et lui avaient été blessés par la vie, ce qui les avait rendus méfiants et prudents. Par conséquent, il ne devrait pas la courtiser. Une liaison ne mènerait nulle part, et il ne voulait pas prendre le risque de faire souffrir Dawn davantage. Ou de souffrir lui-même.

Il termina son sandwich et lança un regard vers Dawn. Elle avait à peine touché à son repas.

— Voulez-vous continuer la randonnée ? demanda-t-il. Ou rentrer ?

Les yeux baissés, elle rassembla les restes du déjeuner et répondit :

— Je ferai ce que vous voulez.

Il réprima un soupir, dépité par son indifférence.

— Je souhaite terminer la randonnée. Et vous ?

Enfin, elle leva les yeux vers lui.

— Oui, ça me plairait.

— Dans ce cas, allons-y.

Il l'aida à tout ranger dans son sac à dos, puis ils reprirent la route. Mais, cette fois, il n'y eut pas de bavardages ni de plaisanteries. Il devrait être content de revenir à sa morosité habituelle, s'avisa-t-il. Mais c'était tout le contraire. Pendant quelques minutes, il s'était senti plus vivant qu'il ne l'avait été ces dix-huit derniers mois.

Une heure plus tard, ils étaient de retour au chalet.

— Merci pour cette belle randonnée, dit-il. Nous avons dû marcher au moins six kilomètres.

— Oui, c'était vraiment agréable, répondit-elle tandis qu'il lui tenait la porte.

Cette fois, elle ne lui reprocha pas sa galanterie excessive et se dirigea simplement vers sa chambre.

— Dawn ? Tout va bien ?

Elle se retourna vers lui.

— Oui. J'ai du travail à rattraper.

— D'accord. Je vous verrai au dîner, alors.

— Oui. Vous aimez le poisson ?

— J'aime tout.

— C'est bon à savoir.

Puis elle disparut dans le couloir.

Cade passa la main sur son visage. Il n'était guère ravi de passer le reste de l'après-midi seul. Il aurait aimé avoir de la compagnie et, de préférence, celle de Dawn. Il se sentait plus léger quand elle était là. Et il espérait n'avoir pas tout gâché avec elle. Il avait suggéré qu'ils soient amis. Était-ce un objectif encore atteignable ?

Lentement, il monta l'escalier et gagna sa chambre. S'asseyant sur le lit, il téléphona à sa mère et tomba sur la boîte vocale.

— Bonjour, maman. Je voulais juste prendre de tes nouvelles. Je me demandais où en était la fusion avec Able Brothers. Appelle-moi quand tu auras une minute.

Puis il téléphona à sa sœur, Lily, sans plus de succès. Gage était injoignable, et le meilleur ami de Cade, Rory, était à l'étranger.

Après s'être douché et habillé, Cade se posta devant la fenêtre pour admirer la vue, et son regard fut attiré vers le jardin.

— Bonté divine !

Mais que fabriquait Dawn ? Il se précipita hors de la chambre, descendit prestement l'escalier puis courut vers le jardin. Il arriva juste avant que Dawn ne donne son premier coup de hache.

— Attendez ! cria-t-il.

Elle leva les yeux vers lui et baissa l'outil.

— Qu'est-ce que vous faites ? tonna-t-il.

— Ça ne se voit pas ? Je fends du bois.

— Je ne pense pas, non.

— Pourquoi ? Vous ne m'en croyez pas capable ?

— Je croyais que vous aviez du travail ?

— C'est le cas, mais je n'arrivais pas à me concentrer.

Il marmonna un juron.

— C'est à cause du baiser, n'est-ce pas ? avança-t-il.

Elle détourna ses jolis yeux bleus et regarda vers le lac.

— Je ne sais pas. Peut-être.

— Vous voulez que je vous présente des excuses ?

— Non, ce n'est pas nécessaire.

Elle reporta son regard sur lui.

— Je suis aussi fautive que vous.

À en juger par son expression, elle le pensait vraiment.

— Donc, parce que vous étiez nerveuse, vous êtes venue ici pour couper du bois ?

— Je n'étais pas nerveuse !

— Agitée ? Perturbée ?

Elle leva les yeux au ciel, ce qu'il trouva adorable. Mais il tâcha de ne pas sourire. Sinon, elle pourrait bien retourner la hache contre lui.

— Cade, si vous vous trouviez quelque chose à faire à l'intérieur du chalet ?

— J'ai déjà quelque chose à faire. Je dois vous empêcher de vous blesser.

— Je suis parfaitement capable de…

— Dawn, vous ne portez pas de lunettes de protection. C'est votre première erreur. Une écharde pourrait voler et se planter dans votre œil.

Il alla dans l'abri de jardin et revint avec une paire de lunettes de sécurité.

— Tenez, mettez ça.

Elle obéit à contrecœur.

— D'accord, mais je m'en serais souvenue toute seule.

— Avant ou après votre premier coup de hache ?

— Vous êtes en train de me faire un sermon ?

— Vous voulez garder tous vos membres ? Car si la réponse est oui, votre position n'est pas du tout la bonne. Un faux mouvement et vous perdez votre jambe.

Pour appuyer son propos, il posa la main sur sa jambe, juste au-dessus de son genou, mais ce contact physique le désarçonna. La peau de Dawn était douce, ses cuisses étaient fermes. Il se raidit de désir, ce qui lui rappela leur délicieux baiser.

Il s'éclaircit la voix et recula d'un pas.

— Vous êtes sûre de vouloir essayer ?

— C'est moi qui tiens la hache, vous vous rappelez ?

Cade secoua la tête.

— D'accord, comme vous voudrez.

Il la saisit par les épaules et l'aida à se positionner, s'assurant que toutes les parties de son corps seraient en sécurité quand elle donnerait son premier coup de hache.

— Bien. Maintenant, restez concentrée. Portez votre attention sur le centre de la bûche. Vous devez maintenir la tête de la hache droite afin que la frappe soit efficace. Prête ?

Elle hocha la tête. Il se plaça juste derrière elle, tenant la poignée avec elle.

— Je vais vous aider à lever la hache. Tout ce que vous avez à faire, c'est viser droit.

— Compris.

— Prête ? Allez-y !

La hache atterrit au centre de la bûche, ne la fendant qu'en partie.

Dawn tourna la tête vers lui. Son visage n'était qu'à quelques centimètres du sien. Il respira son parfum aux notes de vanille. Troublé, il déglutit.

— Était-ce correct ? demanda-t-elle. Je ne suis pas allée jusqu'au bout.

Elle n'était pas une fleur fragile, pour sûr. C'était une femme qui aimait le grand air et les défis. Une femme extrêmement attirante. Qu'il commençait à apprécier un peu trop.

— C'était un premier essai concluant, déclara-t-il, l'aidant à retirer la hache du morceau de bois. Il fallait un peu plus de puissance pour aller au bout. Recommencez. Il ne manque pas grand-chose pour finir le travail.

— Toute seule ?

— À moins que vous ne vouliez que je vous aide ?

Il avait déjà une idée de sa réponse.

— Non, non. Je peux me débrouiller.

Cette fois, Cade resta en retrait et la laissa manier la hache sans lui.

Elle suivit tous ses conseils et se lança. Les deux moitiés de la bûche tombèrent au sol. Dawn se tourna vers lui, retira ses lunettes et sourit.

— J'ai réussi !

Sa joie était si communicative qu'il lui rendit son sourire.

— Oui, en effet. Mais il est un peu tôt pour dire que vous êtes une vraie bûcheronne.

Elle ne se vexa pas. Au contraire, son expression s'adoucit.

— Merci pour votre aide, Cade. Je crois que j'avais bien besoin de vos conseils.

Il jubila, mais uniquement en son for intérieur.

— Pas de quoi, Dawn. Promettez-moi simplement que vous ne viendrez pas ici pour couper du bois sans me prévenir.

— Vous ne me faites pas confiance ?

— C'est pour ma tranquillité d'esprit.

Car il commençait à tenir à elle.

— Vous êtes encore une novice, enchérit-il.

— D'accord. Mais puisque vous êtes là, si vous m'aidiez à en fendre une autre ?

— Une autre ? demanda-t-il en se frottant le menton. Je croyais que nous allions bientôt dîner. Je commence à avoir faim.

Un mensonge éhonté, mais qui serait efficace, Cade en était certain. Car Dawn était dévouée à son métier.

— Oh ! c'est vrai. Bien sûr, dit-elle, posant la hache.

— Vous pouvez rentrer, je me charge de tout ranger.

— Vous êtes sûr ?

Il se tapota le ventre.

— Absolument.

Dawn était très satisfaite de ses tacos au poisson. Elle avait utilisé du cabillaud qu'elle avait assaisonné de huit gousses d'ail et d'une demi-douzaine de fines herbes pour rehausser sa saveur. En garniture, elle avait ajouté des lamelles de chou. Un riz pilaf et des tomates cerises complétaient le plat. Cade avait mangé trois tacos, ne tarissant pas d'éloges sur leur goût. À la fin du dîner, il l'avait aidée à ranger la cuisine.

À présent, Harper préparait du café. Elle aurait aimé

concocter un dessert, mais, entre la randonnée, le fendage du bois et le baiser de Cade qui l'avait tant troublée, elle avait manqué de temps.

Elle fouilla dans le cellier et dénicha un paquet de *shortbreads.* Cela ferait l'affaire, se dit-elle. Elle plaça les biscuits sur une assiette qu'elle posa sur la table. Puis elle alla trouver Cade. Il était assis face à la cheminée et mélangeait des cartes.

Le soleil se couchait et l'air s'était rafraîchi. Cade avait bien fait d'allumer un feu.

— Le café est prêt, annonça-t-elle. Voulez-vous que je vous l'apporte ?

Il secoua la tête.

— Non, merci. Je vais aller le chercher moi-même.

Ce qu'il pouvait être têtu ! Il ne voulait pas qu'elle le serve. Pourtant, cela ne la dérangeait pas. Au contraire, cela rendait ses mensonges un peu plus supportables.

— Comme vous voudrez, répondit-elle.

Elle retourna dans la cuisine, Cade sur ses talons.

— J'ai trouvé des sablés, j'ai pensé qu'ils iraient bien avec le café.

Il en saisit un et le glissa dans sa bouche.

— Bonne idée, approuva-t-il, la bouche pleine.

Elle émit un petit rire.

— À quoi jouiez-vous dans le salon ? demanda-t-elle en sortant les tasses du placard.

Il avança vers elle.

— Au solitaire. Mais ce n'est pas très drôle.

— Pourquoi ?

— On ne joue contre personne.

Elle inclina la tête.

— Est-ce un message, Cade ?

— Vous savez jouer aux cartes, non ?

— Exact.

— Nous pourrions jouer au coin du feu tout en buvant notre café.

— Et en engloutissant des sablés ?

— Oui, aussi.

S'ils faisaient comme s'il ne s'était rien passé entre eux, ce pourrait être amusant.

— D'accord, je veux bien jouer un peu.

Cade prit l'assiette de biscuits ainsi que sa tasse de café. Elle le suivit dans le salon et s'assit face à lui, de l'autre côté de la table basse de verre.

— À quoi voulez-vous jouer ? demanda-t-il en mélangeant les cartes.

— Au rami ?

— Ça me va.

Il distribua les cartes, et lorsqu'elle découvrit les siennes, elle gémit.

— Vous êtes en train de vous trahir, avertit-il.

— Heureusement que nous ne jouons pas au poker.

— Rappelez-moi de jouer au poker avec vous un jour.

— Je peux bluffer comme les meilleurs, Cade. Ne vous inquiétez pas pour moi.

Elle but son café et mangea quelques biscuits pendant la partie. Tous deux prirent une seconde tasse. Cade était un concurrent acharné, constata-t-elle après quelques manches. Tout comme elle.

Il posa un sept sur la défausse, la carte précise dont elle avait besoin. Elle la saisit et montra ses cartes.

— Regardez, j'ai gagné, annonça-t-elle. Où en sommes-nous, à dix contre neuf ? Je crois que je viens de prendre l'avantage.

— Je vous battrai à la prochaine manche.

Il fit glisser les cartes vers elle.

— À vous de distribuer, dit-il.

Il se leva et se dirigea vers le bar, revenant avec une bouteille de merlot et deux verres. Tandis qu'elle mélangeait les cartes, il servit le vin.

— Un fortifiant, expliqua-t-il.

— Vous avez besoin de toute l'aide possible pour me battre.

— Ne soyez pas arrogante. Vous n'avez qu'une manche d'avance sur moi, rappela-t-il en lui tendant un verre.

— Vous voulez parier ?

— Pourquoi pas ? Ça pourrait être intéressant.

Elle n'aurait pas cru qu'il la prendrait au mot.

— Qu'est-ce que vous avez en tête ? demanda-t-elle.

— Le premier qui remporte vingt-cinq manches gagne.

— Pour être justes, nous devrions repartir de zéro.

— Non, non, dit-il, l'observant par-dessus le bord de son verre. Continuons cette partie. Je suis sûr que je peux vous battre.

— Et je suis certaine que je vais gagner. Si je remporte la partie, vous devrez me préparer un dîner.

— Ce serait plutôt une punition pour vous. Vous savez bien que je ne sais pas cuisiner.

Elle sourit et sirota son vin.

— Il vous faudra apprendre.

Il grimaça. Manifestement, il n'aimait pas cette idée.

— Et *quand* je gagnerai, rétorqua-t-il, vous devrez…

Il s'interrompit, promenant sur elle un regard qui la fit frissonner. Elle se redressa, et Cade porta son attention sur sa poitrine. Il ignorait que ses tétons pointaient sous l'effet de son regard intense.

Soudain, il secoua la tête, comme pour se ressaisir.

— Si je gagne, reprit-il, vous devrez nettoyer la cheminée chaque soir.

Elle avala une autre gorgée de vin.

— Comme Cendrillon ? railla-t-elle.

— En effet, répondit-il en souriant.

Elle distribua les cartes et songea qu'elle n'avait aucune idée de l'heure qu'il était. Elle appréciait cette partie avec un très bon joueur et s'amusait beaucoup. Un peu trop, même. Le feu la réchauffait agréablement, et le vin la mettait de bonne humeur.

Elle finit son verre, s'en resservit un second et en avala la moitié d'un trait. Cade la contempla, l'air perplexe. Pourtant, lui aussi en était à son second verre. Ou était-ce le troisième ?

— Ça va, Cade, assura-t-elle avant même qu'il dise quoi que ce soit. Je suis une grande fille.

— J'ai remarqué, fit-il, distribuant de nouvelles cartes.

Elle sourit et lui lança un coup d'œil furtif. Avec sa barbe naissante et ses yeux de braise, il était absolument irrésistible.

Elle considéra ses cartes, se sentant un peu étourdie.

— Dawn, tout va bien ?

— Qui est Dawn ? murmura-t-elle, puis elle se mit à rire.

— Qu'avez-vous dit ?

— Rien.

Elle s'était rendu compte de sa bévue. *Chut.* Elle devait garder son secret. Elle prit une grande inspiration pour s'éclaircir les idées, mais son esprit resta embrumé. Elle termina son vin et posa le verre sur la table avec beaucoup de précaution.

— Je suis un p-peu éméchée, c'est t-tout.

— Après seulement deux verres de vin ?

— Je ne vous l'ai pas dit ? Je ne suis pas une g-grande b-buveuse.

— Je le constate.

Elle avait maintenant du mal à garder les yeux ouverts. La pièce semblait vaciller.

— À votre tour de jouer, dit-il.

Elle fit tomber deux cartes sur le sol.

— Oups, fit-elle.

Elle les ramassa, mais elles retombèrent sur le sol.

— Bon, la partie est finie, décréta Cade.

— Non, non. Je… je d-dois g-gagner.

Cade vint l'aider à se relever.

— Vous pouvez marcher ? demanda-t-il.

— Je marche depuis que je suis toute petite.

Elle rit et vacilla, prise d'un vertige.

Elle entendit Cade soupirer.

— Accrochez-vous à moi, ordonna-t-il.

Il la porta dans ses bras. Elle noua les mains autour de son cou et huma une bouffée de son parfum, mélange de vin, de musc et de virilité. Tandis qu'il se dirigeait vers le couloir, elle étudia sa mâchoire carrée.

— J'aime votre barbe.

— Merci, dit-il, mais sans aménité.

— Où allons-n-nous ?

— Au lit.

— D'accord. B-bonne idée, C-cade.

Il lui décocha un regard sévère.

Une fois dans la chambre, il la posa avec douceur sur le lit. Le matelas s'enfonça un peu lorsqu'il posa un genou à côté d'elle. Elle scruta ses yeux et y décela quelque chose qu'elle n'arriva pas à définir.

— Cade ?

— Chut.

— Vous êtes f-fâché c-contre moi ?

— Non, asséna-t-il.

Puis il ajouta d'une voix radoucie :

— Je ne suis pas fâché contre vous.

— Tant mieux. J'ai vraiment s-sommeil.

— Je sais.

Elle avait encore les bras autour de son cou.

— Je ferais mieux de vous laisser, dit-il.

Elle regarda sa bouche.

— D'accord.

— Bonne nuit, Dawn.

Il déposa un baiser sur son front, mais un démon en elle la poussa à attirer la bouche de Cade vers la sienne. Leurs lèvres se touchèrent. Oh ! bon sang ! C'était si bon... Ce n'était pas un baiser léger comme ceux que Dale lui donnait devant les caméras, mais un baiser profond, époustouflant, qui réveillait tous ses sens et la dégrisait.

Un petit gémissement lui échappa.

— Cade...

Il plongea les mains dans ses cheveux.

— Chut, dit-il.

Il s'allongea à côté d'elle et reprit possession de sa bouche. Cette fois, il la poussa à entrouvrir les lèvres et mêla sa langue à la sienne. Elle ferma les yeux, savourant chaque seconde.

Les baisers se firent plus impérieux. Elle voulait aller plus loin, sentir le corps nu de Cade se presser contre le sien. Elle était prête à oublier tous ses doutes, à lui donner tout ce qu'il désirait.

Son esprit s'éclaircit assez longtemps pour qu'elle se demande si c'était l'alcool qui lui faisait perdre ses inhibitions. Ou était-ce Cade ? après tout, elle avait éprouvé de l'attirance pour lui dès leur rencontre.

Soudain, le baiser fut interrompu. Cade recula et la regarda avec un air désolé.

— Je ne peux pas faire ça, murmura-t-il.

Il appuya le front contre le sien, inspira brusquement puis se releva comme s'il était happé par une force invisible. Il l'observa puis secoua la tête.

— Dormez autant que vous voulez, Dawn. Vous aurez besoin de repos.

Sur quoi, il sortit de la chambre et ferma la porte.

Harper sentit la tête lui tourner. Elle ferma les yeux et murmura :

— Je ne m'appelle pas Dawn.

Puis elle se blottit sous la couette et tâcha de s'endormir.

- 4 -

Le lendemain, Cade laissa un mot à Dawn, au cas où elle se réveillerait avant son retour. Mais il doutait que cela se produise. D'une part, ils s'étaient couchés tard et, d'autre part, Harper aurait sûrement la gueule de bois. Il n'avait jamais vu une femme s'enivrer avec si peu d'alcool !

Il sortit du chalet et referma doucement la porte derrière lui. Hier soir, il avait pris une douche froide pour étouffer son désir. Présentement, il espérait qu'un jogging matinal l'aiderait à chasser Dawn de son esprit. À oublier ses jolis yeux bleus, son corps de déesse, ses lèvres douces et pulpeuses. Elle l'avait embrassé à perdre haleine, comme si elle était autant en manque d'affection que lui. Cependant, il n'avait pas voulu profiter de la situation. S'il se passait quelque chose un jour, il faudrait que Dawn soit sobre.

Il accéléra le rythme de ses foulées tout en s'efforçant de comprendre sa réaction face à elle. Elle était la première femme qu'il ait embrassée depuis Bree. Malgré son chagrin et sa culpabilité, peut-être était-il enfin prêt à aller de l'avant.

Cependant, il était en proie à un conflit intérieur. Dawn était une employée des Tremaine, bien qu'il ne soit pas son patron direct. Et elle n'était pas venue ici pour trouver un amant. Puisqu'elle sortait d'une relation compliquée, avoir une liaison avec lui était sans doute la dernière chose qu'elle souhaitait. Cade était presque sûr de pouvoir garder ses distances. Mais était-ce vraiment possible ? Ils étaient ensemble vingt-quatre heures sur vingt-quatre, sept jours sur sept. Et, Dieu lui vienne en aide, Dawn l'attirait terriblement.

Il passa devant des chalets et croisa quelques coureurs qu'il salua d'un signe de tête. Il ralentit lorsqu'il approcha du supermarché et s'arrêta sur le seuil le temps de s'essuyer le front. Une caissière au tablier vert vif l'accueillit.

— Bonjour, dit-elle. Bienvenue.

— Bonjour. Pouvez-vous m'indiquer où trouver de l'aspirine et du jus de tomate ?

— On dirait que quelqu'un a besoin d'une thérapie de choc, avança la jeune femme avec un petit sourire.

— En effet.

— Vous trouverez ce qu'il vous faut dans les rayons sept et dix.

— Merci.

Il repéra aisément ce qu'il cherchait et prit également des donuts au chocolat ainsi que deux paquets de crackers. À la caisse, il fit la queue derrière un garçon venu acheter des sucreries. L'enfant posa toutes ses pièces sur le comptoir et les compta une à une.

Cade patienta calmement ; il n'était guère pressé de retourner au chalet. Pendant qu'il attendait son tour, il parcourut du regard un présentoir rempli de journaux à sensation. Son célèbre frère, Gage, figurait parfois dans ces publications. Les articles racoleurs n'étant jamais exacts, Cade ne les lisait pas. Toutefois, un gros titre retint son attention car il parlait d'un chef cuisinier.

Le Chef Murphy recherche toujours son âme sœur. La traque de Harper n'est pas terminée.

Cade ignorait ce que ces paroles signifiaient. En tout

cas, l'homme en photo semblait désemparé. Cade ne comprenait pas que des gens puissent participer à une émission télévisée pour trouver l'amour. En ce qui le concernait, les seuls programmes qu'il regardait étaient les émissions sportives.

Après avoir réglé ses courses, il sortit du magasin, redoutant à nouveau d'affronter Dawn. Aurait-elle beaucoup de souvenirs de leur soirée ? Et lui, pourrait-il oublier ce qui s'était passé entre eux ?

Le silence régnait dans le chalet quand il entra dans le vestibule. Il retira ses chaussures pour ne pas réveiller Dawn, au cas où elle dormirait encore. Il gagna la cuisine sur la pointe des pieds et mit la cafetière en marche. En attendant que le café soit prêt, il alla dans le salon et débarrassa les verres de vin, les tasses de café et les cartes sur la table. La situation leur avait échappé si vite hier soir… Dawn avait été ivre après seulement deux verres. Ce qui s'était passé ensuite, il en était responsable. Il n'aurait pas dû l'embrasser. Si seulement il pouvait revenir en arrière…

Il posa les verres et les tasses dans le lave-vaisselle puis contempla par la fenêtre le paysage champêtre. Le soleil se reflétait sur les eaux du lac entouré de genévriers.

Il se servit une tasse de café et en but une gorgée. Le breuvage chaud lui brûla la langue.

— Zut !

Il avait bien besoin d'une consolation, décida-t-il. Il prit dans son sac de courses un donut au chocolat et l'engloutit en trois bouchées.

Il était plus de 10 heures à présent. Dawn n'était toujours pas sortie de sa chambre. Il lui avait dit qu'elle pouvait faire la grasse matinée, mais il craignait qu'elle ne soit malade. Il aimerait vérifier qu'elle se portait bien, toutefois il ne voulait pas perturber son sommeil et son intimité.

Après avoir avalé une seconde tasse de café, il remit ses chaussures et quitta le chalet. Il laisserait encore une heure à Dawn. Si elle n'était toujours pas levée à son retour, il irait la voir.

Le lac n'était qu'à une trentaine de mètres. Il marcha jusqu'au petit quai que les Tremaine partageaient avec quelques autres résidents. C'était une journée idéale pour une balade sur l'eau. Dommage que leur bateau soit entreposé à plusieurs kilomètres d'ici ! Il sirota son café tout en regardant les jais bleus passer de branche en branche et les feuilles danser dans le vent.

Lorsqu'il entendit des pas derrière lui, il se retourna. Dawn se dirigeait vers lui, les épaules affaissées et les cheveux en bataille. Lorsqu'elle fut face à lui, elle le regarda dans les yeux et déclara :

— Je démissionne, si vous pensez que ça vaut mieux.

Harper n'avait pas voulu espionner Cade. Elle avait fait du bruit exprès pour attirer son attention. Mais il ne l'avait entendue qu'au dernier moment.

— Dawn, comment vous sentez-vous ce matin ?

— Mal, mais je m'en remettrai.

Elle avait une migraine terrible ainsi que des crampes d'estomac.

— Je suis navrée pour hier soir. Et pour avoir manqué le petit déjeuner. Je vous donne ma démission si c'est ce que vous souhaitez.

Il sourit.

— Personne ne démissionne, Dawn. Alors ôtez-vous ça de l'esprit.

— J'aimerais bien, seulement mon esprit est assez embrouillé pour l'instant.

Il eut un petit rire.

— Écoutez, vous n'avez rien fait de mal, et…

— Je suis très embarrassée, Cade. Le vin m'est monté à la tête plus vite que d'habitude.

— Ne vous inquiétez pas. Nous avons tous connu ça. Je vous ai acheté de l'aspirine et du jus de tomate. Ça devrait vous soulager.

— Ce qui m'aiderait vraiment, ce serait que la soirée d'hier ne soit jamais arrivée.

Elle risqua un regard vers ses lèvres, se souvenant de ses baisers enfiévrés.

— Nous pouvons faire comme s'il ne s'était rien passé. Et, pour votre information, vous n'êtes pas la seule responsable. En fait, vous n'êtes pas du tout fautive. Je n'étais pas éméché. J'aurais dû mieux me comporter.

— Vous n'avez pas fait le deuil de votre fiancée. Je le comprends.

Il grimaça à la mention de Bree.

— Ce n'est pas la seule raison. Je ne voulais pas profiter de vous, Dawn. Je ne profiterai jamais de vous. Je tiens à ce que vous le sachiez.

— Je le sais, Cade.

Elle était étonnée qu'ils puissent avoir une conversation aussi courtoise après ce qui avait failli se produire.

— Je me réjouis que vous soyez un gentleman.

— Je m'efforce d'en être un, en tout cas. Si vous restiez ici pendant que je vais chercher l'aspirine et le jus de tomate ? L'air frais vous fera du bien.

— Vous n'allez pas me faire un bloody mary, j'espère ? Je ne supporterais pas la moindre goutte d'alcool.

— Non, rien que du jus de tomate, promis.

Il passa devant elle pour regagner le chalet.

— Cade ! lança-t-elle.

Il se retourna vers elle.

— Merci, dit-elle avec un petit sourire.

Il hocha la tête, l'air troublé, puis reprit le chemin du chalet.

Elle contempla le lac, dont les eaux immobiles ressemblaient à un miroir de verre. Elle retira ses chaussures, s'assit au bord du quai et glissa les pieds dans l'eau froide. Offrant son visage au soleil, elle ferma les yeux. D'une certaine manière, Cade et elle étaient venus chercher refuge ici. Tous deux fuyaient quelque chose, et tous deux avaient des problèmes à résoudre.

Cade revint après quelques minutes, lui apportant un verre de jus de tomate et deux cachets d'aspirine. Elle les accepta avec gratitude et but un peu de jus pendant que Cade retroussait son jean et s'asseyait à côté d'elle. Il avait posé un sac à côté de lui.

— Qu'y a-t-il là-dedans ? questionna-t-elle.

— Le déjeuner.

Il sortit du sac un paquet de crackers et des donuts.

— Bon sang, murmura-t-elle. Je suis votre cuisinière personnelle et je manque à tous mes devoirs.

— Ne vous en faites pas, j'adore ces biscuits. Et ils sont indiqués dans votre état. Pour calmer vos maux de ventre.

— Quand les avez-vous achetés ? s'enquit-elle en prenant un cracker.

— Ce matin. Je suis allé faire un jogging.

— Vous m'avez acheté de l'aspirine, du jus de tomate et des crackers ? Eh bien… Merci.

— Pas de quoi. Dites, j'ai une idée. Si nous décidions qu'aujourd'hui, c'était votre jour de congé ? Je ne peux pas vous demander de travailler tous les jours de la semaine.

— C'est très gentil, Cade, mais je vous rappelle que vous

ne savez pas cuisiner. Qui plus est, j'ai déjà l'impression de tirer au flanc aujourd'hui.

Il plongea les pieds dans l'eau.

— Vous pouvez prendre cette journée pour travailler sur votre livre. Ou faire une sieste. Ou ce que vous voulez.

C'était tentant. Toutefois, elle s'interrogeait. Cade essayait-il de la tenir à distance ?

— Et le dîner ?

— Le Corky's Bar and Grill est plutôt bon. Si nous dînions dehors, pour une fois ?

— Nous ?

— Oui, nous. Vous devez manger, vous aussi.

— Pour l'instant, avaler autre chose que des crackers ne me dit rien du tout.

— Croyez-moi, vous aurez faim ce soir. Et le pire que vous puissiez faire, c'est manquer un repas.

Elle en convenait, mais elle craignait de se montrer en public. Et si quelqu'un la reconnaissait ?

— Je n'ai pas envie de me retrouver dans une foule bruyante, objecta-t-elle. Peut-être une autre fois ?

— Je doute que le Corky's soit plein un jour de semaine. Et si c'est trop difficile pour vous, nous partirons.

Si elle continuait à protester, cela pourrait éveiller ses soupçons. Cade venait de lui donner un jour de congé. Elle pourrait employer ce temps à se reposer et se ressourcer. Une sieste et un peu de solitude lui feraient le plus grand bien.

— Quelle heure ? demanda-t-elle.

— 19 heures ?

Elle hocha la tête et prit un autre cracker, se forçant à mâcher lentement.

— C'est d'accord, répondit-elle.

— Bien. Rendez-vous est pris.

Mais ce n'était pas un rendez-vous galant. Elle ferait bien de s'en souvenir.

Le Corky's était plein, constata Harper. Elle ignorait si c'était une bonne ou une mauvaise chose. Dans ce lieu enfumé, elle pouvait se fondre dans la masse, mais elle risquait aussi d'être reconnue. Quoi qu'il en soit, le bar n'était pas comme elle se l'était imaginé. Elle s'était attendue à un petit restaurant rustique, avec aussi peu de clients que de choix sur le menu. Or cet endroit branché semblait être le point de ralliement des noceurs de la région.

Ce soir, un groupe jouait de la musique. Fort heureusement, tous les regards étaient braqués sur la scène, où un chanteur interprétait un titre de Gage Tremaine. De nombreux clients dansaient sur la piste.

— Désolé, murmura Cade, je ne savais pas qu'il y aurait un groupe. D'habitude, ce n'est pas aussi bruyant. Comment va votre mal de tête ?

— Il a disparu, alors j'aimerais autant qu'il ne revienne pas. Nous devrions peut-être partir ? La musique est forte.

— Je m'en occupe, assura-t-il.

Il glissa un billet de vingt dollars à la serveuse et lui chuchota quelques mots à l'oreille. Elle les conduisit à une table au fond de la salle, loin des autres clients et de la scène.

— Cela vous va, monsieur Tremaine ? s'enquit-elle.

— Qu'en pensez-vous ? demanda-t-il à Harper.

— C'est parfait.

Cade fit un signe de tête à la serveuse et sourit.

— C'est très bien, Becky. Comment vont tes parents ?

— Toujours vaillants.

— Content de l'apprendre. Dis-leur bonjour de ma part.

— Comptez sur moi.

Ils se glissèrent sur les banquettes, Harper s'asseyant face au mur et non face à la scène. Elle portait une veste de jean par-dessus une robe en Liberty bleu indigo – la seule robe que Lily ait mise dans ses bagages. Cade aussi avait fait un effort : il était habillé d'une chemise western noire boutonnée jusqu'en haut et d'un jean brut. Sa barbe était bien taillée et ses cheveux épais coiffés en arrière. En bref, il était superbe.

— Voici vos menus, dit Becky. Faites-moi signe si vous avez besoin de quoi que ce soit.

— Merci, dit Cade.

Quand la jeune femme fut hors de portée de voix, Harper demanda :

— Elle vous connaît ?

— Oui. Becky travaille ici depuis dix ans. Ses parents entretiennent notre chalet. Ce sont eux qui remplissent le réfrigérateur quand quelqu'un vient y séjourner. Becky suit des cours du soir en ligne.

Ce qui expliquait le gros pourboire.

Elle consulta le menu, s'en servant comme d'un bouclier pour dissimuler son visage. Elle devait l'admettre, c'était agréable d'être dans un restaurant, d'écouter de la musique et d'être servie, pour une fois. La carte était très fournie. Harper avait du mal à choisir entre le steak, le poisson, les tacos, les pâtes ou le chili.

— Que me recommandez-vous ?

Cade baissa le menu de Harper pour voir son visage.

— Les *fajitas* au steak sont mon plat préféré. S'ils les cuisinent comme autrefois.

— Depuis combien de temps n'étiez-vous pas revenu ici ?

— Voyons voir… Ça doit faire au moins cinq ans. Nous étions venus fêter l'anniversaire de ma sœur Lily.

Harper cacha à nouveau son visage derrière son menu.

— Vous savez quoi ? Je crois que je vais prendre des *fajitas*, mais au poulet, dit-elle, s'empressant de changer de sujet.

— Vous voulez boire quelque chose ?

Elle lui lança un regard perplexe.

— Une boisson sans alcool, précisa-t-il. Je ne serai pas de taille pour autre chose.

Elle posa son menu.

— Que voulez-vous dire, Cade ?

Il promena son regard sur elle.

— Rien, oubliez ce que je viens de dire. Vous êtes très en beauté ce soir.

Son compliment la fit rougir, et une onde de chaleur se propagea en elle.

— Je vais prendre une citronnade, dit-elle.

— C'est plus prudent.

— Très drôle.

— Nous n'avons toujours pas fini notre partie de rami, fit-il remarquer.

— Vous pensiez être en train de gagner, je suppose ?

— En fait, je crois que nous étions ex aequo.

— Ah ? Je ne m'en souviens pas.

— Moi, je m'en souviens. N'essayez pas de m'embobiner.

— Je suis compétitrice. Parfois, ce n'est pas une bonne chose, avoua-t-elle.

— Au contraire, je trouve que c'est une grande qualité pour les gens qui veulent aller de l'avant, que ce soit dans leur vie ou dans leur carrière.

— Pour un magnat des affaires, être compétiteur est nécessaire, j'imagine.

— Je m'efforce seulement d'avoir un temps d'avance, sinon la compagnie pourrait ne pas survivre.

— Vous n'exagérez pas un peu ?

— Non. Nous employons des milliers des gens à travers tout le pays. Il est de mon devoir de faire en sorte que ces personnes gardent leur emploi. Ne voulez-vous pas devenir l'un des meilleurs chefs du pays ?

— Si, mais seulement parce que… je suis très fière de mon travail. Je suis très exigeante avec moi-même.

— Je dirais plutôt que vous êtes trop sévère avec vous-même. Vous êtes très douée. On voit que votre métier vous passionne.

— C'est aussi vrai pour vous, autant que je puisse en juger.

— En effet. J'avais deux passions dans la vie. Et maintenant, Bree n'est plus là.

La manière dont il parlait de sa défunte fiancée en disait long sur l'amour qu'il lui portait. Harper eut envie de poser la main sur son bras pour le réconforter. Elle aimerait connaître un jour le même genre d'amour.

— Je suis désolée, Cade.

— J'ai dû me battre pour elle aussi, vous savez. Elle sortait avec un type qui n'était pas assez bien pour elle et… disons qu'il y a eu une compétition entre cet homme et moi. J'ai fini par gagner, en montrant à Bree que j'étais fait pour elle. Nous étions très heureux et nous avions beaucoup de projets d'avenir, jusqu'à ce qu'elle tombe malade.

— Cela a dû être terrible pour vous.

— Je… je vais mieux. Je crois que ce séjour au chalet me fait du bien. Je pourrais presque remercier ma mère de m'avoir obligé à venir.

— Si vous êtes content, je le suis aussi.

Cade lui adressa un regard franc qui la troubla.

— Je suis enchanté que vous soyez là, Dawn. Avec moi. Cela m'aide.

Elle déglutit et hocha la tête, incapable de prononcer le moindre mot.

La serveuse revint prendre leurs commandes, et Harper se réjouit de cette interruption. Les paroles de Cade l'avaient profondément touchée. Elle éprouvait pour lui des sentiments de plus en plus forts et elle ignorait si elle serait capable de les dissimuler. Il était bien plus facile de cacher son identité que de cacher ses émotions.

Ils parlèrent de tout et de rien pendant le repas. Les *fajitas* étaient aussi délicieuses que Cade l'avait dit. Harper se félicitait de le voir manger avec appétit. Peut-être commençait-il doucement à remonter la pente.

Quand ils eurent presque fini de dîner, le chanteur du groupe annonça qu'il y aurait une pause après la prochaine chanson.

— Les amis, ajouta-t-il, je viens d'apprendre que le frère de Gage Tremaine était parmi nous ce soir.

Stupéfaite, Harper tourna légèrement la tête et constata que le chanteur regardait dans leur direction. Elle se retourna aussitôt et se figea tandis que des applaudissements retentissaient. Bon sang, elle n'avait pas prévu ça ! Heureusement, elle était dos à la foule. Cade non plus ne semblait pas ravi d'être au centre de tous les regards.

— Désolé, marmonna-t-il. Ça arrive de temps en temps.

Le chanteur poursuivit :

— Monsieur Cade Tremaine, si vous veniez avec votre amie sur la piste le temps d'une danse ?

Cade était trop poli pour envoyer l'homme sur les roses.

— Voulez-vous danser ? demanda Cade à Harper.

Elle secoua la tête avec véhémence.

— Non !

Cade adressa un signe de tête négatif au chanteur.

— Oh ! allons ! fit l'homme. Juste un petit tour sur

la piste ! Nous interpréterons une très belle chanson en votre honneur.

Cade reporta son attention sur Harper.

— Si nous n'y allons pas, ce sera encore pire, fit-il valoir.

Il se leva et lui tendit la main. Il ne lui laissait guère le choix.

— Nous nous éclipserons dès que nous pourrons, promit-il.

Elle prit sa main et se leva, gardant la tête baissée.

Le groupe ne se remit à jouer que lorsqu'ils furent sur la piste. Une douzaine d'autres couples s'y trouvait déjà.

— Je danse très mal, murmura-t-elle.

— Alors restez près de moi, et nous nous fondrons dans la masse.

C'était exactement ce qu'elle voulait.

Cade et elle se mirent à danser au son d'une ballade romantique. Harper remarqua que quelques personnes les regardaient. Aussitôt, elle posa la tête contre l'épaule de Cade pour cacher son visage. Il resserra son étreinte autour de sa taille. Elle lui avait menti, une fois de plus. Elle savait danser ; elle avait pris des cours durant son enfance et son adolescence.

— Vous ne vous débrouillez pas si mal, observa Cade.

La joue contre son cou, elle respira son parfum exquis.

— Je fais de mon mieux, prétendit-elle.

Cade remonta la main jusqu'à sa nuque et la plongea dans ses cheveux. Elle avait l'impression de vivre un moment magique, hors du temps. Ils ondulaient ensemble, bercés par la voix de velours du chanteur.

Elle noua les bras autour de son cou et sourit. Cade la dévorait des yeux, sans réserve.

— Vous êtes très belle, Dawn.

Ne sachant que répondre à cette déclaration sincère,

elle se contenta de battre des cils. Cade était très beau, lui aussi. C'était un gentleman, un homme blessé, sans doute marqué à vie, mais qui semblait s'ouvrir à elle, au moins le temps d'une danse.

Elle détestait lui mentir continuellement. Il ne méritait pas cela. Chaque fois qu'il l'appelait Dawn, elle se hérissait en son for intérieur. Quoi qu'il se passe entre eux – et il se passait quelque chose, c'était une certitude –, cela reposait sur une mascarade. Mais Harper avait promis à Lily qu'elle empêcherait son frère de s'enfoncer dans son chagrin. Et, maintenant qu'elle connaissait Cade, elle était d'autant plus déterminée à poursuivre sa mission. Elle avait envie de l'arracher à ses tourments, de l'aider à guérir. Pas parce qu'il était le frère de Lily, ni parce qu'il était d'une beauté renversante, mais parce qu'elle tenait à lui, du fond du cœur. Ce qui était insensé ! Elle le connaissait depuis moins d'une semaine…

— Cade… vous… vous me plaisez.

Il déposa un baiser sur ses cheveux, juste au-dessus de son oreille, une zone particulièrement érogène chez elle.

— Vous me plaisez aussi.

Il la pressa contre lui, et elle eut la preuve qu'il la désirait. Dieu lui vienne en aide, elle était aussi excitée que lui.

— Peut-on faire comme si nous nous étions rencontrés ce soir ? demanda-t-il.

— Et ensuite quoi ? chuchota-t-elle.

— Ensuite, je vous conduis au chalet et nous…

— Jouons aux cartes ?

Il soupira.

— Plus tard, Dawn. Nous pourrons jouer aux cartes plus tard. Alors, vous êtes d'accord ?

Oui. Elle était tout à fait d'accord. Cela faisait des jours qu'ils niaient leur attirance. Elle posa les lèvres sur les siennes et l'embrassa langoureusement, afin qu'il n'ait plus aucun doute. Lorsqu'elle mit fin au baiser et recula un peu, elle vit une lueur brûlante briller dans son regard.

— Sortons d'ici, dit-il, la conduisant vers leur table.

Il y déposa un billet de cent dollars, donna à Harper son sac à main, puis ils se hâtèrent de quitter le bar.

Une fois dehors, Cade l'embrassa à perdre haleine. Elle fut si troublée par ce baiser qu'elle garda le silence pendant tout le trajet en voiture.

Lorsqu'ils furent de retour au chalet, Cade attrapa Harper par la main et l'entraîna vers l'escalier. Elle n'était allée à l'étage qu'une fois, à son arrivée. Elle avait l'impression que cela remontait à une éternité. Cade s'arrêta sur le seuil de sa chambre et prit son visage entre les mains, cherchant dans ses yeux le moindre signe de refus. Puis il l'embrassa, exprimant tout son désir dans ce baiser qui la fit frissonner.

— Je… je ne m'attendais pas à ça, avoua-t-il.

Il écarta doucement les boucles qui barraient son visage.

— Moi non plus, Cade, murmura-t-elle.

Son cœur battait à se rompre. Cade avait toutes les qualités qu'elle recherchait chez un homme, et il était là, prêt à lui faire l'amour. Certes, il était le frère de Lily, et Harper lui mentait sur son identité, mais rien de tout cela ne comptait à cet instant. Dès leur rencontre, elle avait ressenti une attirance immédiate. Une attraction qui s'était renforcée de jour en jour.

— Suivez-moi, Dawn. Je veux vous montrer quelque chose.

Il l'emmena jusqu'aux grandes fenêtres de sa chambre, qui offraient une vue sur le lac. Se plaçant derrière elle, il posa les mains sur ses épaules. La lune pleine faisait briller les eaux du lac.

— C'est si beau, dit-elle.

Il passa doucement les mains le long de ses bras. Puis il ramena ses cheveux sur un côté et lui mordilla le cou. Elle pencha la tête pour lui faciliter la tâche et ferma les yeux.

— Vous êtes toujours d'accord, Dawn ?

Elle se retourna entre ses bras et, lentement, retira sa robe à fines bretelles. Le vêtement tomba au sol, et elle se retrouva presque nue. Elle ne portait plus maintenant que son coordonné de dentelle.

Elle soutint son regard.

— Je suis toujours d'accord. Et vous ?

— Oh ! oui !

D'un geste brusque, il la plaqua contre lui et l'embrassa tout en explorant son corps de ses mains avides. Il caressa ses épaules, son dos, sa chute de reins.

Au fond d'elle, Harper espérait qu'il ne s'agissait pas uniquement d'une attirance sexuelle. D'après ce qu'elle avait cru comprendre, Cade n'avait pas couché avec une femme depuis la mort de sa fiancée. Elle n'était pas certaine de cela, mais elle le supposait. Elle vivait sous son toit depuis plusieurs jours et, maintenant, elle était sur le point de faire l'amour avec lui. Cade la considérait-il comme une solution de facilité ?

Le baiser qu'il lui donna chassa cette pensée. Quelles que soient les motivations de Cade, elle était prête à le suivre. Elle n'avait jamais connu un désir aussi puissant pour aucun autre homme.

Elle tira sur sa chemise, les boutons-pressions cédant aisément. Sans attendre, elle déposa une pluie de baisers sur ses pectoraux fermes et sculptés.

Cade était d'une beauté si époustouflante que cela la rendait audacieuse.

— Dawn, murmura-t-il.

Elle tressaillit. Elle ne voulait pas qu'il l'appelle ainsi. Elle aimerait cesser cette mascarade. Mais c'était impossible.

Il caressait sa poitrine à présent. Il massa ses seins et taquina sans relâche ses mamelons, provoquant une onde de chaleur dans la partie la plus intime de son corps. Quand il eut fini cet exquis supplice, il saisit sa main.

— Viens, dit-il.

Il la conduisit jusqu'au lit et s'y allongea en l'entraînant avec lui. Elle se retrouva sur lui, les seins pressés contre son torse.

Il prit une grande inspiration.

— Tu n'imagines à quel point…

Elle avala sa salive, redoutant ce qu'il allait dire.

À quel point il avait besoin de faire l'amour ? À quel point il la désirait ? À quel point elle l'excitait ?

— À quel point… quoi ? demanda-t-elle d'une petite voix.

— À quel point je me sens mieux quand je suis avec toi.

Oh ! Seigneur. C'était une réponse parfaite.

— C'est vrai ?

— Oui, c'est vrai.

La beauté de cette déclaration la toucha au cœur. Cade était un homme peu commun.

— Moi aussi, je me sens mieux avec toi.

Le baiser qu'il lui donna sembla plus profond, plus sérieux. Et il était encore plus délicieux.

Leurs ébats durèrent une bonne partie de la nuit. Cade caressa chaque partie de son corps avec la même attention. Il promena ses lèvres partout sur elle. En particulier sur ses seins, et entre ses cuisses, jusqu'à ce qu'elle crie de plaisir. Et, quand il se glissa en elle, toutes les sensations qui la submergeaient furent décuplées. Lorsque Cade en eut fini avec elle, elle était languide, et totalement satisfaite.

Le matin arriva bien trop vite à son goût. Elle se réveilla à côté de Cade qui dormait profondément. Il était beau, musclé et viril, mais il était aussi un amant attentionné, qui avait pris soin de lui offrir plusieurs orgasmes. Elle sourit, songeant qu'elle lui avait généreusement rendu ce qu'il lui avait donné.

Elle déposa un doux baiser sur sa poitrine. Elle aimerait rester avec lui, mais elle avait une mission. Et elle refusait de manquer à ses devoirs une nouvelle fois. Alors, elle sortit du lit et quitta la pièce sur la pointe des pieds.

Tandis qu'elle descendait l'escalier pour regagner sa chambre, des douleurs intimes lui rappelèrent sa nuit sensuelle avec Cade. Cela faisait bien longtemps qu'elle n'avait pas couché avec un homme. Avant Dale, elle avait connu quelques relations, assez décevantes. Mais, avec Cade, elle avait vécu des moments de rêve. Elle espérait qu'il n'avait pas de regrets, car elle-même n'en avait aucun.

Après s'être douchée, elle enfila un jean et un T-shirt puis se rendit dans la cuisine. Elle avait pris ses marques et à présent elle se sentait à l'aise dans cette pièce. Elle alluma la radio, réduisant le volume pour ne pas réveiller Cade, et dansa tout en sortant des placards ce dont elle aurait besoin pour le petit déjeuner. Cela faisait bien longtemps qu'elle n'avait pas été aussi heureuse. Pour l'instant, elle refusait de se sentir coupable et de laisser la réalité la rattraper.

Mais, au fond d'elle, elle craignait qu'à son réveil Cade ne regrette leur nuit. Pourtant, il lui avait susurré des mots doux hier soir et il avait tenu à ce qu'elle dorme avec lui.

— Tu es à ta place ici, avait-il soufflé juste avant de s'endormir.

Après avoir mis la cafetière en route, elle battit des œufs dans un bol et y ajouta des morceaux de bacon, des dés de jambon, des rondelles d'olive ainsi que des lamelles d'artichaut et d'oignon. Ensuite, elle râpa du gruyère qu'elle incorpora au mélange. Elle versa le tout dans une poêle en fonte, ajouta quelques épices et la mit sur le feu. En accompagnement, elle décida de confectionner un pain de maïs glacé au miel. Elle mélangea tous les ingrédients dans un grand saladier, tout en dansant et en fredonnant la chanson diffusée par la radio.

Alors qu'elle virevoltait, elle se retrouva face à Cade et s'arrêta net. Appuyé contre le mur de la cuisine, les bras croisés, il l'observait d'un regard assoupi. Elle déglutit en admirant son torse nu. Ses cheveux étaient décoiffés et sa barbe était un peu plus sombre qu'hier.

— Magnifique, dit-il, approchant d'elle.

Il s'empara du saladier qu'elle tenait et le posa sur le plan de travail. À sa grande surprise, il la prit par la main et la fit tournoyer au rythme de la musique. Après plusieurs tours, il l'enlaça et lui donna un baiser avide.

— Tu m'as manqué à mon réveil, dit-il.

— Je ne voulais pas dormir trop tard. Et je nous ai préparé une *frittata* pour le petit déjeuner.

Elle alla lui servir une tasse de café.

— J'ai vécu une nuit exceptionnelle, dit-il. Et toi ?

— Tu as le moindre doute ?

Ne savait-il pas quel amant fantastique il était ?

— D'habitude, je ne danse pas le matin en cuisinant, fit-elle remarquer.

— Tu devrais le faire plus souvent.

Elle sourit.

— Je m'en souviendrai.

Elle versa la préparation au maïs dans un moule beurré qu'elle mit au four.

— Ce sera prêt dans trente minutes, annonça-t-elle.

Elle s'assit à table avec Cade, et tous deux regardèrent par la fenêtre.

— C'est une belle journée, déclara-t-elle.

— En effet. Tu… tu aimerais faire quelque chose aujourd'hui ? Avec moi ?

Elle en serait ravie. Elle pouvait tout à fait oublier son livre de recettes pour un jour.

— Qu'avais-tu en tête ? demanda-t-elle.

— Une balade. Il y a de jolis paysages que j'aimerais te montrer.

Elle afficha un grand sourire.

— Ça me plairait beaucoup.

— Parfait, conclut-il. Ce sera notre premier rendez-vous galant.

Un rendez-vous galant avec Cade ? Cela sonnait très bien.

- 5 -

Assise sur le siège confortable d'un bateau de plaisance de dix places, Harper contemplait le lac. Une douce brise faisait danser ses cheveux tandis que leur embarcation caressait les eaux scintillantes. Ce matin, lorsque Cade avait suggéré une balade, Harper avait supposé qu'ils la feraient en voiture. Quelle n'avait pas été sa surprise quand Cade l'avait emmenée sur le quai, où un bateau les attendait !

Elle retira ses lunettes de soleil et détacha ses cheveux, qui bouclaient déjà sous l'effet des embruns. Il n'y avait que quelques bateaux au loin, et donc aucun risque que quelqu'un la reconnaisse. Elle pouvait être elle-même sans craindre d'être démasquée. C'était un sentiment merveilleux et libérateur.

— Quand nous étions enfants, mon frère et moi jetions l'ancre pas loin d'ici, pour essayer de pêcher des poissons, expliqua Cade, montrant une crique entourée d'arbres et de broussailles. Mais tout ce qu'on arrivait à attirer, c'était une flopée de canetons menée par leur maman. Lil leur jetait des miettes de pain, elle avait peur qu'ils meurent de faim.

— Ça ne m'étonne pas d'elle.

Aussitôt, Harper prit conscience de sa gaffe. Le cœur battant, elle retint son souffle, attendant la réaction de Cade.

— Qu'est-ce que tu as dit ?

— Eh bien, Lily me semble avoir bon cœur.

— Oui, elle est très généreuse. Mais ça lui joue parfois des tours.

Ouf, Cade l'avait crue. Toutefois, mieux valait changer de sujet rapidement, par sécurité.

— J'aurais préparé un pique-nique si j'avais su que nous ferions du bateau, avança-t-elle.

— Inutile, j'ai tout prévu.

— Ne me dis pas que tu as cuisiné un vrai repas ? railla-t-elle.

— Oh ! non ! Sûrement pas. Il y a un petit restaurant pas loin d'ici. Nous pouvons y déjeuner ou commander à emporter.

— À emporter, répondit-elle sans hésiter.

Cade lui lança un regard surpris puis hocha la tête.

— Entendu. Nous trouverons un coin tranquille et nous déjeunerons sur l'eau.

— Merci, Cade. C'est… adorable.

— C'est toi qui es adorable, dit-il, lui offrant un sourire charmeur.

Il saisit sa main et l'attira vers lui. Elle se laissa volontiers faire et atterrit sur son giron.

— Tu veux remplacer le capitaine ? proposa-t-il.

Ses lèvres n'étaient qu'à un souffle des siennes.

— Je crois que je veux juste le capitaine, murmura-t-elle.

— Dawn, dit-il d'une voix presque implorante, j'ai envie de toi depuis ce matin.

Il pressa les lèvres sur les siennes. Le baiser était ardent et intense, et Harper ne put retenir de petits gémissements de plaisir. Cade passa ses mains avides sur son corps tout en continuant de l'embrasser fougueusement. Ils étaient au beau milieu du lac, quasiment seuls, mais ils étaient tout de même dans un endroit public.

— Est-ce que tu as envie de…

— Oui, répondit-elle.

Cade jeta l'ancre dans la crique, puis ils allèrent à l'avant du bateau, sous l'ombre de l'auvent. Les sièges en demi-cercle étaient à l'abri des regards. Après d'autres baisers enfiévrés, Cade et elle atterrirent sur les coussins, échangeant des caresses à travers leurs vêtements. Harper voulait aller plus loin, ne faire plus qu'un avec lui.

Quand il effleura ses seins, elle s'allongea en gémissant de plaisir.

— Reste comme ça, dit-il entre deux baisers.

Il fit dériver ses mains jusqu'au creux de sa taille, ouvrit son jean et le baissa sur ses cuisses.

— Laisse-moi te donner du plaisir, Dawn.

Sans attendre, il explora ses replis intimes. Chaque caresse la rapprochait de l'orgasme. Elle n'avait jamais fait l'amour presque tout habillée, mais Cade savait s'y prendre. Elle émit des sons de plus en plus forts, de plus en plus intenses. Elle se souleva, les muscles raidis, et puis… ce fut l'apothéose. Le plaisir l'envahit telle une nuée de papillons pleins de beauté et de grâce.

Cade la rhabilla puis la prit dans ses bras, plongeant le regard dans le sien. Ils n'avaient pas besoin de parler pour se dire les choses. Pour la première fois de sa vie, elle était réellement en symbiose avec un homme.

— Tu veux toujours déjeuner ? demanda-t-il.

Elle secoua la tête, encore incapable de parler.

— Dans ce cas, retournons à la maison pour finir ce que nous avons commencé.

Cela lui convenait parfaitement.

Elle désirait Cade, et il la désirait.

C'était aussi simple que cela.

Cade arrêta le bateau le long du quai et aida Dawn à descendre. Il avait besoin de la toucher pour s'assurer qu'elle était bien réelle. Elle n'était pas une simple conquête d'un soir, ou une inconnue qui voulait coucher avec le frère du célèbre Gage Tremaine. Non, Dawn était bien plus que cela. Elle était un phare dans sa longue nuit.

Main dans la main, ils se dirigèrent vers le chalet. Lorsqu'ils furent arrivés sur le seuil, il prit son visage entre les mains et sonda son regard.

— Comment te sens-tu ?

— Bien. Très bien, susurra-t-elle.

— Moi aussi, maintenant que nous sommes arrivés.

Elle lui offrit un joli sourire tandis qu'il l'entraînait à l'intérieur. Inutile de lui demander si elle était toujours d'accord pour aller plus loin. Il avait eu sa réponse sur le bateau, lorsqu'elle l'avait embrassé à perdre haleine. Il la conduisit vers la chambre que Dawn occupait et ferma la porte. La pièce et le lit étaient plus petits qu'à l'étage, mais Cade n'y voyait pas d'inconvénient.

Il effleura ses lèvres, plongeant sa main dans sa chevelure soyeuse.

— Déshabille-toi, chérie.

— Toi d'abord.

— J'y compte bien.

Sans la quitter des yeux, il ôta sa chemise et sa ceinture pendant qu'elle retirait son slip de dentelle.

— J'ai déjà fini et tu lambines, railla-t-elle.

Il sourit.

— Des reproches, mon ange ?

— Oui. Tu prends tout ton temps !

— Tu me remercieras tout à l'heure.

Ils s'enlacèrent dans une étreinte passionnée. Cade promena les mains sur les courbes douces de la jeune femme, sur son corps qu'elle lui offrait si généreusement. Ses seins fermes et parfaits réchauffèrent ses paumes, les pointes roses et tendues l'invitant à poursuivre ses caresses. Il suçota un téton avec gourmandise, puis l'autre. Quand elle s'agita contre lui, il sentit son sexe se durcir encore. Doucement, il la fit reculer jusqu'au lit et la fit étendre sur le matelas.

Après avoir pris soin d'enfiler un préservatif, Cade s'étendit au-dessus de Dawn, qui lui tendait les bras. Elle caressa ses cheveux, son visage, puis l'embrassa. Ils semblaient s'accorder à la perfection. Quand le baiser ne suffit plus, Cade se glissa en elle, allant aussi loin qu'il le pouvait.

Les gémissements de Dawn se mêlaient à ses propres râles de désir.

— Bon sang, Dawn ! gronda-t-il.

Des sensations brutes le balayèrent tandis qu'il ondulait en elle, le regard plongé dans ses yeux brillants et enfiévrés. Elle semblait adorer tout ce qu'il lui faisait. Ses réactions étaient pour lui un puissant aphrodisiaque.

Elle n'était pas une aventure d'un soir. Loin de là.

— Cade, chuchota-t-elle, l'attirant vers elle pour un baiser enfiévré.

Elle lui coupait le souffle, au sens propre comme au sens figuré.

Soudain, elle se raidit tout en le suppliant de continuer. Il sut à quel moment exact elle atteignit l'orgasme.

Il la regarda, fasciné. La voir ainsi attisa encore son désir.

Il accéléra ses coups de reins, bientôt emporté à son tour par un séisme de plaisir et de satisfaction. Il roula sur le dos, l'entraînant avec elle pour l'étreindre. Pour la retenir.

— C'était… extraordinaire, fit-il.

Elle hocha la tête, se blottissant tout contre lui.

De quel monde venait cette femme merveilleuse ? Tout cela semblait trop beau pour être vrai.

Après leur excellente journée – et leur incroyable nuit –, Harper retrouva Cade dans la cuisine le lendemain matin. Il était en train de faire brûler du bacon dans une poêle. Harper émit un petit rire, attirant son attention. Il se retourna vers elle, l'air surpris.

— Bonjour, dit-il, déposant un baiser sur sa joue. Mon T-shirt te va très bien.

— Merci. Qu'est-ce que tu fabriques, au juste ?

Il poussa un soupir de défaite.

— J'essayais de te préparer un petit déjeuner.

— C'est vrai ? C'est gentil.

— À vrai dire, c'était une très mauvaise idée.

Il posa sa spatule et l'enlaça. Entre ses bras, elle se sentait protégée. Quand elle s'était réveillée tout à l'heure, elle avait craint qu'il soit retourné dormir dans sa chambre.

— Ce n'est jamais une mauvaise idée de cuisiner. Si tu veux, je t'apprendrai.

— Tu es prête à me donner des cours ?

— J'en serais ravie.

— Tu pourrais supporter que je sois dans tes pattes toute la journée ?

Il effleura sa bouche du bout de l'index, suivant le tracé de ses lèvres.

Elle suçota son doigt.

— Je crois que je peux y arriver, murmura-t-elle.

Une lueur prédatrice brilla dans son regard.

— Tu es une femme incroyable, mon ange, dit-il d'une voix rauque.

— Je peux être un démon parfois. Surtout dans la… cuisine. Alors, fais attention à toi.

Il se fendit d'un petit rire puis se vengea en lui donnant un long baiser qui la laissa à bout de souffle.

Elle soutint son regard. Quelque chose d'incroyable était en train de se produire. Pour elle, du moins. Et sans doute pour lui. Mais aucun d'eux n'avait abordé le sujet jusqu'à présent.

Elle ne voulait pas être la première à évoquer la question, à mettre des mots sur ce qu'ils vivaient. Elle préférait se laisser porter et voir où cette relation les mènerait.

— Alors, veux-tu que je t'apprenne à cuisiner, oui ou non ?

— Je n'arrive pas à croire que je vais dire cela, mais ma réponse est oui. Je veux apprendre. Tu vas me taquiner et me tenter pendant les cours ?

Elle lui offrit un sourire malicieux.

— Sans doute. Mais seulement si tu me provoques.

— Je m'en souviendrai.

Harper lui montra comment faire une parfaite omelette, lui prodiguant de nombreux conseils. Elle lui apprit aussi à couper des légumes en dés et en julienne. Tous deux s'efforcèrent de se concentrer, évitant de se toucher tant que la leçon n'était pas terminée.

Ils s'installèrent à table pour prendre leur petit déjeuner, et Cade lui raconta des anecdotes sur sa jeunesse en tant qu'héritier des Tremaine. Mais, chaque fois qu'il la questionnait sur sa vie, Harper lui donnait uniquement une version condensée, en prenant soin de ne pas évoquer Lily. Ou le fiasco d'*Un dernier rendez-vous*. Elle souhaitait de tout cœur être honnête avec Cade. Mais ce n'était pas le moment de lui dire la vérité. Pas alors que leur histoire commençait à peine. Certes, il était trop tôt pour appeler cela une relation, mais ses sentiments pour Cade grandissaient de jour en jour. Et elle ne pouvait rien y changer.

— La cuisine est en bazar, observa-t-elle après sa seconde tasse de café. Je vais ranger tout ça.

Au moment où elle se levait, Cade la retint par le bras et l'attira sur ses genoux.

— Plus tard. Je t'aiderai, assura-t-il.

À cet instant, son téléphone sonna. Il prit l'appareil sur la table.

— C'est ma sœur, dit-il.

Harper se leva d'un bond, soudain nerveuse. Heureusement, Cade ne sembla pas avoir remarqué sa réaction. Elle se mit à faire la vaisselle, faisant délibérément du bruit afin que Cade quitte la pièce pour parler avec Lily. Ce qu'il fit.

Harper était une si piètre menteuse qu'elle préférait ne pas entendre leur conversation, de crainte de commettre un nouvel impair. Elle frotta avec énergie les poêles et les plats, passant sa frustration sur eux. C'était presque aussi efficace que de fendre du bois.

— Ma parole, tu essayes de décaper cette poêle ? plaisanta Cade quand il fut de retour.

— Quoi ? Non. J'aime que les choses soient bien propres, c'est tout.

Il saisit une serviette et se mit à essuyer la vaisselle déjà lavée.

— Tu n'as pas à faire ça, Cade. C'est mon travail.

— C'est moi qui ai mis cette pagaille, alors il est normal que je t'aide.

Il était inutile de protester. Cade était un homme obstiné et il avait le sens du devoir.

— D'accord, céda-t-elle.

— C'était ma sœur au téléphone. Elle voulait juste prendre des nouvelles. S'assurer que je suis un bon petit garçon, que je mange bien mes légumes. Je lui ai dit que tu étais une cheffe fantastique et que je n'ai jamais été plus détendu. Ces derniers jours, c'est à peine si j'ai pensé au travail.

— C'est vrai ? demanda-t-elle d'une petite voix.

Il enroula la serviette autour de sa taille et tira sur les extrémités pour la rapprocher de lui.

— Oui, c'est vrai. Et c'est grâce à toi.

— Moi ? Tu parles de…

— Cette partie-là est fantastique, Dawn. Sincèrement, j'adore faire l'amour avec toi. Mais il y a aussi un autre aspect : tu m'as montré à quel point ma vie était vide auparavant. À quel point j'avais laissé le chagrin me paralyser.

— Je ne suis pas une experte, mais il me semble qu'il est sain de laisser libre cours à sa tristesse. Seulement, au bout d'un moment, il faut la dépasser.

Il hocha la tête.

— Grâce à toi, j'ai fait de la randonnée, du bateau, j'ai appris à cuisiner. J'ai l'impression de respirer à nouveau.

Elle ne voulait pas de ces éloges. Elle ne les méritait pas.

— Tu aurais fait toutes ces choses sans moi, argua-t-elle.

— Non, Dawn. Je sais que non.

Il avait dit son prénom avec douceur, avec respect, comme si elle était une femme honorable et non une menteuse.

Elle sonda ses magnifiques yeux noirs. Elle était charmée par sa beauté physique, mais elle admirait aussi son honnêteté, sa force.

Soudain, elle eut une révélation. Elle était amoureuse de Cade. Profondément, follement, stupidement amoureuse.

Il était l'homme parfait. Or, elle était loin d'être parfaite.

Mais ce n'était pas si important. Car ses sentiments pour lui n'allaient pas disparaître. Elle aimait Cade Tremaine. Qu'elle le veuille ou non.

— Dawn ? Tout va bien ? Tu n'arrêtes pas de cligner des yeux. Tu as quelque chose dans l'œil ?

Il la dévisageait, l'air inquiet.

— Non, je... je n'ai rien.

Il parut réfléchir un instant.

— Si ça te met mal à l'aise, je n'aborderai plus ce sujet. Je ne veux surtout pas te perturber.

— Je te crois, assura-t-elle, sincère. Et tu ne me perturbes pas.

— Je suis heureux que tu aies foi en moi.

Il effaça les derniers centimètres qui les séparaient. Sentir son corps ferme contre elle lui fit perdre le fil de ses pensées. Ils avaient fait l'amour deux fois hier soir, pourtant, un simple baiser, une caresse de lui suffisaient à réveiller son désir. Elle ne pouvait pas lui avouer qu'elle l'aimait. En revanche, elle pouvait le lui montrer.

— J'ai foi en toi, oui. Mais pas en tes talents pour le rami.

Il s'esclaffa.

— Tu me lances un défi ? Tu veux refaire une partie ?

— Plus tard, peut-être.

— Pourquoi, tu as du travail ? demanda-t-il, l'air déçu.

— Oui et non. Mais, franchement, Cade...

Elle se mit sur la pointe des pieds, lécha ses délicieuses lèvres, et lui donna un baiser renversant. Puis elle murmura :

— Tout ce que je veux pour le moment, c'est toi.

Il resta coi un instant, puis sourit.

— Ah ! mince, mon ange. J'avais vraiment envie de jouer aux cartes.

Sans plus attendre, il l'emmena dans sa chambre.

Allongé dans le lit, les mains derrière la tête, Cade regardait par la fenêtre le paysage printanier. Il ne s'était pas senti aussi heureux depuis bien longtemps. Étrangement, quand il était avec Dawn, le chagrin qui le tenaillait n'était plus aussi puissant.

Après avoir fait l'amour ce matin, ils s'étaient endormis dans les bras l'un de l'autre. C'était presque l'après-midi à présent. Paresser n'avait jamais été son style, mais ne rien faire avec Dawn était bien plus agréable que de faire quelque chose avec n'importe qui d'autre. Jusqu'à présent, son travail lui avait permis de garder la tête hors de l'eau. Mais, avec Dawn, il n'avait plus besoin de cette bouée.

Il laissa échapper un soupir, frappé par une révélation : Dawn était tout ce dont il avait besoin.

La porte de la cabine de douche s'ouvrit, et il imagina sa beauté brune se glisser sous le jet de d'eau et se savonner. Aussitôt, son corps se raidit. Son désir pour Dawn semblait inépuisable. Heureusement, la réciproque semblait vraie.

Il sortit du lit et gagna la salle de bains. La cabine de douche étant déjà couverte de buée, il ne distingua qu'une vague silhouette. Aussi ouvrit-il la porte pour jeter un coup d'œil à l'intérieur.

— Cade ! Tu m'as fait peur.

— Désolé.

En réalité, il n'était pas désolé. Pas le moins du monde.

— J'ai besoin d'une douche, moi aussi. Tu veux un peu de compagnie ?

Il ne se lasserait jamais de voir son corps nu. Son fessier parfaitement rond, sa taille qu'il pouvait presque encercler de ses deux mains, ses seins pleins.

— Tu as pris ton temps, remarqua-t-elle. J'ai cru que tu ne te réveillerais jamais.

Il aimait aussi son impertinence.

— Dans une minute, tu te diras que ça valait la peine d'attendre, rétorqua-t-il.

Il entra dans la cabine. L'eau chaude ruissela sur lui, et il eut l'impression d'être au paradis. Il prit le savon des mains de Dawn, la fit pivoter puis savonna ses épaules, son dos, son magnifique postérieur. Il prit ses fesses en coupe, lui arrachant des petits sons sensuels. Remontant les mains vers sa poitrine, il caressa ses seins fermes et les savonna avec grand soin.

— Cade, murmura-t-elle en se retournant entre ses bras.

— Ça ne fait même pas une minute !

— Je sais. Il est difficile de te résister, concéda-t-elle, nouant les mains autour de son cou.

Il sourit. Si elle savait à quel point il avait envie d'elle… À quel point il avait du mal à lui résister, lui aussi… En l'espace de quelques jours, elle était devenue son ange. Sa sauveuse.

Elle reprit le savon et le passa sur lui. Lorsqu'elle arriva sous sa taille, elle exerça sa magie, le caressant intimement jusqu'à ce qu'il soit au bord de l'explosion. Et, lorsqu'elle remplaça ses mains par ses lèvres, Cade ne put résister plus longtemps.

Il l'interrompit juste à temps et la porta dans ses bras. Ils sortirent de la douche et se séchèrent rapidement avant de retourner au lit. Après avoir déroulé un préservatif sur lui, Cade se glissa entre ses replis secrets, allant et venant en elle jusqu'à ce qu'ils soient tous deux essoufflés, satisfaits et épuisés.

- 6 -

Les jours suivants, Harper passa son temps à cuisiner, randonner et naviguer avec Cade. Elle savourait chaque minute passée avec lui. Il y avait également leur partie de rami, qui se poursuivait. Harper avait remporté quarante manches et Cade, trente-huit. Il était compétiteur et s'agaçait chaque fois qu'elle gagnait. Quand elle était en veine, il la distrayait par des baisers, voire plus.

Dans la manche en cours, Harper avait la main. Elle posa ses cartes sur la table de la cuisine.

— Et voilà ! J'ai encore gagné.

— Bon sang ! s'exclama Cade, jetant ses cartes sur la table d'un geste rageur. J'étais à deux doigts de te battre.

— Désolée, fit-elle avec un petit sourire.

Elle avait peine à croire qu'une semaine entière s'était écoulée depuis son arrivée au chalet. Le temps passait si vite… Elle ignorait combien de temps Cade comptait rester, et combien de temps ils pourraient continuer à vivre dans leur bulle. Officiellement, elle était ici pour faire la cuisine aussi longtemps qu'il en aurait besoin. Lily avait tablé sur dix à quinze jours, cependant Cade n'avait toujours pas évoqué son retour à Juliet County. Et il n'avait fait aucune mention des sentiments qu'il éprouvait pour elle. Certes, il la couvrait de compliments, ce qui était flatteur. Il lui répétait qu'elle était belle et talentueuse. Mais il ne parlait jamais de leur relation.

Par conséquent, Harper était dans l'incertitude. Une part d'elle redoutait que tout s'effondre. Mais une autre part était trop heureuse pour s'inquiéter de l'avenir. Harper appréciait le présent. Un peu trop, même.

— Je distribue, dit-elle, ramassant les cartes sur la table.

— Dawn ?

— Oui ?

— Je crois que je suis prêt.

Elle se figea et scruta son regard.

— Prêt ?

— Prêt à cuisiner pour toi. Je veux préparer le dîner ce soir.

Elle sourit.

— C'est vrai ? J'en serais ravie.

Il passa le pouce le long de sa joue et l'embrassa.

— Merci de ne pas m'avoir répondu que je n'étais pas prêt.

— Ce n'est pas un moyen de me distraire, dis-moi ?

— Non. Ça fait un moment que j'y pense.

— Puis-je te demander ce que tu comptes cuisiner ?

— Côtelettes braisées, pommes de terre hachées et pointes d'asperge à la crème.

— Eh bien ! Tu m'impressionnes.

— Il faut viser haut, répliqua-t-il en souriant. Si nous suspendions la partie pour l'instant ? J'ai des courses à faire. Tu m'accompagnes ?

— Faire les courses pour les repas, c'est ma seconde activité préférée.

Lorsqu'il se leva, elle admira son corps musclé, qu'elle connaissait maintenant de la manière la plus intime qui soit.

— Disons, ma troisième activité préférée, rectifia-t-elle en se levant à son tour. Je t'accompagne volontiers. Et ne me demande pas quelles sont les deux premières activités, tu connais déjà la réponse.

— Loin de moi cette idée.

Il posa les mains sur ses fesses et les serra doucement. Pour lui rappeler leurs prouesses sexuelles, sans doute. Et cela fonctionna. Chaque fois qu'il la touchait, son corps était aussitôt en alerte.

— Cela dit, j'aimerais bien savoir à quelle place je me situe. La première ou la seconde ?

Elle recula d'un pas.

— Nous avons des courses à faire, esquiva-t-elle. Prêt ?

— Oui. C'est une belle journée. Nous pourrions aller au supermarché à pied. Qu'en dis-tu ?

— Je suis toujours partante pour une promenade.

Le temps s'était radouci, les températures grimpant jusqu'à trente degrés. Cela faisait deux jours qu'ils n'avaient pas fait de feu de cheminée, et lorsque Harper sortit, parée de sa protection habituelle – casquette et lunettes de soleil –, la chaleur du soleil l'envahit.

Cade lui prit la main. Côte à côte, ils marchèrent le long de la route. Harper remarqua qu'il y avait davantage de voitures et de piétons que la semaine dernière. En ce mois de mai, les étudiants étaient en vacances. Et certaines personnes prenaient des congés dès maintenant pour éviter l'affluence de l'été.

Le supermarché aussi était plus fréquenté que d'habitude. Cade et elle passèrent en revue les rayons, prenant ce dont ils avaient besoin pour le dîner. Elle l'aida à choisir les meilleurs morceaux de viande et suggéra quelques herbes aromatiques. Tandis qu'elle tournait à l'angle d'un rayon, une jeune fille qui avait le nez sur son téléphone la heurta violemment. Les lunettes de Harper tombèrent au sol. Elle se retrouva exposée face à la jeune fille et à ses deux amies. Toutes les trois semblaient avoir une vingtaine d'années.

— Je suis vraiment désolée, dit la jeune fille qui l'avait heurtée.

— Ça ne fait rien. Mais la prochaine fois, vous devriez peut-être éviter de regarder votre téléphone pendant que vous faites vos courses.

Le ton était plus sec que Harper ne l'avait voulu. L'une de ses camarades d'université avait perdu sa mère à cause d'un conducteur distrait, c'était donc un sujet sensible.

— Et peut-être que la prochaine fois, vous devriez retirer vos lunettes noires quand vous êtes dans le magasin, répliqua la jeune fille.

Les deux autres la dévisageaient. Plutôt que de faire un esclandre, Harper ramassa ses lunettes et les remit.

— J'ai été opérée de l'œil récemment, prétendit-elle. Je ne dois pas être exposée à la lumière.

La jeune fille l'observa d'un air étrange, puis s'éloigna avec ses camarades. Elles chuchotèrent et se retournèrent vers elle. Ce n'était sans doute rien, se dit Harper. Pourtant, elle sentit un frisson glacé la parcourir.

Cade la rejoignit.

— Tout va bien ? demanda-t-il, posant la main sur son épaule.

— Oui. Juste des jeunes filles impolies. Rien de grave.

— Tu en es sûre ? Tu es toute pâle.

— Je... je vais bien, Cade, dit-elle, plaquant un sourire sur son visage. Tu as trouvé tout ce qu'il te fallait ?

— À toi de me le dire. Est-ce que j'ai tout ce qu'il me faut ? Oh ! tu parlais du dîner !

Cade s'était détendu depuis son arrivée au chalet. Elle devrait en faire autant.

Elle gloussa.

— La réponse est oui. Aux deux questions.

— Bien, dans ce cas, sortons d'ici pour que je puisse faire des merveilles dans la cuisine. Et dans la chambre, lui murmura-t-il à l'oreille.

Cade était de plus en plus taquin. Elle adorait ça.

— Commençons par la cuisine et voyons comment tu te débrouilles, répondit-elle.

— Tu veux dire que si j'ai une bonne note, je pourrai faire des prouesses dans la…

Elle posa l'index contre les lèvres de Cade.

— Chut, dit-elle, regardant autour d'elle.

Les jeunes filles étaient à la caisse à présent et l'une d'elles l'observait encore.

— Finalement, je crois qu'il nous faudrait une bouteille de vin pour ce soir, déclara-t-elle.

— Nous en avons plusieurs au chalet.

— Je sais, mais il faut un cabernet sauvignon. C'est ce qui se marie le mieux avec ton plat.

— D'accord, c'est toi la cheffe.

Ils se dirigèrent vers le rayon des vins. Harper jeta un coup d'œil furtif vers la caisse et remarqua que le trio avait quitté le magasin.

— Cade, j'ai oublié quelque chose. Va chercher le vin et je te retrouve à la caisse.

— Qu'est-ce que tu as oublié ?

Elle ébaucha un sourire.

— Une lotion pour le corps.

Il haussa les sourcils et sourit à son tour.

— D'accord. À tout de suite.

Elle prit au hasard une lotion corporelle à la lavande, ensuite elle se précipita vers la caisse pour voir les couvertures des journaux à sensation. Heureusement, un seul mentionnait *Un dernier rendez-vous*, mais il n'y avait pas de photos d'elle. Apparemment, elle avait été reléguée aux pages intérieures. Ce qui était une très bonne nouvelle.

Elle poussa un soupir, soulagée.

Puisqu'elle était rassurée, elle pourrait profiter de son dîner avec Cade ce soir.

— Une fois que je commence à préparer le dîner, tu ne peux plus venir dans la cuisine tant que ce n'est pas prêt, avertit Cade quand ils furent de retour au chalet.

— Vraiment ?

— Je te l'ai dit, je veux tout faire tout seul, rappela-t-il en sortant les courses. Ensuite, tu pourras pointer mes erreurs.

— Tu t'en sortiras très bien. J'ai confiance en toi.

— C'est vrai ? Tu as confiance en moi ?

— Évidemment.

Il eut l'air perplexe.

— Je ne voudrais pas te décevoir.

— Tu ne me décevras pas, assura-t-elle, ponctuant ses paroles d'un baiser. Fais de ton mieux, cela suffira. Je te laisse.

— Profite de ton après-midi. Qu'est-ce que tu as prévu ?

— Je compte faire des recherches dans ma chambre. Mais si tu as besoin de…

Il l'interrompit en lui donnant un bref baiser.

— Allez, file ! ordonna-t-il. Tout ira bien.

— D'accord, je m'en vais.

Elle gagna sa chambre et contempla son reflet dans un miroir. Son visage respirait la joie et le bonheur. Cette félicité, elle la devait à Cade.

Elle s'assit sur le lit et prit son téléphone. Elle avait reçu un SMS de Lily, dans lequel son amie lui demandait quel était le meilleur moment pour discuter. Sans attendre, Harper lui téléphona.

Lily décrocha à la première sonnerie.

— Bonjour, Lily.

— Harper ? Je suis contente de t'entendre ! Cela faisait un moment.

— Je sais. Je… je passe beaucoup de temps avec ton frère.

Il y eut un silence à l'autre bout de la ligne.

— Y a-t-il quelque chose dont tu veux me parler ? questionna-t-elle.

— Peut-être, mais d'abord, raconte-moi ce qui se passe. Je me sens isolée ici. Dans le bon sens, bien sûr. Mais peux-tu me dire où en est la situation me concernant ?

— Eh bien, la « traque de Harper » se poursuit. Mais les choses se calment. Du moins, je crois. Les journaux parlent encore de toi mais pas autant que quand tu as rompu avec Dale.

Harper expira.

— Ah. Ce sont de bonnes nouvelles.

— Ça fait presque deux semaines, mais c'est très peu de temps au pays des tabloïds, avertit Lily. Ils peuvent exploiter une histoire pendant des mois. Surtout avec quelqu'un d'aussi connu que toi.

— Nous sommes allés au supermarché aujourd'hui. Comme je n'ai vu ma photo dans aucun journal, j'ai pensé que c'était positif.

— Nous ?

Ignorant la question de Lily, elle demanda :

— Comment va ta mère ? Et le reste de la famille ?

— Maman se porte bien. Mais elle s'inquiète de ne pas avoir de nouvelles de Cade. Elle pensait qu'il lui téléphonerait tous les jours pour lui parler travail et lui reprocher ce repos forcé. Or il n'appelle plus du tout. Harper, que se passe-t-il ?

— Lily, je… Eh bien… Il faut que tu saches. Cade et moi nous entendons très bien.

— Tu veux dire qu'il ne t'embête pas et qu'il ne déteste pas tes repas diététiques ?

— Non. Il est… formidable. Nous passons beaucoup de temps ensemble. Nous faisons des randonnées, des virées en bateau, nous jouons aux cartes.

— Harper, qu'est-ce que tu me caches ?

Harper ferma les yeux un instant puis répondit :

— Lily, je tiens à le dire, je suis venue ici avec les meilleures intentions. Je prends mon métier très au sérieux et j'ai fait de mon mieux. J'ai essayé d'être la cuisinière personnelle de Cade et rien de plus. Mais nous sommes seuls ici, et j'avais besoin de compagnie. Au début, nous avons commencé par faire des randonnées. Puis du bateau. Nous jouons aussi au rami, et…

— Qu'est-ce que tu es en train de me dire ? Que mon frère s'amuse ? Qu'il se détend ?

— Il m'a demandé de lui apprendre à cuisiner.

— Cade cuisine ? s'exclama Lily.

— Il me prépare un dîner en ce moment même. Tout seul. Il avait envie d'apprendre.

— Incroyable ! Cade cuisine et prend du bon temps. Je crois que je te déteste.

— Oh ! non, Lily ! S'il te plaît…

— Je plaisantais, Harper. Je ne pourrais jamais te détester. Au contraire, je t'adore d'avoir réussi à sortir Cade de sa torpeur. On dirait qu'il remonte la pente. Et vous deux, vous êtes…

— Nous sommes proches. Je suis sous son charme, et je crois qu'il ressent la même chose. Je ne voulais pas tirer profit de la situation, je tiens à le dire. Ce n'est pas une passade, Lil. Je suis amoureuse de Cade. Je l'aime vraiment.

— Oh ! Harper… Tu en es sûre ? Tu sors à peine de ton histoire chaotique avec Dale.

— Je n'aimais pas Dale. Pas comme j'aime ton frère. Il est… exceptionnel.

— Que ressent-il pour toi ?

— Franchement, je l'ignore. Nous ne parlons pas de nos sentiments. Du moins, pas encore. Mais il est heureux, et je suis heureuse. J'ignore comment cette relation évoluera. Mais j'ai pensé que tu avais le droit de savoir.

— Trésor, je suis ravie pour Cade et toi. Mais il y a plusieurs éléments à considérer. Pour commencer, tu lui mens depuis le jour de votre rencontre.

— Je sais. J'y pense beaucoup et ça me ronge. J'aimerais vraiment dire la vérité à Cade, mais je ne veux pas trahir ta confiance et tout gâcher.

— Si Cade est heureux et que vous vous êtes rapprochés, tu devrais peut-être lui avouer la vérité. Je pense qu'il pourra encaisser le choc.

— Tu crois ?

— Je l'espère, en tout cas. Mais c'est à toi de décider. Quel que soit ton choix, je te soutiendrai.

— Et ta mère ?

— Je lui parlerai. Maman sera contente de savoir qu'il a quelqu'un dans sa vie. Qu'il sort de son marasme. C'est une nouvelle fantastique.

— Tout va très vite, et ça m'effraye. Je crois que je devrais parler à Cade.

— Quoi que tu fasses, je serai de ton côté.

— Merci.

Elle se mordilla la lèvre, songeant à la tâche qui l'attendait.

— Je lui parlerai, Lil. J'attends juste le bon moment.

Cade avait tout installé sur la table basse, près de la cheminée. Il avait choisi la plus belle vaisselle ainsi que des verres à vin étincelants. Sur le sol, il avait disposé des coussins. Le feu crépitait dans la cheminée et les flammes des chandelles dansaient aux quatre coins de la pièce. Le repas était prêt. Et Cade aussi. Il tenait à faire plaisir à Dawn. Il avait préparé ce dîner pour faire partie de son monde, pour lui montrer qu'elle comptait pour lui.

Il ignorait quand et pourquoi c'était arrivé, mais il s'était attaché à elle. Dawn l'avait ramené à la vie. Elle était jolie, drôle et charmante. Elle avait annihilé ses défenses, le rendant vulnérable. Il était en train de tomber amoureux. Et il s'en réjouissait.

Il gagna la chambre de Dawn et frappa à la porte.

— Oui ?

— C'est moi, dit-il avant d'entrer dans la pièce.

Dawn était assise devant le secrétaire. Il la prit par la main et l'aida à se lever.

— Ferme les yeux, ordonna-t-il.

— Pourquoi ?

— Ferme-les, s'il te plaît, et suis-moi.

Il plaça une main devant ses yeux, par sécurité, et la guida jusqu'au salon.

— C'est bon, tu peux ouvrir les yeux.

Il guetta sa réaction. Lorsqu'elle vit la table, la cheminée, les chandelles, son air émerveillé lui dit tout ce qu'il avait besoin de savoir.

— Oh ! Cade, c'est magnifique !

— Comme toi, dit-il, déposant un baiser sur sa joue.

— J'adore !

— J'espère que le repas te plaira autant. Assieds-toi. Je vais dresser les assiettes.

Elle sourit.

— Tu utilises le bon jargon.

— C’est parce que j’ai consulté trois livres de cuisine numériques aujourd’hui.

En riant, elle prit place sur les coussins.

Il se rendit dans la cuisine, assez fier de lui. Il avait fait bonne impression avec la table. Il espérait maintenant que le repas serait à la hauteur.

Les pommes de terre hachées semblaient délicieuses. La recette était très facile : il avait suffi de les couper finement et d’ajouter du beurre ainsi que quelques herbes. Étonnamment, le goût était très différent d’une purée de pommes de terre classique. Il servit d’abord la garniture, puis posa par-dessus deux côtelettes braisées. Il ajouta les asperges, les disposant en pointes. Pour un amateur, c’était un premier essai tout à fait correct, jugea-t-il.

Dawn contemplait les flammes du feu de cheminée lorsqu’il revint.

— Et voilà, dit-il.

Elle se retourna vers lui. En découvrant les assiettes, elle parut stupéfaite.

— Cade ! Je suis épatée.

— Tu n’y as pas encore goûté.

— Inutile. Je vois que tout est fait à la perfection. La présentation compte pour moitié dans la réussite d’un plat. Je sais que ce sera délicieux.

Il passa la main sur sa nuque.

— Je l’espère.

Il s’assit face à Dawn. Il ne s’était pas senti aussi content depuis bien longtemps. Il soupira et attendit que Dawn goûte sa création.

Elle prit un peu de tout sur sa fourchette et ferma les yeux pendant qu’elle mâchait sa bouchée, comme pour mieux distinguer chaque saveur.

— Superbe, conclut-elle.

— Tu es sérieuse ?

— C'est délicieux, Cade. Vraiment délicieux.

— Merci, dit-il avec un grand sourire.

Elle l'observa avec fierté.

— C'est une vraie réussite.

— Tu n'as pas encore goûté les petits pains. Ils n'ont pas levé comme je le voulais.

Elle jeta un coup d'œil vers le panier posé sur la table. En effet, les pains étaient plats et semblaient secs

— Faire des petits pains parfaits, c'est tout un art. J'en mangerai quand même.

— Tu n'es pas obligée.

Elle saisit un petit pain et mordit dedans. Puis elle rendit son verdict.

— Pas mal pour un premier essai.

— Tu dis ça pour me faire plaisir.

— Pas du tout. Je garde le plaisir pour plus tard, dans la chambre.

— Dans ce cas, je te ferai à dîner tous les soirs.

Elle sourit tandis que Cade servait le vin.

— À toi, dit-elle, faisant tinter son verre contre le sien. Et à tes nouvelles compétences culinaires.

Il leva son verre à son tour. Mais, en secret, il célébra l'arrivée de Dawn dans sa vie.

Cade s'assit sur le lit et observa Dawn. Il n'avait jamais admiré de plus belle vue que celle de cette jolie brune allongée dans son lit, les cheveux ébouriffés et l'air serein. Dès qu'elle ouvrit les yeux, elle noua les mains autour de son cou.

— Bonjour, dit-il, se penchant pour l'embrasser.

— Comment se fait-il que tu sois réveillé si tôt ?

— Chérie, il est déjà 10 heures.

Leur nuit avait été particulièrement active. Rien que d'y repenser, il sentait déjà son corps se raidir et son pouls s'accélérer.

— 10 heures ?

Dawn se redressa d'un bond, les draps glissant sur ses magnifiques courbes.

— Pourquoi ne m'as-tu pas réveillée ?

— Parce que tu ressemblais à la Belle au bois dormant. Tu ronflais un peu, aussi.

— Cade, tu sais que je ne ronfle pas !

— Si tu le dis.

Elle sortit du lit en riant. Il la retint par le bras, mais elle se dégagea.

— Non, Cade. Nous sommes en retard. Je dois préparer le petit déjeuner mais aussi le déjeuner.

— Qui cela dérange-t-il que nous soyons en retard ?

— Moi, ça me dérange. Je suis payée pour te nourrir. Et nous avons prévu une virée sur le lac. Nous avions projeté de partir tôt, tu te souviens ?

— C'était avant que nous enchaînions les ébats cette nuit.

— Donc, tu ne veux plus y aller ? demanda-t-elle, déçue.

Il préférerait passer la journée au lit avec elle, mais il ne reviendrait pas sur sa parole.

— Si, j'ai envie d'y aller. Mais rien ne presse. Si tu allais te préparer pendant que je m'occupe du café ?

Elle lui offrit un grand sourire qui lui réchauffa le cœur.

— D'accord. Je n'en ai que pour quelques minutes.

— Tu pourrais porter ton short en jean ? Tu sais, celui qui est tout effiloché ?

— Mon short Daisy Duke ?

— Celui-là même.

Elle lui envoya un baiser.

— Promis.

Le sourire aux lèvres, il gagna la cuisine. Plus les jours passaient, plus il était mordu de Dawn. Avec elle, la vie était plus légère, plus gaie. Quand son séjour au chalet s'achèverait, il trouverait un moyen de poursuivre leur relation.

Il commença par mettre la cafetière en marche. Tandis qu'il prenait les tasses dans le placard, il entendit une voiture s'arrêter dans l'allée. Qui cela pouvait-il être ? Il alla à la fenêtre et vit trois autres véhicules se garer devant la première, suivis d'un camion de Channel 10.

— Nom d'un chien ! marmonna-t-il.

Il savait pourquoi ces gens étaient ici. Il était hors de question qu'ils lui gâchent ses vacances.

Il alla ouvrir la porte et sortit sur le perron. Les appareils photo crépitèrent et les questions fusèrent. Il leva la main et fusilla les intrus du regard.

— N'approchez pas ! ordonna-t-il, se postant au bord de l'escalier.

S'il les laissait faire, ces types pourraient venir coller leur micro contre son visage.

Qu'est-ce que son frère Gage avait encore bien pu faire pour que les paparazzis le traquent jusqu'ici, en quête d'un commentaire ? Cade avait subi ce genre de désagréments bien trop souvent à son goût.

— Où est Harper ? demanda un journaliste.

— Vous vous cachez tous les deux ? cria un autre.

— Vous savez que tout le pays est à la recherche de Harper ?

— Mais qui est Harper ? s'exclama-t-il. Je crois que vous vous êtes trompés de personne.

— Harper Dawn ! répliqua un reporter. La femme avec qui vous vivez.

— Quoi ?

À cet instant, la porte s'ouvrit et Dawn apparut.

— Retourne à l'intérieur, lui intima-t-il. Tu n'es pas concernée.

Dawn n'écouta pas son conseil et le rejoignit sur le perron, l'air livide. Elle posa une main sur son bras.

— Je suis concernée, je le crains. Cade, je suis désolée.

— Désolée ?

Mais de quoi parlait-elle ?

La foule se mit à la bombarder de questions. C'était à n'y rien comprendre. Les journalistes n'arrêtaient pas de l'appeler Harper. Harper Dawn.

— Quand vous êtes-vous teint les cheveux ?

— Est-ce pour passer incognito ?

— Ça veut dire que vous n'aimez plus Dale Murphy ?

— Oui, j'aimerais connaître la réponse à cette question, lança un homme.

Grand, les cheveux blonds et le regard d'un bleu froid, il s'avança. Comme s'il était un dieu, la mer de paparazzis s'écarta devant lui.

On aurait dit un mauvais film, et Cade se retrouvait entraîné dedans malgré lui.

En silence, Harper fit une prière. Les journalistes étaient impitoyables. Quant à Dale, son apparition était une vraie surprise. Pourquoi était-il ici, l'air si désemparé ? se demanda-t-elle, le cœur battant.

Elle se tourna vers Cade. Il la dévisageait, l'air à la fois perdu et effrayé. Comme s'il espérait que tout cela n'était qu'un gigantesque malentendu qu'elle pourrait dissiper.

— Dawn ?

Elle ferma les yeux brièvement.

— Je suis vraiment navrée, Cade. Je ne m'appelle pas Dawn. Du moins, si, je m'appelle Harper Dawn. Et j'allais tout te dire…

— Alors c'est vrai ? Tu n'es pas la personne que tu prétends être ? Tu as changé ton apparence, si je comprends bien ?

Elle déglutit tandis que des larmes lui montaient aux yeux. Mais elle refusait de pleurer devant les caméras.

— C'est Harper Dawn, intervint l'homme blond, et je suis venu pour la reconquérir. Nous avions de merveilleux projets ensemble. Nous devions ouvrir un restaurant. Nous marier. Harper, tu es la femme que j'attendais.

Toutes les caméras furent braquées sur le chef Dale pour filmer son vibrant plaidoyer. Il était doué, elle devait le reconnaître. Il avait toujours su comment attirer les projecteurs sur lui. Elle ne l'aimait pas. Elle ne l'avait jamais vraiment aimé, mais elle s'était laissé duper par son charme et son esprit.

L'homme qu'elle aimait se tenait à côté d'elle, et son expression s'assombrissait de seconde en seconde. Cade la regardait à présent comme si elle était un monstre, une affreuse créature à double visage qui le révulsait.

— *Un dernier rendez-vous* ? Le programme de télé-réalité ? lâcha-t-il d'un air méprisant.

— C'est cela, répondit Dale. Nous nous sommes rencontrés grâce à cette émission, et nous sommes tombés amoureux.

— Non, dit-elle à Cade, secouant la tête avec véhémence. Je ne l'aimais pas.

Cade ignora ses paroles.

— Tu es une fichue star de télé-réalité ?

— Non, non ! Pas du tout.

— Elle a eu peur, déclara Dale, et elle s'est enfuie. Mais je ne renoncerai pas, Harper. Je suis venu ici pour te demander de m'accorder une seconde chance.

Cade tressaillit. Il porta sur elle un regard à la fois blessé et furieux. Puis il parut réfléchir.

— Harper ? Ma sœur a une amie qui porte ce prénom... tu connais Lily ? lança-t-il.

Mince.

— Nous devrions rentrer pour discuter en privé, Cade, plaida-t-elle.

— Et priver ces vautours d'une bonne histoire ?

— Cade, je t'en prie, supplia-t-elle, retenant ses larmes.

Il la toisa de pied en cap, avant de désigner la porte d'un signe de tête.

— Rentre, *Harper.*

Le ton de sa voix la fit trembler. Elle était dans de beaux draps.

— Tu entres avec moi ? s'enquit-elle.

— C'est mon chalet.

Elle entra la première, Cade sur ses talons. Il claqua la porte et la verrouilla. Harper avait les jambes chancelantes. Elle avait du mal à respirer tant son cœur battait vite. Cade la détestait, elle le voyait dans ses yeux. Au moins, il ne l'avait pas laissée seule dehors, dans la fosse aux lions. Des lions qui continuaient de hurler leurs questions.

Cade se dirigea droit vers le bar et se servit un scotch. Il le but d'un trait, puis s'en servit un autre.

— Cade, s'il te plaît. Laisse-moi t'expliquer.

Il la fusilla du regard. Il semblait anéanti. Elle ne l'avait pas seulement blessé. Elle avait aussi détruit sa confiance, et tout ce qui avait pu exister entre eux.

— Assieds-toi, ordonna-t-il.

Elle prit place sur un canapé près de la cheminée tandis que Cade arpentait la pièce en buvant son scotch.

Quand il eut terminé son verre, il alla le remplir une troisième fois. Enfin, il vint s'asseoir.

— Explique-toi, lui intima-t-il.

Elle commença par le commencement et lui raconta comment Lily et elle étaient devenues amies. Ensuite, elle exposa ses motivations, confiant qu'elle avait toujours voulu tomber amoureuse, se marier et fonder une famille avant trente ans. Elle avait aussi le projet d'ouvrir un restaurant. Alors, quand le chef Dale Murphy avait été choisi pour être la star d'*Un dernier rendez-vous*, Lily l'avait convaincue de se porter candidate. Harper avait émis de nombreuses réserves, mais les producteurs avaient adoré l'idée d'inclure une cheffe dans le programme. Très vite, elle avait été choisie pour être l'une des douze prétendantes de Dale.

Cade fixait la cheminée, refusant manifestement de la regarder. Son visage était fermé, et rien de ce qu'elle avait à dire ne semblait changer cela.

— Alors, quand j'ai refusé la demande en mariage de Dale, je suis devenue l'ennemi public numéro un. La presse me traquait partout où j'allais. Ils savaient où je vivais, où mes parents vivaient. Je n'avais nulle part où me réfugier. C'est pourquoi Lily m'a proposé de séjourner ici.

— C'est gentil de sa part, ironisa-t-il.

— Elle a ensuite appris que tu comptais aussi passer du temps au chalet. Lily et ta mère savaient que si elles te parlaient de ma venue, tu aurais une excuse pour renoncer à tes vacances. Je ne voulais pas te mentir, Cade. Seulement, j'étais coincée. C'est Lily qui a trouvé cette idée de cuisinière personnelle. À mes yeux, c'était un plan inoffensif. Qui nous permettait de rester ici tous les deux.

Cade se leva et la toisa.

— On t'a payée pour que tu couches avec moi.

— Non ! Je n'ai pas été payée !

Elle se leva à son tour et lui fit face. Comment avait-il pu tirer une telle conclusion ? Avait-il une si piètre opinion d'elle à présent ?

— Je suis désolée, Cade. Vraiment désolée. Mais notre liaison ne faisait pas partie du plan. C'est arrivé comme ça.

Et cela avait été un tsunami.

— Pour ce que j'en sais, tu étais dans l'émission depuis le début. Tu étais de mèche avec les producteurs ? C'est ça ? Tu as fait ça pour l'audience ? Car, honnêtement, je ne vois pas quel genre de femme doit aller dans une émission de télé-réalité pour trouver l'amour. Pas une femme pour moi, en tout cas.

Elle se mordilla la lèvre, retenant ses larmes.

— Cade, tu te trompes.

— Tu n'as pas arrêté de me mentir. Sur *tout*.

— J'allais te dire la vérité. Je t'assure que j'allais le faire.

— Je ne te crois pas, gronda-t-il. Je ne te croirai plus *jamais*. Tu t'es moquée de moi, Harper. Je me sens si stupide ! Mais tu m'as diverti, pour sûr. Tu es très douée pour le sport en chambre.

Choquée, elle eut un mouvement de recul. Elle avait envie de le gifler. Il se montrait délibérément cruel. Peut-être méritait-elle sa colère, cependant elle n'aurait jamais cru que Cade pouvait être aussi blessant. Il jeta son verre dans la cheminée. Le bruit du verre brisé résonna dans la pièce silencieuse, semblant sceller leur sort.

— Je m'en vais, déclara-t-il. Tu peux rester ou partir, c'est à toi de voir.

Autrement dit, il se fichait de ce qu'elle allait faire.

— Je… je m'en vais aussi, dit-elle.

Il lui faudrait donc affronter les paparazzis. Mais ce serait bien moins difficile que d'essayer de convaincre Cade qu'elle n'avait jamais voulu lui faire de mal.

- 7 -

— Je ne partirai pas tant que tu refuseras de me parler.

Chez Tremaine Corp., Lily se tenait devant le bureau de Cade, l'air buté. Sa sœur était la dernière personne qu'il avait envie de voir aujourd'hui. Ou plutôt, l'avant-dernière. Sa journée allait de mal en pis, et la visite de Lily était la goutte d'eau.

Passant la main sur sa nuque, il s'enfonça dans son fauteuil.

— Qu'y a-t-il, encore ?

— Tu es en train de te tuer au travail, Cade. Tu n'es jamais à la maison et maman s'inquiète pour toi.

— Je vais bien. Je fais simplement ce que j'aime faire.

— Tu ne devrais pas enchaîner les journées à rallonge. Ce n'est pas bon pour ta tension.

— Ma tension est meilleure que pendant mes dernières vacances, rétorqua-t-il. Tu sais, celles que maman et toi m'avez forcé à prendre ? Vous m'avez piégé.

— On ne t'a pas piégé, grand frère. Et si tu cessais de t'apitoyer sur ton sort, tu t'en rendrais compte. Combien de fois faudra-t-il que je te présente des excuses ?

— Le mieux que tu puisses faire pour l'instant, c'est laisser tomber le sujet.

— Cade, s'il te plaît.

Il se leva, sentant la colère monter en lui.

— Non, Lily. Tu as vu les journaux aujourd'hui ? Je

suis en première page avec le chef Dale, et Harper, ou Dieu sait comment elle s'appelle. J'adore voir ma bobine dans la presse à scandale, ironisa-t-il. Gage doit trouver ça hilarant. D'habitude, c'est lui qui fait la une.

Il regarda par la fenêtre et soupira.

— Quel effet cette histoire a-t-elle sur ma tension, à ton avis ?

— Ça se tassera bientôt, affirma Lily. Ça ne fait que quelques semaines.

Il se retourna vers elle.

— Quelques semaines de trop.

Chaque fois qu'il songeait à *Harper* – Dawn était toujours le prénom qui lui venait en premier à l'esprit –, il avait le cœur serré. Il refusait de se souvenir des bons moments avec elle. Il s'évertuait à oublier sa beauté, son corps pressé contre le sien, ses gémissements quand il lui faisait l'amour. Il luttait contre ces pensées chaque jour.

— Cade, Harper s'en veut terriblement. Elle vit chez ses parents actuellement, et elle est effondrée. Elle ne travaille plus et elle rase les murs. Les médias ne la lâchent pas. Elle n'a pas d'agents de sécurité pour les tenir à distance, contrairement à toi.

Cade était désolé de l'apprendre. Et cela l'ennuyait que les parents de Harper subissent un harcèlement médiatique alors qu'ils n'avaient rien à voir avec cette histoire.

— J'enverrai des gardes. Pour le bien de ses parents.

— Pour le bien de ses parents, c'est tout ?

— Oui, Lil. Ne va pas t'imaginer des choses.

— J'ai déjà proposé de lui envoyer des vigiles, mais Harper ne veut pas en entendre parler. Elle a refusé mon aide.

— Alors, c'est réglé.

Si c'était vraiment réglé, pourquoi avait-il le ventre

noué ? Et pourquoi avait-il l'impression d'être un minable, tout à coup ?

— Il y a autre chose ? questionna-t-il.

Il aimerait que Lily s'en aille, afin qu'il puisse oublier ces sentiments désagréables et se noyer dans le travail.

— Puisque tu le demandes, oui, répondit Lily, se laissant tomber sur une chaise en cuir. Assieds-toi, il faut qu'on parle du soixante-dixième anniversaire de maman.

— Comment ça ?

— C'est dans moins d'un mois. Nous devons commencer à tout organiser. J'ai besoin de ton aide.

Il se rassit.

— Tu peux y arriver sans moi.

— Préparer une fête pour cent cinquante personnes toute seule ? Hors de question. Gage n'arrivera que la veille de l'anniversaire, alors, il ne reste que toi et moi.

— Engage une organisatrice d'événements.

— Non. Maman n'apprécierait pas autant sa fête si c'était une étrangère qui l'organisait, tu le sais comme moi. Il faut que nous fassions de cette journée un événement inoubliable.

— D'accord, d'accord. Je t'aiderai. Mais pas aujourd'hui.

— Samedi matin, alors ?

— Entendu. Samedi matin.

— Génial, conclut Lily avec un grand sourire. Et Cade, sache que Harper souffre autant que toi en ce moment.

— Allez, ouste ! asséna-t-il.

Lily quitta le bureau d'un pas léger. Sa sœur semblait particulièrement gaie ces temps-ci.

Il s'efforça de se remettre au travail, cependant il eut bien du mal à se concentrer sur l'écran de son ordinateur. Les paroles de Lily résonnaient dans son esprit.

Harper souffre autant que toi en ce moment.

Il était tombé amoureux de Harper, et elle s'était jouée de lui. Il ne devrait éprouver que mépris pour elle. Pourtant, l'idée qu'elle se sente aussi mal que lui ne lui apportait aucun réconfort.

Bien au contraire.

— Tu es un vrai trésor, dit Harper en caressant la fourrure blanche de Queenie.

La chatte était assise en boule sur ses genoux et ronronnait à plein régime.

— Ça faisait longtemps que tu n'avais pas eu autant d'affection de ma part, hein ?

Harper passa les mains sur son dos soyeux puis la gratta derrière les oreilles. De temps en temps, elle arrêtait ses caresses, et Queenie se tournait pour la regarder, comme pour dire : *encore*.

Et Harper continuait. De toute manière, elle n'avait rien de mieux à faire. Elle n'avait pas quitté la maison de ses parents depuis son arrivée, qui remontait à deux semaines. À présent, les journalistes se faisaient plus rares. Ses parents aussi sortaient peu. Ils disaient être contents de rester chez eux et de ne pas donner aux médias ce qu'ils attendaient. Harper leur était très reconnaissante d'essayer de la protéger, mais elle savait que cette situation leur compliquait la vie.

Sa mère prenait soin de la prendre dans ses bras plusieurs fois par jour, et son père l'embrassait chaque soir pour lui dire bonne nuit. Comme quand elle était petite fille. Ses parents étaient merveilleux, et Harper s'en voulait beaucoup de ce qu'elle leur faisait subir malgré elle.

Elle ignorait si elle reprendrait un jour le métier qu'elle

adorait. Pour l'instant, le public ne voyait plus en elle une cheffe mais une briseuse de cœurs.

— Chérie, je t'ai apporté une boisson chaude.

Selon sa mère, tous les maux pouvaient être soignés par une tisane. Harper n'avait pas le courage de lui avouer qu'elle préférait le café.

— Hibiscus et framboise.

— C'est sûrement délicieux. Merci, maman.

Sa mère posa les tasses sur la table basse et s'assit à côté d'elle sur le canapé, grattant Queenie sous le menton.

— Elle est traitée comme une reine, commenta Harper.

— Nous l'avons gâtée.

— Comme vous m'avez gâtée.

— Chérie, nous ne te gâtons pas, nous te soutenons. Cela nous fend le cœur de te voir si triste.

— Je ne suis pas triste, maman. Je suis juste perdue.

Sa mère lui prit la main.

— Je sais que la situation semble sans issue pour l'instant. Mais ça passera. Il te suffit d'être patiente.

— J'ai travaillé très dur pour me faire un nom. Un éditeur est intéressé par mon livre de recettes, mais ça fait des semaines que je n'ai plus le cœur à travailler dessus. J'ai abandonné mon emploi pour l'émission *Un dernier rendez-vous*, et parce que j'ai refusé une demande en mariage, plus personne ne veut m'embaucher. Maintenant, je suis le diable incarné.

— Pas pour tout le monde.

— J'apprécie ton soutien, maman.

— Je suis sérieuse. Tu es allée sur les réseaux sociaux dernièrement ?

— Les réseaux sociaux ? Que connais-tu des réseaux sociaux ?

— Je ne suis pas née à l'âge de pierre ! Je connais ces

sites. J'ai lu plusieurs messages, et beaucoup de gens sont de ton côté. Ils disent que tu as respecté tes principes, que tu as décidé de suivre ta raison et ton cœur.

— C'est vrai ?

— Oui, je t'assure. Donc, tu vois, tout le monde n'est pas contre toi. Quant à ces trolls qui te descendent en flammes, quelle importance ? Ce ne sont pas eux qui te définissent. C'est toi qui te définis.

Harper but sa tisane. Sa mère avait réussi à lui remonter le moral en lui faisant voir les choses sous une perspective tout à fait différente.

— Merci, maman. Tes paroles m'aident beaucoup.

— À la bonne heure. Il faut que tu te remettes en selle. Tu dois leur montrer que tu ne te laisses pas abattre.

Le téléphone de Harper sonna. Elle consulta l'écran.

— C'est Lily, dit-elle.

— Je vais vous laisser discuter entre filles.

— Maman, je peux la rappeler plus tard. Nous n'avons pas fini notre tisane.

— Non, non, ma chérie. Nous pourrons reprendre notre conversation tout à l'heure. Dis bonjour à Lily de ma part.

— D'accord, maman. Merci.

Lorsque sa mère eut quitté la pièce, Harper accepta l'appel.

— Bonjour, Lily.

— Bonjour, Harper.

C'était toujours agréable d'entendre la voix de son amie. Elles s'appelaient plusieurs fois par semaine et prenaient soin d'éviter le sujet sensible : Cade.

— Comment vas-tu ? demanda Harper.

— Bien. Je suis en plein dans les préparatifs de l'anniversaire de ma mère. C'est une tâche colossale. Je ne sais pas comment font les organisateurs d'événements !

— Certains pourraient dire la même chose des décoratrices d'intérieur, glissa Harper, faisant allusion au métier de Lily. J'imagine que c'est avant tout une question de passion.

— Tu as raison. En parlant de passion, tu as reçu des offres d'emploi ?

— Les recruteurs ne se bousculent pas au portillon, hélas. La cuisine me manque.

— Les vautours sont encore là ?

— Il y a du mieux : ils ne campent plus devant la maison. Mais je ne suis pas encore sortie. J'ai peur que des paparazzis cachés me surprennent.

— Ce n'est pas une vie, Harper.

— À qui le dis-tu !

— Eh bien, j'ai une solution à ton problème. Mais je veux que tu m'écoutes jusqu'au bout avant de dire quoi que ce soit. Promis ?

— La dernière fois que je t'ai promis quelque chose, j'ai fini dans un programme de télé-réalité.

— Je sais, mais cette fois, c'est différent. Ce sera bon pour ta carrière.

Harper inspira. Après le discours positif de sa mère, elle avait à nouveau le désir de retrouver sa vie d'avant. Elle tenait à retrouver le respect en tant que cheffe et en tant que personne. Elle voulait pouvoir marcher dans la rue la tête haute.

— Je t'écoute, Lil.

— Comme tu le sais, je travaille sur la fête d'anniversaire de ma mère. Je mets les bouchées doubles mais j'ai rencontré un obstacle, et je crois que tu peux m'aider.

— Moi ? Comment ça ?

— Eh bien, maman est très tatillonne, or le dîner est très important pour elle. Son traiteur préféré a subi une opération d'urgence hier et a dû annuler son engagement. J'espérais que tu pourrais le remplacer et préparer le repas toi-même. Bien évidemment, nous te payerions et tu aurais une équipe pour t'aider. Je sais que c'est un grand service que je te demande, mais tu as envie de reprendre le travail, et il s'agit d'une grande réception. Es-tu d'accord pour y réfléchir ?

— Je suppose que Cade sera présent ?

— Évidemment. C'est le soixante-dixième anniversaire de notre mère.

— Dans ce cas, ma réponse est non. Désolée, Lil.

— Mais tu n'y as même pas réfléchi !

— Je n'ai pas besoin d'y réfléchir. Je suis touchée que tu aies pensé à moi, mais il est hors de question que je crée d'autres désagréments à ta famille. Tu sais aussi bien que moi que Cade ne veut pas me voir.

Elle entendit Lily soupirer.

— Je sais aussi que tu l'aimes, rétorqua son amie.

— Et ?

— Et tu vas abandonner si facilement ? Tu ne l'aimes pas assez pour te battre pour lui ? Si c'était aussi merveilleux que tu le dis, alors je pense qu'il vaut la peine que tu fasses une autre tentative. C'est un homme formidable, et tu l'as extirpé de son chagrin, Harper. Tu lui as permis de faire son deuil, ce qui est un immense exploit.

— Il me hait, Lily.

— Tu sais ce qu'on dit. La frontière est mince entre l'amour et la haine.

— C'est un cliché, qui ne s'applique pas dans mon cas.

— Les clichés existent pour une bonne raison. Et je pense que celui-ci s'applique en l'occurrence. Tu as une occasion de relever un défi. Nous avons deux semaines pour tout préparer. Cent cinquante invités à nourrir, et il faudra que tu viennes à l'avance pour décider du menu avec ma mère et entraîner ta brigade. Nous avons un joli pavillon pour les invités dans lequel tu pourras séjourner. C'est l'occasion rêvée pour montrer à tous que tu es une cheffe accomplie.

— Ça le serait si…

— Si quoi ?

— J'accepte uniquement si Cade est d'accord. Je ne veux pas lui imposer ma présence.

— Je lui parlerai.

— Non, Lily, c'est moi qui lui parlerai, du moins, s'il accepte de m'adresser la parole. Après tout, c'est moi qui ai provoqué ce désastre, alors c'est à moi de payer les pots cassés. De réparer ce qui peut l'être, en tout cas.

— D'accord, ça me paraît juste. Si Cade est d'accord, considère que tu es embauchée.

— Merci, Lily.

Elle raccrocha et ferma les yeux un instant. Si elle devait parler à Cade, il fallait qu'elle le fasse maintenant. Sinon, elle pourrait renoncer.

Sans attendre, elle lui envoya un SMS.

Bonjour, Cade, c'est Harper. J'aimerais te parler. Puis-je te téléphoner ? S'il te plaît.

À présent, la balle était dans son camp. Elle n'avait plus qu'à attendre qu'il réponde.

Si toutefois il répondait.

Confortablement installé dans son fauteuil préféré, Cade buvait un bourbon, le regard rivé à l'écran de télévision. *Un dernier rendez-vous* était un concept idiot, et Cade s'était souvent demandé pourquoi des gens participaient à ce programme. Il fallait le reconnaître, il n'avait jamais regardé l'émission auparavant, et il était surpris par les métiers des participantes. Il y avait des avocates, des infirmières, des agents de change et des *cheffes*.

Il était fasciné par ces femmes en quête d'amour – du moins, par une femme en particulier. Avec ses jolies boucles blondes, Harper Dawn semblait être la préférée des fans, et il avait du mal à croire qu'il s'agissait de la même personne que celle avec laquelle il avait passé du temps au chalet de Bright Landing. Sa métamorphose était spectaculaire, et il avait fallu à Cade plusieurs épisodes pour enfin comprendre que Dawn n'existait pas. Qu'elle n'avait jamais existé. Harper était une femme totalement différente. Elle formait un beau couple avec le chef Dale Murphy. Tous deux partageaient l'amour de la cuisine.

Cade passa les scènes où le couple s'embrassait et avança jusqu'au moment où Harper, face à la caméra, expliquait ce qu'elle recherchait chez un homme et évoquait ses sentiments pour Dale. Mais l'émotion manquait dans son discours. Et tandis que Cade continuait son visionnage, épisode après épisode, il remarqua quelques petites choses à propos de Dale Murphy. Ce dernier ne cessait de répéter à Harper qu'ils devraient ouvrir un restaurant, mais, lorsqu'ils cuisinaient en tandem, Dale remettait en question les opinions de Harper et lui faisait des critiques déguisées en compliments. À l'évidence, Murphy essayait de passer pour le chef le plus compétent.

Plus Cade le voyait à l'œuvre, plus il était persuadé que ce type était un mufle égocentrique.

— Cade, tu es là ?

Sa mère entra dans la pièce. Cade mit l'émission en pause.

— Oui, comme tu vois.

— Tu fais un marathon télé ? demanda-t-elle en s'asseyant à côté de lui.

— J'essaye juste de me mettre à la page.

— En regardant *Un dernier rendez-vous* ?

— C'est un monument de la télé.

— Tu regardes Harper pour essayer de trouver du sens à tout cela, avança-t-elle.

— Maman, quelle femme ferait une émission de téléréalité pour trouver l'amour ?

— Une femme prête pour l'amour, je suppose.

Il secoua la tête.

— Je ne comprends pas. Dawn… je veux dire Harper, était différente de la femme que je découvre dans ce programme. Je ne sais pas qui est la vraie. Je ne la connais pas du tout. Les mensonges qu'elle m'a racontés, toute cette mascarade… Je ne peux pas m'empêcher de la comparer à Bree. Bree ne m'aurait jamais fait une chose pareille. Même Madeline n'en aurait pas été capable.

Madeline avait été sa petite amie pendant un an, avant qu'il ne rencontre Bree.

Rose prit sa main entre les siennes.

— Cade, dans ton esprit, Bree était parfaite. C'était une sainte comparée aux autres femmes, mais c'était un être rare. Tu ne devrais pas évaluer toutes les femmes à l'aune du souvenir de Bree. Les gens commettent des erreurs, surtout quand ils sont acculés. Et ça m'ennuie que tu renonces à une femme à laquelle tu tiens à cause de ses erreurs. Des miennes. De celles de Lily. Il faut garder l'esprit ouvert, Cade. Ne te tire pas une balle dans le pied.

— C'est quelque chose que papa aurait pu dire, commenta-t-il en souriant.

— Et d'où crois-tu qu'il tenait cette phrase ?

Elle serra sa main puis se leva.

— Je t'aime, mon fils.

Ses paroles lui réchauffèrent le cœur.

— Je t'aime aussi, maman.

Une heure plus tard, Cade en était au septième épisode quand son téléphone émit un bip. C'était un SMS de Harper. Cade cligna des yeux, surpris. Il n'aurait jamais cru qu'elle chercherait à le joindre. Il hésita à lire le message, mais sa curiosité l'emporta. Harper lui demandait si elle pouvait lui téléphoner. Il répondit :

Il est tard. Peut-être demain.

Il relut sa réponse laconique. Inutile d'être cassant, décida-t-il. Il effaça les mots et écrit :

Nous pourrons discuter demain, d'accord ?

Elle répondit aussitôt :

D'accord, merci !

Cade se sentit nerveux, tout à coup. Il ignorait ce que Harper voulait. Il n'aurait peut-être pas dû dire oui si vite… Avait-il réellement envie de discuter avec elle ? Il n'en était pas sûr.

Il se cala dans son fauteuil, bien décidé à regarder *Un dernier rendez-vous* jusqu'à la fin. De toute façon, il n'arriverait pas à trouver le sommeil ce soir. Pas quand Harper Dawn envahissait toutes ses pensées.

— Trésor, c'est bon de te revoir cuisiner. Tu testes un nouveau plat pour ton livre de recettes ?

— En effet, maman.

Harper était en train de préparer des blancs d'œufs brouillés, un mets diététique pour le petit déjeuner.

— J'ai décidé de reprendre ma vie en main. Et si l'éditeur m'offre un contrat, je vous dédierai mon livre à papa et toi.

Pour l'instant, on lui avait uniquement proposé de raconter son expérience dans *Un dernier rendez-vous*. Bien entendu, elle avait refusé.

— C'est adorable, ma chérie. Ton père et moi en serions honorés. Je suis sûre que ton livre sera publié.

— Tu as une telle foi en moi ! J'aimerais être aussi optimiste.

— Laisse-toi du temps, ma chérie. Toute cette histoire t'a secouée. Mais je pense qu'au bout du compte, tout ira bien. Tu es douée, Harper.

— Merci, maman. Je t'aime.

— Je t'aime aussi, trésor.

Une heure plus tard, Harper faisait les cent pas dans sa chambre. Il fallait qu'elle cesse de temporiser. Elle devait téléphoner à Cade, car son avenir professionnel était en jeu. Elle composa son numéro et patienta. Il y eut une sonnerie, puis deux, puis trois… Enfin, Cade décrocha.

— Allô ?

— Bonjour, c'est moi.

— Quel moi ?

Eh bien ! Il n'allait pas lui faciliter la tâche.

— C'est Harper. Je suis la même personne, j'ai simplement un autre prénom.

— Je n'en suis pas certain, mais je t'écoute.

Elle compta jusqu'à trois avant de répondre. Au moins, Cade ne lui avait pas raccroché au nez. C'était encourageant. Ce qui était moins encourageant, c'était la manière dont son propre cœur cognait. La voix grave de Cade la troublait beaucoup. Et lui rappelait des jours plus heureux.

— Comment vas-tu, Cade ?

— Bien. À merveille.

— Ah, je suis heureuse de l'apprendre. Tu es occupé ? Je peux te rappeler plus tard.

— Harper.

Il semblait toujours dire son prénom avec une pointe de mépris. Ou était-ce le fruit de son imagination ?

— Dis ce que tu as à dire.

— D'accord. Je suis désolée de la manière dont les choses ont tourné, et je suppose que tu ne veux plus me revoir. Mais j'ai une chose à te demander. J'aimerais avoir une chance d'aider ta famille et de redorer mon blason en tant que cheffe. À cause du scandale, je ne travaille plus. J'ai quitté mon emploi pour participer à l'émission et je doute que des restaurants engagent une cuisinière aussi impopulaire. Puisque Lily doit trouver quelqu'un pour préparer le dîner d'anniversaire de ta mère, elle m'a demandé de la dépanner. Tu n'auras pas à me voir. Je te promets de me tenir à distance. Je passerai mon temps à élaborer le menu et à former mon équipe. J'ai dit à Lily que tout dépendait de toi.

— Donc, si j'ai bien compris, tu sollicites ma permission pour venir chez nous et préparer le dîner d'anniversaire de ma mère.

— C'est ça.

Elle l'entendit soupirer. Un long silence s'ensuivit.

— Je doute que ce soit une bonne idée.

Des larmes embuèrent son regard. Pas parce qu'elle manquait une opportunité professionnelle, mais parce que Cade la détestait tant qu'il ne voulait plus rien avoir à faire avec elle.

— Je… comprends. Eh bien, dans ce cas, il n'y a pas grand-chose à…

— Je doute que ce soit une bonne idée, mais c'est d'accord. Je ne serai pas un obstacle si tu veux cette mission.

— Alors, j'ai ta bénédiction ?

— N'exagérons rien. Mais maman a besoin d'un chef et tu as besoin de ce travail.

— Très bien, fit-elle. Merci, Cade.

Il ne répondit rien, aussi décida-t-elle de finir cette conversation avant qu'il ne change d'avis.

— Au revoir, Cade.

Elle raccrocha et agita le poing dans un geste triomphal. Puis elle se laissa tomber sur le lit, un grand sourire aux lèvres.

Elle allait concocter le meilleur repas que les Tremaine aient jamais mangé.

Et tant pis si elle devait éviter Cade durant tout son séjour.

- 8 -

— Je suis si contente que tu sois là ! s'exclama Lily, serrant Harper chaleureusement.

L'accolade de son amie la réconforta. Harper était heureuse de savoir qu'au moins une personne se réjouissait de sa présence chez les Tremaine. Mais elle ne pouvait pas penser à Cade pour l'instant. Elle n'avait qu'une semaine pour tout préparer.

— J'avais bien besoin de ce genre d'accueil, Lily. Tu es une merveilleuse amie.

— Je te retourne le compliment. Tu as l'air en forme.

— C'est faux, mais merci quand même.

Elle observa la vue depuis le perron du pavillon des invités.

— Cette propriété est incroyable ! Tu m'avais montré des photos, mais elles ne lui rendent pas justice.

— J'ai hâte de te faire faire le tour du propriétaire. Mais d'abord, allons t'installer. Voici la clé de la maison, dit-elle en lui donnant le sésame.

— C'est la deuxième fois que tu me donnes la clé d'un logement appartenant à ta famille, nota Harper.

— C'est vrai ! Viens, entrons.

Dès qu'elles pénétrèrent dans la maison, Harper ressentit des vibrations positives. C'était une demeure spacieuse, de style typiquement texan, avec de nombreuses fenêtres, de hauts plafonds et une cheminée de pierre. Harper s'aventura dans la cuisine. La pièce était équipée de longs plans de travail en granit et de tous les appareils dont elle pourrait avoir besoin, constata-t-elle en souriant.

— Jolie cuisine.

— Si tu trouves celle-ci à ton goût, attends de voir celle de la maison principale. Tout est du dernier cri.

— Il me tarde de la découvrir.

— Allons déposer tes bagages dans ta chambre.

Lily empoigna un des deux sacs et Harper porta l'autre.

— Il y a deux chambres. Choisis celle que tu veux.

L'une était peinte dans des couleurs neutres et froides, l'autre dans des tons orangés et crème. Le choix était facile.

— Je préfère la seconde, déclara-t-elle.

— Moi aussi, approuva Lily.

Harper éprouva une vague de gratitude pour Lily.

— Merci, Lil. Et merci d'être passée me prendre à mon appartement. C'était un long trajet pour toi.

— Je tenais à venir. Au cas où des photographes te harcèleraient.

— Heureusement, ils semblent être passés à autre chose depuis que Dale a déclaré renoncer à notre histoire. Je crois qu'il voulait se faire une bonne publicité avant d'ouvrir son nouveau restaurant.

— Quelle ordure !

— Je ne lui en veux pas. Il était sans doute convaincu que nous formerions un couple parfait. Malheureusement, j'ai pris conscience que nous ne faisions des étincelles que dans la cuisine. Sur le plan sentimental, il n'y a jamais rien eu de réel entre nous.

— Tu as pris la bonne décision, trésor.

— Ça en fait au moins une, glissa-t-elle en souriant.

— Bien, assez parlé du passé. Je te laisse t'installer et je reviens te chercher dans deux heures, cela te va ? Nous discuterons du menu avec maman. Elle est impatiente de te voir.

— Moi aussi.

— Bienvenue chez nous, Harper, conclut Lily.

— Merci, Lil.

Lorsqu'elle fut seule, Harper défit ses bagages et rangea sa trousse de toilette dans la salle de bains. Elle avait cru être trop nerveuse pour se reposer, mais elle se sentait très fatiguée tout à coup. Elle retira ses vêtements, enfila un T-shirt *oversize* et programma l'alarme de son téléphone afin d'être réveillée dans quarante-cinq minutes. Cela devrait lui laisser tout le temps de se préparer avant de voir Rose. Elle s'allongea sur le lit confortable et ferma les yeux, parvenant à mettre de côté ses doutes et ses appréhensions.

Quelques coups à la porte interrompirent sa sieste. Elle jeta un coup d'œil à son téléphone. Lily était très en avance !

— J'arrive ! lança-t-elle. Une minute !

Elle alla ouvrir.

— Désolée, j'ai cru que tu avais dit 2 heures et…

Mais elle ne termina pas sa phrase, car ce n'était pas Lily qui se trouvait sur le seuil.

C'était Cade.

— Oh…, fit-elle.

Durant quelques secondes, ils se regardèrent sans rien dire. Cade reporta ensuite son attention sur ses cheveux blond miel – elle était revenue à sa couleur naturelle. Puis il détailla sa poitrine, ses cuisses nues. Son expression était indéchiffrable, à l'exception d'une lueur dans son regard.

— Tu es…

Elle porta la main à ses cheveux.

— Différente, je sais.

Lui aussi avait changé de look. Vêtu d'une chemise

blanche et d'un pantalon à pinces, il était bien loin de l'homme qui portait des jeans et des T-shirts au chalet. Toutefois, avec ses manches retroussées et son col ouvert, il était tout aussi séduisant.

Il serra les lèvres. Repensait-il à ses mensonges ?

— Qu'est-ce que tu fais ici ? demanda-t-elle. Tu as tout à fait le droit d'être là, bien sûr, tu es chez toi. Mais je croyais que…

— J'ai pensé que ce serait moins gênant de nous voir en privé plutôt que d'offrir un spectacle à mes proches si nous nous croisions par hasard devant eux.

Cade venait d'étouffer la lueur d'espoir qui s'était allumée en elle.

— Je vois… Le moment est gênant tout de même.

— Au moins, nous n'avons pas un public qui nous observe.

— Je suis désolée, Cade.

— Je ne suis pas venu pour entendre tes excuses. Je sais que tu es désolée.

Eh bien, cela avait le mérite d'être direct.

— Tu veux entrer ? proposa-t-elle.

Il promena son regard sur elle à nouveau.

— Non.

Mais ses yeux disaient le contraire. Cade ne lui faisait pas confiance, elle le savait. Pourtant, il semblait avoir du mal à rester à distance.

— Tu voulais me dire autre chose ? questionna-t-elle.

— Non. Je souhaitais simplement briser la glace.

— Considère qu'elle est brisée. Et merci encore d'avoir accepté ma présence.

— Je ferais n'importe quoi pour maman.

Y compris supporter la présence de Harper durant une semaine entière.

— À plus tard, Cade.

Elle poussa le battant, mais il plaqua la main sur la porte.

— Attends. Je ne voulais pas dire ça comme ça, déclara-t-il.

— Ah ?

— Oui. Je ne veux pas te blesser.

— Ça ne fait rien, Cade. Je dois aller me changer car j'ai un rendez-vous avec ta mère dans quelques minutes. Donc, si tu as fini, je ferais mieux d'aller me préparer.

Il laissa retomber sa main.

— Très bien.

Elle ferma doucement la porte et entendit Cade marmonner des jurons.

— Tout s'est bien passé, ironisa-t-elle.

S'adossant à la porte, elle tâcha de retenir ses larmes.

La cuisine des Tremaine était immense : trois stations de travail, de longs plans de granit, deux grands fours et même des réfrigérateurs professionnels. Une baie vitrée menait à un patio protégé du soleil par un auvent et à un jardin pouvant contenir aisément cent cinquante personnes. Une grande cheminée de pierre était installée dans un coin du patio. Harper imaginait déjà les invités dans le jardin en train de boire et de prendre des amuse-bouche. Ce serait un cadre parfait.

— Bonjour, Harper.

La voix douce de Rose l'arracha à ses pensées. Harper avait déjà rencontré la mère de Lily à plusieurs reprises.

— Bonjour, madame Tremaine.

— Je vous en prie, appelez-moi Rose. Merci d'avoir accepté de remplacer notre traiteur au pied levé, dit-elle, lui donnant une brève accolade.

Un geste qui la toucha. Elle avait bien besoin de marques d'affection en ce moment.

— Je vous en prie. C'est un plaisir.

— Je suis contente de vous revoir, Harper. Vous avez bonne mine.

— Merci. Moi aussi je suis heureuse de vous revoir.

— Harper a eu le temps de s'installer dans le pavillon des invités, intervint Lily qui venait de les rejoindre.

— J'espère que vous le trouvez confortable.

— Il est parfait. Et votre maison est splendide. En particulier cette cuisine de rêve.

— Je peux vous apporter à boire ? proposa Lily. Un thé glacé, une citronnade ? Ou quelque chose de plus fort ?

— Non, merci, répondit Harper.

— Lily, si tu apportais un pichet de thé glacé ? Prends aussi les muffins aux myrtilles qu'Irene a préparés ce matin.

— Tout de suite, maman.

— Irene est notre cuisinière, précisa Rose. Elle travaille pour nous depuis vingt ans et sera disponible toute la semaine pour vous aider.

— Formidable.

— Avant que nous n'abordions la question du menu, je dois vous présenter mes excuses pour ce qui s'est passé au chalet.

Harper se sentit rougir. Elle n'avait pas envie d'évoquer ce sujet. En fait, elle aimerait oublier toute cette histoire.

— Vous n'avez rien à vous reprocher, je vous assure.

— Lily et moi vous avons mise dans une position délicate, nous en avons conscience.

— Mais vous m'avez aidée au moment où je n'avais nulle part où aller. C'était une situation complexe. Je tiens à vous le dire, je n'ai jamais voulu faire de mal à personne.

— Cade est un grand garçon. Il s'en remettra.

— Il n'est pas ravi de ma venue.

— À votre place, je n'en serais pas si sûre. Mais je ne mêle plus de ses affaires. Bien, si nous discutions du menu ? Je pensais à un terre et mer, toutefois je suis ouverte à toutes vos propositions.

Harper ouvrit le classeur qu'elle avait apporté.

— J'ai préparé cinq menus. Nous pouvons aussi envisager différentes combinaisons.

— Vous êtes organisée. Une qualité que j'apprécie.

— J'adore mon métier, cela aide.

Rose, Lily et Harper discutèrent jusqu'à ce que chaque détail soit réglé, y compris ceux concernant les amuse-bouche, les boissons et les desserts. Rose donna à Harper une liste de cuisiniers dont la plupart étaient prêts à être ses seconds de cuisine. Harper leur téléphonerait plus tard dans l'après-midi. Et, bien qu'elle puisse préparer les desserts elle-même, elle choisit de faire appel à un chef pâtissier.

Elle fut la première à se lever, calant son classeur sous son bras.

— Merci pour votre aide, dit-elle, s'adressant à Rose et à Lily. Je serai dans le pavillon, au cas où l'une de vous voudrait ajouter quelque chose.

— Je crois que nous avons tout passé en revue, déclara Lily.

— Le dîner est servi à 19 heures, annonça Rose.

— Oh… Je ne peux pas… Je vais travailler ce soir.

— Harper, il faut bien que vous mangiez. Et pendant tout votre séjour, vous êtes notre invitée. Il est hors de question que vous ne dîniez pas avec nous.

— D'accord. Mais il y a la question de…

Lily prit sa main entre les siennes.

— Maman a raison, Harper. Il n’y a aucune raison pour que tu ne puisses pas dîner avec nous.

— C’est vrai, intervint une voix masculine derrière elle.

Harper se retourna et se retrouva face à Cade.

— Tu devrais dîner avec la famille. Je ne serai pas présent.

Donc, Cade l’évitait. Mais ce n’était pas à lui de s’éclipser. Elle avait promis de rester hors de son chemin.

— Je ne veux pas que tu t’en ailles à cause de moi. Ce n’est pas ce dont nous étions convenus, rappela-t-elle.

— Harper, j’ai des projets pour ce soir.

— Oh. Je vois.

Disait-il vrai ? Dînait-il avec une femme ?

— Il faut que j’aille au bureau. Je vous laisse.

Lorsque Cade fut reparti, Rose et Lily offrirent à Harper un regard plein de compassion.

— Les grands frères, marmonna Lily.

Rose garda le silence.

— Je vous dis à ce soir, au dîner, conclut Harper.

Lily et Rose répondirent d’un hochement de tête.

Harper quitta la cuisine, le cœur serré. Au mieux, Cade manquait un dîner avec sa famille pour l’éviter. Au pire, il avait un rendez-vous galant avec une autre femme.

— Irene, le repas était succulent, déclara Harper.

Irene était une quinquagénaire bien en chair, au sourire agréable et aux jolis yeux verts.

— Venant de vous, je prends cela comme un compliment. Merci, Cheffe Harper.

— Harper tout court, à moins que les seconds de cuisine soient dans les parages.

Irene et elle échangèrent un sourire entendu.

— En parlant de cela, je suis heureuse de vous annoncer que nous aurons une équipe de sept seconds, ajouta Harper.

— Formidable, fit Rose. Et, oui, le saumon était délicieux, Irene.

— La cuisson était parfaite. Il est difficile de la réussir, enchérit Harper.

Irene afficha un sourire radieux.

— Merci. J'apporte le café et le dessert.

— Pas pour moi, merci, répondit Harper. Je ne pourrais rien avaler de plus.

— Tu es sûre ? demanda Lily. La tarte pommes-caramel d'Irene est à tomber.

— Oui, certaine. Je la goûterai peut-être demain. Merci pour le dîner. Je compte me coucher tôt ce soir.

Lily la raccompagna, glissant un bras sous le sien.

— Alors, raconte-moi. Comment était ta première journée ?

— Plutôt bonne, je dois dire. Ça s'est mieux passé que je ne le pensais.

— Je m'en réjouis. Tu n'as pas semblé gênée par l'arrivée de Cade.

— C'est parce qu'il m'a rendu visite tout à l'heure, pour briser la glace.

— Ah ? Tu ne me l'avais pas dit.

— Je te le dis maintenant.

— Mmm… Il n'a pas eu l'air aussi choqué que je le croyais.

Son amie lui chuchota à l'oreille :

— Je crois savoir pourquoi.

— Pourquoi ?

— Il a regardé *Un dernier rendez-vous*. Maman l'a mentionné l'autre jour, sans donner de détails.

— Vraiment ? Ce n'est pourtant pas le genre de Cade. Il trouve cette émission ridicule.

— Je te répète juste ce que je sais.

Elles étaient arrivées dans le vestibule.

— De toute façon, j'ai l'esprit trop occupé pour penser à cela, répondit Harper.

Elle embrassa Lily sur la joue.

— Merci d'être la meilleure amie du monde.

Lily fit une petite révérence.

— C'est vrai. Je suis extraordinaire.

Elles rirent toutes les deux puis Harper quitta la maison.

Elle décida de faire le tour du domaine, d'une part parce qu'elle avait trop mangé et qu'un peu d'exercice lui ferait du bien, et d'autre part parce qu'elle voulait se sortir Cade de l'esprit. Elle avait espéré qu'il ne regarderait jamais *Un dernier rendez-vous*. Elle avait révélé beaucoup d'elle-même dans cette émission, ce qui n'était pas dans sa nature. Les producteurs l'avaient poussée à dévoiler ses émotions les plus profondes. Et, quand elle avait rejeté Dale alors qu'il s'était agenouillé devant elle pour la demander en mariage, elle avait provoqué le chaos.

Elle ferma les yeux, espérant qu'un jour ce souvenir s'estomperait. Lorsqu'elle entendit des chevaux s'ébrouer, elle prit la direction de l'écurie. La bâtisse n'était pas très éloignée de la maison principale. La lune ayant disparu derrière les nuages, Harper se guida grâce aux lumières au sol et traversa la route.

Une voiture s'arrêta brusquement juste derrière elle. Harper se retourna en sursaut. Les phares l'aveuglèrent. Quelqu'un sortit de la voiture et claqua la portière.

— Bon sang, Harper ! Tout va bien ?

Elle mit sa main en visière.

— C-cade ?

— Oui, c'est moi.

Il avança vers elle et l'observa de la tête aux pieds.

— Tu es sûre que tout va bien ?

— Oui, je n'ai rien.

— Je ne t'ai pas vue ! J'aurais pu te renverser ! s'exclama-t-il, passant la main sur son visage. Qu'est-ce que tu faisais sur la route ?

— Je... je faisais un petit tour et j'ai entendu les chevaux.

La gravité de ce qui aurait pu se produire s'enregistra enfin dans son esprit. Elle vacilla, et Cade la saisit par les bras. Il la scruta, la mâchoire serrée, puis il promena ses mains sur ses avant-bras avant de la relâcher. Quoique brève, cette douce caresse la fit vibrer de la tête aux pieds.

— Tu voulais voir les chevaux ?

— Oui, je voulais juste m'aérer un peu avant de rentrer.

— Attends une seconde.

Il retourna vers sa BMW gris métallisé et coupa le moteur. Puis il revint vers elle.

— Viens, je t'accompagne.

— Tu es sérieux ?

— Je me rendais à l'écurie aussi. Je passe voir mes chevaux chaque fois que je le peux.

— Dans ce cas, je devrais retourner au pavillon et te laisser seul.

Cade soupira.

— Tu veux voir les chevaux. Je veux voir les chevaux. Nous pouvons y aller ensemble sans que cela pose problème.

— D'accord. J'adorerais les voir.

— Suis-moi, ordonna-t-il.

Et ils se mirent en route.

— Combien de chevaux possédez-vous ? questionna-t-elle.

— Une vingtaine. Notre ranch a un petit élevage. C'est

notre contremaître, Nathan Haines, qui le gère. J'ai trois chevaux : Paprika, Cannelle et Sauge.

— Des prénoms dans le même thème. Ça me plaît.

— C'est Bree qui les a choisis. Elle n'aimait pas les noms plus communs comme Éclair ou Tonnerre, très populaires dans la région.

— Est-ce difficile pour toi de parler d'elle ?

Il pinça les lèvres, avant de secouer la tête.

— Plus autant qu'avant.

Il lui lança un regard qu'elle ne parvint pas à déchiffrer.

— Grâce à toi, ajouta-t-il.

Elle déglutit. Donc, elle était la partenaire transitoire qui lui avait permis de guérir, celle qui précédait la femme qui conquerrait son cœur pour de bon.

Ils entrèrent dans l'écurie, un bâtiment splendide. Les équipements étaient propres et les chevaux étaient manifestement bien installés dans leurs grands box. Dès que les juments virent Cade, elles dressèrent les oreilles et s'avancèrent pour le saluer, sortant la tête par-dessus les portillons. Cade prit quelques carottes et en donna deux à Harper.

— Tiens, tu peux nourrir Sauge, elle est très gentille. N'aie pas peur de lui montrer de l'affection, elle adore ça. Je m'occupe des deux autres.

Harper le regarda nourrir et chouchouter ses juments. Il les caressait et leur soufflait des mots tendres à l'oreille. Elle était presque jalouse, si du moins on pouvait être jaloux d'animaux aussi majestueux. Toutefois, elle n'avait aucun droit d'être jalouse. Elle avait tout gâché avec Cade, et bien qu'il soit courtois avec elle, aucun avenir n'était possible entre eux.

— Si un jour tu veux la monter, je préviendrai Nathan, offrit-il. Il pourra te faire faire une balade.

— Oh ! merci. Mais je n'aurai pas le temps. J'ai trop de travail.

— J'ai entendu dire que ton menu était superbe.

— Ce dîner est un sacré défi.

— Tu t'en sortiras bien. Et même très bien.

— C'est gentil de me dire ça.

— Je ne le dirais pas si je ne le pensais pas.

Elle sourit tandis que Cade l'observait. La douceur de son regard la troublait. C'était un supplice d'être face à lui alors qu'il se montrait si gentil.

Elle ne pouvait pas se permettre d'espérer.

Elle refusait d'espérer.

— Je ferais mieux d'aller me coucher, déclara-t-elle. Il se fait tard.

— Je te reconduis.

— Non, je préfère marcher.

— Je t'accompagne, alors.

— Pourquoi, Cade ?

— Pourquoi ? Pourquoi je veux m'assurer que tu rentres saine et sauve chez toi ? Peut-être parce que j'ai failli te renverser ce soir. J'ai vraiment eu très peur. Je ne peux pas perdre une autre…

— Cade, je peux rentrer seule. Je te remercie pour ta sollicitude, mais il vaut mieux que nous gardions nos distances. C'est… c'est difficile pour moi aussi.

Elle caressa la tête de Sauge, puis pivota sur ses talons et sortit de l'écurie. En priant pour que Cade ne la suive pas.

Le lendemain matin, quand Cade arriva dans la cuisine, sa mère et Lily étaient déjà en train de prendre leur café. Elles étaient les dernières personnes qu'il ait envie de voir en ce moment. C'étaient elles qui étaient à l'origine de ses ennuis. Résultat : il côtoyait Harper et la désirait alors qu'il devrait la fuir. Ils étaient convenus de se tenir éloignés l'un de l'autre, pourtant il souhaitait briser les règles que lui-même avait établies.

Pour quelle raison ? Parce qu'elle lui manquait.

Elle n'était pas faite pour lui, il le savait. Mais elle était comme un aimant qui l'attirait inexorablement.

Il s'apprêta à faire demi-tour. Hélas, sa mère et sa sœur avaient remarqué sa présence.

— Hé, Cade ! Où vas-tu ? demanda Lily. Viens t'asseoir avec nous.

— Oui, enchérit sa mère. Irene a préparé ton petit déjeuner. Il ne faut pas le laisser refroidir.

— Je n'ai pas faim, prétendit-il.

Néanmoins, il alla s'asseoir, posa les coudes sur la table et passa les mains dans ses cheveux.

— Tu as une sale mine, remarqua Lily. Tu as les yeux rougis.

— Je n'ai pas beaucoup dormi.

Sa sœur lui servit un café.

— J'espère que tu ne couves pas quelque chose, avança sa mère.

— Je crois que si, intervint Lily. Ça s'appelle le syndrome Harper.

Il décocha un regard noir à sa cadette.

— Très drôle.

— Je croyais que tout allait mieux entre vous deux, s'étonna Rose. Vous vous êtes à peine vus, d'ailleurs.

— Peut-être qu'il l'a vue plus longtemps que nous ne le pensons, fit valoir Lily.

— Lily, s'il te plaît, maugréa Cade. J'ai failli la renverser en voiture hier soir.

— Quoi ? s'exclamèrent sa mère et Lily d'une même voix.

— Comment est-ce arrivé ? s'enquit Lily.

— Que s'est-il passé, Cade ? ajouta Rose.

— Je revenais de mon dîner avec Madeline et son père quand…

— Tu as dîné avec *Madeline* ? s'étonna Lily.

— Oui, et avec son père, Martin O'Shea. C'était un dîner d'affaires.

— Si Madeline était là, ce n'était pas uniquement un dîner d'affaires, rétorqua Lily.

Sa sœur pouvait vraiment être pénible, parfois !

— D'accord, si tu veux, concéda-t-il.

Il n'allait pas expliquer sa relation avec son ex-petite amie maintenant. Le père de Madeline et les Tremaine faisaient des affaires depuis plus de dix ans. Martin O'Shea possédait une chaîne de magasins d'alimentation pour bétail. Cade n'avait pas revu Madeline depuis quatre ans et il avait été surpris d'apprendre qu'elle était toujours célibataire.

— Chut, Lily, ordonna Rose. Continue, Cade. Que s'est-il passé ?

— Eh bien, il faisait nuit noire et je roulais en direction de l'écurie. Je ne pensais pas que quelqu'un traverserait la route sans regarder, et j'ai écrasé la pédale de frein quand j'ai vu Harper. C'était à un cheveu près. On aurait vraiment dit une biche prise dans les phares d'une voiture. Et j'ai eu aussi peur qu'elle.

— Pauvre Harper. Elle va bien ?

— Je crois. Elle a refusé que je la raccompagne.

— C'est ta faute, Cade, lança Lily.

Cade fixa sa tasse de café.

— En fait… Je crois que je suis encore…

Il soupira.

— Je ne sais pas, reprit-il.

Il risqua un regard vers sa mère, qui l'observait avec compassion.

— Tu devrais essayer de faire le tri dans tes sentiments, déclara-t-elle. Avant que Harper ou toi ne souffriez à nouveau.

— Harper ne fait qu'obéir aux règles que tu as instaurées, remarqua Lily. Ah, quand on parle du loup…

Harper venait d'entrer dans la cuisine.

— Bonjour, dit-elle. J'espère que je ne vous dérange pas. C'est Irene qui m'a ouvert.

— Bien sûr que vous ne nous dérangez pas, assura Rose. Venez vous asseoir. Il y a bien assez à manger pour tout le monde.

— Oh ! Non, merci. J'ai déjà…

Cade avait tourné sa chaise pour lui faire face. Harper semblait chercher ses mots.

— J'ai déjà pris… mon… mon petit déjeuner.

Elle soutint son regard. Elle était très jolie le matin. Son visage était lumineux, encadré par ses belles boucles blondes. Elle portait une chemise de flanelle rouge associée à un jean et se fondait parfaitement dans le décor. À tel point que Cade en était troublé.

— Excusez-moi, balbutia-t-elle. Je reviendrai… un peu plus tard. Ce n'était rien d'important.

Elle quitta la pièce avant que Lily ou sa mère puissent l'arrêter.

— Bon sang, marmonna Cade.

Il se leva et tâcha de la rattraper. Il ne voulait pas qu'elle se sente indésirable dans cette maison.

— Harper, attends !

Elle était déjà sortie de la maison et pressait le pas

dans l'allée. Après quelques mètres, elle se retourna, les épaules affaissées.

— Pourquoi me suis-tu ?

— Pourquoi t'es-tu enfuie ? Tu aurais pu prendre un café avec nous.

— Je ne veux pas rompre les conditions de notre accord, répondit-elle, le menton levé.

— Tu prends cet accord un peu trop au pied de la lettre. Nous nous verrons forcément dans la maison, ou à l'extérieur. Au petit déjeuner le matin, au dîner le soir.

— Tu veux dire que tu n'auras pas d'autres dîners dehors ? demanda-t-elle d'un ton ironique.

— Mon rendez-vous d'hier était prévu depuis des semaines.

— Qui est cette femme ?

— C'est une amie, et son père est un partenaire d'affaires. Elle n'est pas du tout comme toi.

Harper ferma les yeux une seconde.

— C'était un compliment, insista-t-il.

— Tes compliments laissent sérieusement à désirer, Cade.

Il sourit. Ce qui ne lui était pas arrivé depuis un moment.

— Toujours aussi impertinente, à ce que je vois.

Elle lui rendit son sourire.

— C'est plus fort que moi.

— Je sais. Tu veux faire une balade à cheval aujourd'hui ? Avant le dîner ?

— À cheval ?

— Oui, avec Sauge.

À la mention de la jument, son visage s'éclaira.

— Je serai très prise toute la journée.

— Tu ne peux pas te libérer pendant une heure ?

— Eh bien, je…

— Allons ! Je veux que tu te sentes à l'aise ici. Il n'y a aucune raison pour que tu quittes la pièce chaque fois que j'apparais.

— En quoi une balade à cheval m'aiderait-elle ?

— Tu verras.

— J'ai beaucoup de commandes à passer aujourd'hui. Et il faudra peut-être que j'aille en ville pour effectuer certains achats moi-même.

— Voilà ce que je te propose : je serai à l'écurie à 17 heures. Si tu peux être là, très bien. Sinon, envoie-moi simplement un SMS.

— Ça me va.

— Je dois me changer avant d'aller au bureau. Tu peux prendre ton petit déjeuner avec maman et Lily sans risque maintenant.

Elle leva les yeux au ciel.

— Cade, parfois, tu me rends folle.

— Eh, oui ! Bienvenue dans mon monde.

Harper et Lily étaient sur le chemin du retour après leur virée en ville. Assise sur le siège passager, Harper regardait le paysage défiler.

— Nous avons accompli beaucoup de choses cet après-midi, commenta son amie.

— En effet. Merci pour ton aide, Lily. Nous avons bien avancé. Les chaises et les tables que tu as choisies sont très jolies. Ce sera une fête splendide.

— Je l'espère. Gage se charge de la musique. J'ai hâte que tu fasses sa connaissance.

— Tu te rends compte ? Je vais rencontrer une star du country rock !

— Pour moi, ce n'est que l'un de mes frères.

— Aux dernières nouvelles, la plupart des frères n'ont pas une collection de Grammys et ne remplissent pas des stades partout dans le monde.

— Quand Gage s'est lancé, tout ce qu'il voulait, c'était jouer de la musique dans les clubs du coin. Il adore son métier et dit que tant que le Seigneur le laisse faire de la musique, il ne demande que cela.

— Je suis comme lui. Je veux juste gagner un salaire correct en faisant ce que j'aime. Ton frère semble avoir la tête sur les épaules.

— Gage ? s'exclama-t-elle avec un petit rire. Loin de là. Il est très prétentieux et ne se prive pas de dire leurs quatre vérités aux gens. Mais ce n'est pas la célébrité qui l'a changé. Il est né comme ça !

— N'empêche, il me tarde de le connaître.

Lily se gara devant le pavillon des invités.

— Merci pour la balade, Lily. Et pour ta compagnie.

— Pas de quoi. Plus que cinq jours avant le grand événement.

— Je serai prête.

— Que vas-tu faire en attendant le dîner ? s'enquit Lily.

Il était 15 heures.

— Peut-être retravailler mes recettes. Et faire une sieste.

— J'ai une meilleure idée. Si tu faisais cette balade à cheval avec Cade ?

— Tu es courant ? s'étonna Harper.

— J'ai entendu Cade demander à Nathan de préparer les chevaux.

— Je n'ai pas encore pris ma décision. Je ne devrais sans doute pas y aller. Je ne vais pas y aller.

— Qui essayes-tu de convaincre ? Moi, ou toi ?

— Toi. Moi.

Elle baissa les épaules.

— Je ne peux pas risquer de souffrir à nouveau, Lil.

— Tu dis que tu aimes mon frère. Est-ce toujours vrai ?

Harper se mordilla la lèvre. Elle n'avait pas envie d'avouer ses sentiments, même à sa meilleure amie, car si elle disait les mots à voix haute, cela ne ferait que raviver sa blessure.

— Harper ?

— Oui ?

— Est-ce que tu aimes Cade ?

Elle se rappela leurs journées au chalet. Elle revit l'homme gentil qui ne savait pas cuisiner. Qui fendait du bois torse nu. Qui avait remporté la bataille contre son chagrin. L'homme qui lui avait montré ce qu'était l'amour vrai.

— Oui. Oh ! oui ! Je l'aime. Je ne peux pas le nier.

— Alors pourquoi ne pas te battre pour lui ? Pourquoi rester à distance ? S'il ne voulait pas faire cette balade à cheval avec toi, il ne te l'aurait pas proposée.

— À mon avis, il veut juste me mettre à l'aise.

— Ce sont des inepties. Cade tient encore à toi. Il n'a peut-être pas oublié ce qui s'est passé, mais tu n'as pas envie de savoir ce qu'il ressent ? Si tu renonces à lui sans lutter, ne vas-tu pas le regretter ?

— Lily, pourquoi faut-il que tes arguments soient si convaincants ?

— Va à ce rendez-vous, Harper. Ne serait-ce que pour profiter d'une agréable balade à cheval avec un beau mâle.

— Un *beau mâle* ? Tu parles de ton frère.

— C'est vrai, c'était maladroit, concéda-t-elle. Mais tu sais ce que je veux dire.

— Je sais, oui. Cade est en effet un beau mâle. Je vais y réfléchir, Lily. Je te vois au dîner.

Lorsque Cade la rejoignit près du corral, Harper fut bouche bée. Tenant les rênes de Sauge et de Cannelle, il portait des bottes, un jean, une chemise noire à boutons-pressions et un stetson. On aurait dit un cow-boy tout droit sorti de ses fantasmes. Ce n'était pas juste que Cade puisse avoir un tel effet sur elle…

— Me revoilà, dit-elle timidement.

— Je suis content que tu aies pu venir.

— J'ai bien avancé dans mon travail. Donc, j'ai pu me libérer, mais il faut que je te prévienne : la dernière fois que je suis montée à cheval, j'avais dix ans. Et c'était dans un de ces manèges où on ne fait que tourner en rond.

— Sauge est vraiment adorable. Il n'y aura aucun problème avec elle. Et je serai juste derrière toi.

Lorsqu'elle plongea le regard dans le sien, une onde de chaleur se propagea en elle.

— C'est… c'est bon à savoir.

— Dès que tu es prête, mets ton pied gauche dans l'étrier, agrippe le pommeau de la selle puis passe ta jambe droite de l'autre côté.

Après trois tentatives, elle se tourna vers Cade.

— Échec total.

— Non, il te faut juste un petit coup de main. Allez, essaye encore.

Cette fois, lorsqu'elle saisit le pommeau, Cade poussa son postérieur afin qu'elle ait plus d'élan. Cela fonctionna.

— Et voilà, conclut-il.

— Merci.

Ses fesses la picotaient encore à l'endroit où Cade l'avait touchée, et son esprit s'aventurait là où il ne devrait pas aller.

Cade ajusta ses étriers avant de lui tendre les rênes. Il monta Cannelle et donna à Harper des instructions sur la manière de guider sa monture.

— Compris, dit-elle.

Mais elle n'était pas aussi confiante qu'elle le prétendait.

D'un claquement de langue, Cade ordonna aux deux juments de se mettre en route. Elles commencèrent à avancer tranquillement.

En cette fin d'après-midi, le soleil était chaud et le ciel était un camaïeu de bleu.

— Pour visiter le ranch, rien de mieux que d'être à cheval, affirma Cade.

Harper avait décidé de le laisser diriger la conversation. Cependant, Cade ne parlait pas beaucoup. La balade se poursuivit donc en silence. Bientôt, ils arrivèrent près d'un ruisseau qui courait dans un lit rocheux, à l'ombre des arbres.

— Nous allons nous arrêter ici pour que les chevaux puissent boire.

Après être descendu de cheval, Cade tendit les bras vers Harper pour la rattraper au cas où elle tomberait. Elle parvint à descendre de sa selle sans son aide.

— Bien joué, déclara-t-il.

Ils descendirent vers le ruisseau, et les chevaux les suivirent pour aller s'abreuver.

— C'est l'endroit que je préfère dans tout le ranch, confia-t-il.

— Je te comprends. C'est très beau.

— Tu le penses vraiment ?

— Oui, vraiment.

— J'ai pensé à bâtir une maison ici. Juste assez grande pour accueillir une famille.

— Une maison pour Bree et toi, avança-t-elle.

Elle soupira et se détourna afin qu'il ne voie pas la peine dans ses yeux. Car elle ne pouvait plus cacher ses sentiments. Elle ne pouvait plus faire comme si ce n'était pas douloureux d'être ici, avec Cade. Jamais elle ne pourrait rivaliser avec Bree, la femme parfaite.

Cade saisit sa main, la poussant à se retourner vers lui. Elle constata que son regard était teinté de tristesse.

— En fait, non. L'idée m'est venue au chalet, avoua-t-il.

— Au chalet ? Tu veux dire, quand tu étais enfant ?

— Non, pas quand j'étais enfant, Harper.

— Oh.

— Je n'aurais pas dû te parler de ça, s'empressa-t-il d'ajouter.

Il baissa les yeux. Il semblait vraiment regretter ses paroles.

— C'est vrai, tu n'avais pas de raison de m'en parler, murmura-t-elle.

Cette conversation ne faisait que prouver ce qu'elle savait déjà : elle avait gâché toutes ses chances avec Cade.

— Non, aucune raison, répéta-t-il, l'attirant à lui.

Il la pressa contre son torse ferme, fixant sa bouche et effleurant sa joue. Cette simple caresse suffit à la faire fondre.

— Cade ?

— Chut.

Sur quoi, il l'embrassa. Le contact de ses lèvres sur les siennes fut comme une lumière au cœur d'une nuit sombre et sinistre. Ce baiser les liait, leur redonnait vie. Il était délicieux et surprenant à la fois.

Cade prit son visage en coupe, glissant la langue entre ses lèvres entrouvertes, lui arrachant de petits gémissements.

Tout en l'embrassant, il la fit reculer jusqu'à ce qu'elle se retrouve plaquée contre un arbre. La sensation de son corps puissant contre elle était exquise. Il caressa ses seins à travers l'étoffe de sa chemise, attisant son excitation jusqu'à ce qu'elle ait envie de crier. Il s'aventura vers sa taille, et plus bas. Elle se cambra contre lui afin d'accroître le plaisir qu'il lui donnait. Après quelques instants, elle l'entendit baisser la fermeture de son jean. Puis il écarta son slip et taquina ses replis intimes, sa peau sensible et pulsante de désir. Bien vite, elle fut au bord du précipice.

— Cade…

Elle serra les dents tandis que son corps était balayé par un orgasme qui la secoua violemment. Il lui fallut quelques instants pour redescendre sur terre.

Cade semblait content de lui. Il l'embrassa et murmura :

— Dawn.

Dawn ? Dans le feu de la passion, il l'avait appelée Dawn. Elle recula un peu pour sonder son regard, mais le téléphone de Cade se mit à sonner. Cade sembla un peu perdu et resta figé pendant que les sonneries s'enchaînaient.

— Tu ferais mieux de répondre, suggéra-t-elle.

Après quelques secondes, il finit par décrocher.

— Lily ? Que se passe-t-il ?

Harper entendit la voix inquiète de Lily.

— C'est maman. Elle est tombée dans l'escalier.

— Bon sang ! Comment va-t-elle ?

— Elle est assez amochée. Mais elle refuse d'aller à l'hôpital. Elle ne veut pas que j'appelle une ambulance.

— D'accord, j'arrive.

Il raccrocha et secoua la tête.

— Il faut qu'on y aille. Ma mère est blessée.

— J'ai entendu. Je suis navrée, Cade.

Elle se précipita vers Sauge et tâcha de la monter. Cade l'aida, avec moins de douceur que tout à l'heure.

Il saisit les rênes des deux chevaux.

— Accroche-toi au pommeau, ordonna-t-il.

Et ils partirent au galop.

Cade jetait des regards derrière lui pour s'assurer qu'elle

était toujours en selle. Il ne voulait sans doute pas gérer une chute. Quand la maison des Tremaine apparut dans leur champ de vision, Harper prit la parole.

— Cade, je te ralentis. Je peux me débrouiller à partir d'ici. Donne-moi les rênes.

— Tu es sûre ?

— Oui. Je ramènerai Sauge à l'écurie. Vas-y.

— D'accord. Merci !

Elle saisit les rênes et regarda Cade s'élancer à toute allure, en cavalier aguerri. Il semblait exceller dans tous les domaines. Sauf quand il s'agissait de l'appeler par le bon prénom…

Cette erreur la dérangeait plus qu'elle ne le devrait. Elle avait l'impression qu'il désirait Dawn, et non Harper, et qu'il n'arrivait pas à voir qu'elles étaient la même personne.

Elle ignorait où Cade et elle en étaient, mais pour l'instant cela n'avait pas d'importance. Tout ce qui comptait, c'était que Rose Tremaine n'ait rien de grave.

- 9 -

Cade avait menacé d'annuler la fête d'anniversaire de sa mère si celle-ci refusait que leur médecin de famille l'examine. Il avait pris un grand risque : personne ne menaçait Rose Tremaine impunément. Résultat : trois jours s'étaient écoulés, et c'était à peine si elle lui adressait la parole. Fort heureusement, elle n'était tombée que de la troisième marche et non du sommet de l'escalier. Ses jambes étaient couvertes d'hématomes et son genou était enflé. Elle présentait une éraflure sur la joue causée par un choc contre la rampe. Il suffirait d'un peu de maquillage pour la cacher, selon elle. Rien ne l'empêcherait de fêter son anniversaire comme prévu, avait-elle affirmé. Elle avait hâte que toute la famille soit réunie. Point final.

Lily, cette petite maligne, avait confié la convalescence de leur mère à Cade, prétendant qu'elle était trop occupée par l'organisation de la fête. Selon le Dr Adams, Rose n'avait besoin que de quelques jours de repos. Ensuite, elle pourrait danser à sa propre fête. Le médecin étant invité, il serait donc présent s'il arrivait quoi que ce soit.

Irene préparait les repas de Rose, et Cade les lui apportait dans sa chambre le matin avant d'aller travailler et le soir après être rentré. Il l'aidait à sortir de son lit chaque jour et l'épaulait pour marcher dans la pièce. Son genou la faisait encore souffrir, toutefois, grâce aux médicaments prescrits par le médecin, l'œdème s'était résorbé.

Dans la chambre de sa mère, Cade regardait par la fenêtre qui donnait sur l'écurie. Une jolie blonde déambulait le long de la route avec… Gage ? Quand son frère était-il arrivé ? Et pourquoi était-il en pleine conversation avec Harper ? Tous les deux étaient un peu trop près l'un de l'autre, nota-t-il. Mince ! Cade n'avait pas revu Harper depuis le soir de l'accident. Il s'était contenté de l'informer par SMS de l'état de sa mère. Elle avait répondu qu'elle était heureuse que Rose n'ait rien de grave et qu'elle espérait que celle-ci serait en forme pour son anniversaire. Mais c'était tout.

— Maman, quand Gage est-il arrivé ?

Sa mère parut surprise.

— J'ignorais qu'il était là.

— Je te le confirme, il est bien là. Il va sans doute monter te voir tout à l'heure.

— Bien. Au moins, lui ne me reprochera de vouloir m'amuser à ma fête.

— Maman, tu es encore fâchée contre moi ? demanda-t-il tout en continuant de regarder par la fenêtre.

Gage était débordant de charme, et Harper semblait ravie d'avoir toute son attention. Quelle femme ne voudrait pas connaître Gage Tremaine, l'immense star de la country ?

— Je n'étais pas vraiment fâchée, Cade. J'étais en colère contre moi-même pour avoir été maladroite. Tout le monde voulait que j'aille à l'hôpital alors que je savais que c'était inutile. Mais sache que si jamais tu me reparles de cette façon, je te déshérite, avertit-elle pour faire bonne mesure.

— C'est gentil, maman, répondit-il d'un ton distrait.

Gage et Harper s'étaient arrêtés près de la clôture du corral, et autant que Cade puisse en juger, ils avaient l'air de bien s'amuser. Mais de quoi discutaient-ils, bon sang ?

— Gentil ? répéta sa mère. Cade, tu n'as pas écouté un mot de ce que j'ai dit ! Qui est dehors avec Gage ?

C'est sûrement Harper. C'est la seule personne qui semble t'intéresser en ce moment.

— Pardon, maman ?

— Cade, regarde-moi.

Il se retourna vers elle.

— Qu'y a-t-il, maman ?

Sa mère sourit comme si elle détenait un secret que personne d'autre ne connaissait. Un secret qu'elle était sur le point de lui dévoiler, apparemment.

— Si ton esprit et ton cœur sont en désaccord, suis ton cœur, déclara-t-elle.

— Ce n'est pas si simple.

— Cade, tu réfléchis trop. Harper est une femme talentueuse, gentille et intelligente. Si tu tiens à elle, dis-le-lui. Dans le cas contraire, laisse-la tranquille.

Cade jeta un dernier coup d'œil par la fenêtre. Gage et Harper avaient enfin fini leur conversation, constata-t-il, soulagé. Gage se dirigeait vers la maison principale tandis que Harper repartait vers le pavillon des invités.

— Maman, je ne veux pas me tromper à nouveau.

— Je sais que tu as souffert de la mort de Bree.

— Il ne s'agit plus de Bree. J'ai du mal à accorder ma confiance, et j'ignore si je peux l'accorder à Harper.

— N'as-tu pas remarqué la façon dont elle te regarde ? Harper est une femme qui sait ce qu'elle veut.

Il aimerait croire sa mère sur parole.

— Cade, je suis un peu fatiguée. Tu veux bien aller chercher ton frère, pour que je le voie avant de m'endormir ?

— Bien sûr, maman.

— Pense à ce que je t'ai dit, conclut-elle.

— Promis.

De toute façon, il ne pensait qu'à Harper en ce moment. Il se sentait coupable de l'avoir mise de côté depuis la chute de sa mère et de ne pas lui avoir téléphoné. À la vérité, il avait été ébranlé par leur étreinte au bord du ruisseau. Il n'avait pas réussi à contenir son désir. N'y avait-il que de l'attirance sexuelle entre eux ? Était-ce Harper qui lui manquait, ou fantasmait-il sur Dawn, la fille qui l'avait charmé au chalet ?

Il ouvrit la porte d'entrée juste au moment où Gage arrivait sur le seuil.

— Salut, mon gars ! Content de te revoir, lança Gage en souriant.

Les deux frères se donnèrent l'accolade.

— Ça fait combien de temps ? Trois mois ?

— Environ, répondit Cade.

La ressemblance physique était évidente. Même stature, même mâchoire carrée, même cheveux bruns épais. La différence majeure était la couleur de leurs yeux. Gage avait un regard bleu rêveur que ses fans adoraient.

— Je suis heureux de te voir, moi aussi, dit Cade. Maman est dans sa chambre, elle va bientôt se coucher.

— Comment va-t-elle ?

— Bien. La convaincre de se reposer n'a pas été simple, mais je crois qu'elle pourra danser à sa fête d'anniversaire demain soir.

— Ah ! C'est une bonne nouvelle. Je voulais venir plus tôt, mais j'avais une interview à Houston. Je me réjouis que ma tournée touche à sa fin.

— C'est bon de t'avoir à la maison.

— Merci, Cade. Au fait, j'ai rencontré ta petite amie tout à l'heure. Harper, je crois ? Elle est vraiment sympathique.

Cade croisa les bras.

— Ce n'est pas ma petite amie, Gage.

— Ah bon ? Eh bien, tu devrais peut-être remédier à cela. Elle a beaucoup d'atouts.

— Comment le sais-tu ?

— Pardi, je lis les unes des journaux ! La moitié du temps, on y parle de moi. Harper a eu un traitement injuste.

— Elle t'en a parlé ? Alors que tu viens de la rencontrer ?

— Calme-toi, dit Gage en souriant. J'ai regardé le programme chaque fois que je le pouvais. Harper et ce chef, Dale, n'étaient pas faits l'un pour l'autre. Les fans se sont retournés contre elle juste parce qu'elle a pris conscience de ce fait. Heureusement qu'elle ne l'a pas épousé.

Cade serra les lèvres. Voilà que Gage, briseur de cœurs notoire, lui donnait des conseils en relations sentimentales !

— Si elle ne t'intéresse pas, peut-être que je pourrais…

— Ôte-toi cette idée de la tête, Gage, asséna-t-il.

Son cadet essayait seulement de le faire sortir de ses gonds. En tant que frères, ils avaient toujours été en compétition, mais jamais pour une femme.

— Pour être clair, sache que Harper est chasse gardée.

— Oui, j'avais compris, répondit Gage, esquissant un sourire.

— Tu n'as pas changé.

— Pourquoi devrais-je changer ? Je m'aime comme je suis. Pas toi ?

Non, Cade n'aimait pas l'homme qu'il était en ce moment. Il appréciait l'homme qu'il avait été au chalet, celui qui était tombé amoureux d'une femme merveilleuse.

— Maman t'attend, rappela-t-il. On prend un verre plus tard ?

— D'accord. Je ne dis jamais non à un verre.

Harper n'en revenait pas. Elle venait de rencontrer le célèbre Gage Tremaine ! Lorsqu'il s'était présenté, elle avait été impressionnée, comme une admiratrice énamourée. Mais il n'avait fallu que quelques minutes de discussion pour qu'elle apprenne deux choses au sujet de Gage. Premièrement, derrière la grande star de la chanson se cachait un homme bien, qui se souciait de sa famille. Deuxièmement, Gage n'était pas Cade. Loin de là.

Penser au frère de Gage était douloureux. Car, dans deux jours, elle s'en irait. Et son histoire avec Cade Tremaine serait terminée.

Après s'être préparé un thé, elle s'enfonça sur le canapé. Elle alluma le téléviseur mais ne prêta guère attention à ce qui se passait sur l'écran. Demain, c'était le grand jour, par conséquent elle ferait mieux de se coucher tôt. D'ailleurs, elle était épuisée après avoir passé la journée à faire des essais avec son équipe. Elle avait réussi à mettre de côté tous ses soucis pour se concentrer uniquement sur sa mission.

Elle sursauta lorsqu'on frappa à la porte. Elle n'était pas d'humeur à avoir de la visite. Non seulement elle était exténuée, mais elle était aussi peu présentable, avec son pantalon de jogging gris et ses cheveux graisseux et emmêlés. Elle songea à ne pas répondre, mais les coups se firent plus insistants.

Elle devinait qui était la personne derrière la porte.

— Une minute ! lança-t-elle.

Elle se précipita dans la salle de bains, se rafraîchit le visage puis gémit en voyant son reflet dans le miroir.

— Harper, tout va bien là-dedans ? cria Cade.

— Oui, ça va !

Cade était la dernière personne qu'elle ait envie de voir. Elle alla à la porte et l'ouvrit à la volée.

— Quoi ? lâcha-t-elle.

Il l'observa un instant avant de répondre.

— Bonsoir, Harper.

— Bonsoir, dit-elle, croisant les bras.

— Désolé de te déranger si tard.

— En effet, il est tard.

— Tu me fais entrer ?

Elle fit un signe de tête négatif.

— Je comprends que tu sois fâchée, Harper. Je n'aurais pas dû…

— Qu'est-ce que tu fais ici, Cade ? Pour un homme qui établit des règles, tu as certainement du mal à t'y plier.

— Je sais. J'étais…

— En pleine confusion ? Eh bien, moi aussi. Mais je suis fatiguée de tout cela, Cade. J'ai une grosse journée demain. Par conséquent, je vais te dire bonne nuit et aller me coucher.

— Harper…

— Contente que tu te sois rappelé mon prénom, cette fois !

Sur quoi, elle lui ferma la porte au nez.

Mais cela ne la soulagea pas. Au contraire.

- 10 -

Habillée de sa tenue de cheffe, Harper retrouva Rose, Lily et Gage dans la salle à manger.

— Je suis contente que vous nous ayez rejoints pour le petit déjeuner, dit Rose. Vous avez travaillé très dur toute la semaine.

— Merci. C'est bon de vous voir debout et en forme.

— Je suis tout à fait prête pour mon anniversaire, affirma-t-elle, prenant une gorgée de café. Je suis simplement triste que ma chère amie Tonette ne puisse pas prendre part à la fête. Elle est très malade. Sa fille, Gianna, s'occupe d'elle. Je crains que mon amie ne soit…

Des larmes embuèrent le regard de la matriarche.

— Oh ! Rose ! Je suis navrée, s'exclama Harper.

Lily lui avait confié que la maladie de Tonette avait beaucoup affecté sa mère. Les deux femmes étaient comme des sœurs.

— Maman, nous rendrons visite à Tonette la semaine prochaine, promit Lily. Comme nous le faisons toujours.

— D'accord. Merci, ma chérie.

Elle tapota la main de Lily.

— Sais-tu où se trouve Cade ? demanda-t-elle. Je croyais qu'il serait déjà là à cette heure-ci.

— Je doute qu'il vienne pour le petit déjeuner, intervint Gage. Il a beaucoup bu hier soir.

— Génial ! persifla Lily. Vous et vos beuveries !

— Ce n'était pas une beuverie. Nous n'avons plus dix-huit ans, je te signale. Cade a bu pas mal de verres, ensuite il est allé se coucher.

Tous les regards se portèrent sur Harper. Se sentant rougir, elle baissa la tête et avala son café d'un trait.

— Harper, si vous parliez à Gage du menu que vous avez prévu pour ce soir ? suggéra Rose.

— Volontiers, répondit-elle, ravie que l'on change de sujet. Pour rester sur le thème terre et mer, nous commencerons par des brochettes ananas-steak-crevettes, parmi une douzaine d'autres amuse-bouche.

— Vous pouvez vous arrêter là, je suis déjà conquis.

— Chut, Gage, fit Rose. Laisse-la finir.

— Pardon, Harper. Je vous en prie, continuez.

Elle sourit.

— En entrée, j'ai opté pour une salade canneberges-noix de pécan accompagnée d'une vinaigrette aux framboises. En plat principal, nous aurons un rôti de côte de bœuf accompagné de *linguine*, de noix de Saint-Jacques et de cœurs d'artichaut assaisonnés d'une crème au vin blanc.

— J'en ai déjà l'eau à la bouche. Vous m'épatez, Harper.

— Moi aussi, enchérit Lily. Harper est une grande cheffe. Ses plats sont toujours exquis. Elle a même appris à Cade à cuisiner, tu imagines ?

— Cade cuisine ? Eh bien, je suis encore plus impressionné ! Peut-être pourrez-vous me donner des cours, à moi aussi ? Je sais à peine faire griller des tartines.

Harper interrogea Lily du regard. Son amie haussa les épaules.

— Que veux-tu ? Mes frères sont nuls en cuisine.

— Ou nuls tout court, lança Cade.

Tout le monde se retourna vers lui.

— Nous parlions justement de toi, commenta Gage.

Cade avança dans la pièce. Il semblait avoir eu une nuit agitée. Ses cheveux étaient décoiffés, ses yeux rougis et ses vêtements tout froissés. Comme chaque fois qu'elle le voyait, Harper fut envahie par une vague d'amour. Avant de se rappeler ce qui s'était passé entre eux… Hier soir, elle l'avait envoyé sur les roses. Elle en avait parfaitement le droit : Cade ne pouvait pas aller et venir dans sa vie quand cela lui chantait. Elle se félicitait de lui avoir dit ce qu'elle avait sur le cœur. Néanmoins, en le voyant si défait ce matin, elle se sentait un peu coupable.

— Cade, assieds-toi et prends un café, suggéra Rose. Tu en as bien besoin, on dirait.

Cade lança un regard circulaire puis observa Harper.

— Bonjour, lui dit-il.

— Bonjour, Cade.

— C'est le grand jour ?

— Oui. Pour tout le monde. D'ailleurs, il faut que j'aille en cuisine. L'équipe arrive dans une demi-heure.

Elle se leva.

— Merci pour le petit déjeuner, déclara-t-elle.

Cade fit la moue. Pourtant, elle n'essayait pas de l'éviter, cette fois.

— Il faut vraiment que je m'y mette, ajouta-t-elle, s'adressant à tous.

— Bien, fit Rose. Assurez-vous de prendre des pauses de temps en temps. Vous n'avez rien mangé ce matin.

— Je mangerai plus tard, promis.

— Je te rejoins dans quelques minutes, glissa Lily.

Harper venait de sortir de la pièce quand elle entendit Cade dire à son frère :

— Et, non, elle ne te donnera pas de cours de cuisine.

Harper ne put s'empêcher de sourire.

Harper passa la matinée à travailler, aidée de sa brigade. Elle coupa des légumes, goûta la viande et les noix de Saint-Jacques pour évaluer leur saveur et leur texture, et se chargea des sauces et des marinades. Elle élabora également une tour de fruits, utilisant des secrets appris à l'école hôtelière afin que la construction atteigne presque un mètre de hauteur sans s'écrouler.

Dans le jardin, des serveurs disposaient les tables et les chaises. Gage et les membres de son groupe faisaient des tests sonores sur la scène qu'ils avaient installée plus tôt dans la journée.

Lily allait et venait dans la cuisine, apportant son aide autant que possible. Vers 13 heures, Harper eut le sentiment que tout se mettait en place. Elle regarda les membres de sa brigade s'affairer, fière de ce qu'ils avaient accompli tous ensemble.

À sa grande surprise, Cade vint la voir en cuisine. Vêtu d'un costume, le regard vif, il n'avait plus rien à voir avec l'homme qu'elle avait vu ce matin. À nouveau, son cœur traître fit un saut périlleux.

— Je ne t'avais jamais vue en tenue de chef, commenta Cade. Ça te va bien.

— Merci, dit-elle, continuant de couper des poivrons.

— Comment ça avance ? s'enquit-il.

— Nous sommes dans les temps, tu peux donc aller dire à Lily que tout se passe bien.

— Ce n'est pas pour ça que je suis là.

— Ah, non ?

— Je suis venu te demander de m'accorder du temps après la fête. J'aimerais te parler en privé.

— Cade…

— Je suis sérieux, Harper. Il faut vraiment qu'on discute. Accorde-moi simplement vingt minutes.

— Je ne sais pas. Pour l'instant, je ne peux pas réfléchir.

— Voilà pourquoi je te propose de te voir après la soirée.

— D'accord. Si tu veux, soupira-t-elle.

Un sourire se peignit sur son visage, qui fit fondre son stupide cœur.

— Génial, fit-il. À plus tard, alors.

En cette fin d'après-midi, c'était l'effervescence en cuisine. Les premiers invités arriveraient dans quelques minutes. Harper et sa brigade étaient prêtes.

Lily et Rose apparurent, toutes deux très belles dans leurs tenues de soirée. Rose marchait sans canne et rayonnait dans sa longue robe rose poudré.

— Tout a l'air merveilleux ! déclara-t-elle en contemplant les plats.

— Merci, mais c'est vous qui êtes merveilleuse, répondit Harper. Toi aussi, Lily.

— Merci. Maman tenait à te voir avant d'aller accueillir les invités.

— Harper, je suis très heureuse que vous soyez là, reprit Rose. Vous avez fourni un travail exceptionnel. Je sais déjà que ce sera magnifique. J'aurais aimé que vous puissiez assister à la fête au lieu de rester en cuisine toute la soirée.

— Vos paroles me vont droit au cœur, Rose. Je vous remercie.

— Maman, je ferai en sorte que Harper ait un peu de temps pour prendre part à la fête.

— Je t'en saurai gré, Lily.

Quand les deux femmes eurent quitté la pièce, Harper jeta un coup d'œil à sa veste de cuisine et grimaça. Le vêtement était couvert de taches de graisse et de framboise. Elle décida de retourner au pavillon pour enfiler une tenue propre.

Devant la maison, un voiturier ouvrait les portières. Harper se retrouva face à une jeune femme rousse qui venait de descendre de son véhicule. D'une beauté frappante, elle portait une robe émeraude au décolleté plongeant.

— Oh ! bonsoir, s'exclama la jeune femme. Vous êtes Harper Dawn, n'est-ce pas ?

— Oui, c'est bien moi.

L'inconnue avait des traits si parfaits que Harper avait du mal à ne pas la dévisager.

— Je suis Madeline O'Shea, une très bonne amie de Cade, et de sa famille, bien sûr, dit-elle en lui tendant la main.

Madeline ? Harper se souvenait que Lily lui avait parlé de l'ex-petite amie de son frère. Il l'avait connue avant Bree, et si les souvenirs de Harper étaient bons, Lily n'appréciait guère la jeune femme.

Harper s'essuya les paumes sur son tablier avant de serrer la main de Madeline.

— Enchantée.

— Je vous ai vue à la télévision. Je suis une grande fan d'*Un dernier rendez-vous*. Cade n'a jamais voulu regarder l'émission avec moi. Il trouvait le concept stupide et affirmait qu'une femme qui devait aller dans un programme de télé-réalité pour trouver l'amour était… Eh bien, je suis trop polie pour répéter ses paroles. Cela l'a mis hors de lui d'être attiré dans toute cette pagaille avec vous. Il me l'a confié il y a quelques jours, quand nous avons dîné ensemble.

Après avoir passé plusieurs semaines dans *Un dernier rendez-vous*, Harper savait reconnaître une rivale qui avait sorti les griffes. Madeline voulait montrer que Cade lui appartenait.

Harper ignorait que Cade avait dîné avec Madeline. Dire qu'elle avait attendu un coup de fil de lui… Ce qu'elle avait pu être stupide ! Elle n'avait jamais laissé des personnes comme Madeline la perturber, mais cette femme était douée. Et, à en juger par son sourire narquois, Madeline en était consciente.

— Si vous voulez bien m'excuser, je dois partir, lâcha-t-elle.

Elle s'éloigna, réprimant sa colère et sa rage. Mais elle ne parvint pas à contenir la douleur qui se propagea en elle comme un feu de forêt.

Lorsque Harper revint dans la cuisine habillée d'une tenue de chef immaculée et coiffée d'une toque blanche, elle était légèrement calmée. La soirée ayant débuté, elle supervisa la distribution des amuse-bouche.

Au bout de quelques minutes, Lily arriva dans la cuisine.

— Je venais juste voir comment tu allais, dit son amie. Tout se passe bien dans le jardin. J'ai des très bons retours des invités.

— Merci, fit Harper, occupée à trancher du pain maison avec un peu trop de force.

— Tu sembles perturbée, Harper. Que se passe-t-il ?

— Rien.

— Si, je le vois bien.

Harper haussa les épaules et posa son couteau.

— Rien dont j'aie envie de parler.

Lily la saisit par le bras et l'emmena dans le bureau du rez-de-chaussée afin qu'elles puissent discuter en privé.

— Quelque chose ne va pas. Raconte-moi, insista-t-elle.

Harper soupira. Enfin, elle répondit :

— Que sais-tu de Madeline O'Shea ?

Lily parut interloquée.

— Tu veux que je te parle de Madeline ?

— Oui, je l'ai rencontrée tout à l'heure et…

— Elle a montré les crocs, devina Lily. Eh bien, Madeline ne s'est jamais remise de sa rupture avec Cade. Elle poursuit mon frère de ses assiduités depuis la mort de Bree.

— Tu veux dire que Cade l'avait quittée pour Bree ?

— Pas exactement. Cade s'est rendu compte qu'elle n'était pas la femme qu'il lui fallait. Elle a très mal pris leur rupture. Peu de temps après, Cade a commencé sa relation avec Bree.

— Madeline m'a dit qu'elle avait dîné avec Cade cette semaine. Tu étais au courant ?

— À ta place, je ne m'inquiéterais pas. Cade fait des affaires avec le père de Madeline, donc il la voit de temps en temps. Toujours pour des raisons professionnelles, apparemment.

— Mais tu n'en es pas certaine ?

— J'ai confiance en Cade. Il est fou de toi, Harper. N'abandonne pas.

— Est-ce qu'il sait qu'il est fou de moi ?

— Non, sans doute, répliqua-t-elle en souriant. Cela dit, Gage et maman partagent mon avis.

Harper roula des yeux. Quel intérêt que tous soient de cet avis si Cade était trop aveugle ou trop hésitant pour se rendre compte de ses sentiments ?

— Lily, je dois me remettre au travail. Merci pour ton soutien.

— Pas de quoi. Tu fais des merveilles ce soir, et je suis très fière de toi.

Harper retourna dans la cuisine, se sentant un peu mieux. Les membres de sa brigade étaient ravis d'entendre Gage Tremaine chanter pendant qu'ils dressaient les assiettes. Sa voix puissante résonnait jusque dans la maison. Son timbre était unique, et il n'était pas étonnant qu'il soit devenu une grande star. Récemment, il s'était retrouvé mêlé à plusieurs scandales, pourtant l'homme que Harper avait rencontré n'avait pas l'air d'un *bad boy*. Selon Lily, la plupart des articles le concernant étaient un tissu de mensonges.

Harper pouvait aisément le croire, après la façon dont les médias l'avaient traitée.

Elle continua de superviser le dîner, s'assurant que les plats étaient servis à temps. Les conversations se mêlaient à la musique et aux rires, ce qui la mit de bonne humeur.

Lorsque tous les mets eurent été présentés, Harper poussa un soupir de soulagement. Il ne restait plus qu'à apporter le gâteau d'anniversaire et les autres desserts que le chef pâtissier avait confectionnés. Ensuite, sa mission serait achevée.

Cette pensée lui procurait un sentiment doux-amer. Elle se posta devant la baie vitrée pour mieux entendre la voix de Gage, grave et sensuelle. À la fin de sa chanson, il parcourut la foule du regard et repéra sa mère, attablée avec ses amis.

— Maman, dit-il dans le micro, à ton tour de monter sur scène. Viens me rejoindre, s'il te plaît. Cade, Lily et moi avons un petit cadeau pour toi.

Harper voulait absolument assister à ce moment. Elle déboutonna sa veste de cuisine et retira sa toque, arrangeant ses cheveux et lissant la robe qu'elle avait enfilée sous son uniforme. Puis elle sortit dans le patio.

La scène était éclairée par des projecteurs et des guirlandes lumineuses.

Lily et Cade prirent leur mère par le bras et l'escortèrent jusqu'à la scène. Le gâteau fut apporté sur un chariot afin que tout le monde puisse le voir. Le chef pâtissier que Harper avait engagé avait réalisé une véritable œuvre d'art.

Gage prit la main de sa mère.

— Qu'offre-t-on à une mère qui a déjà tout ? demanda-t-il aux convives.

Rose adressa un tendre sourire à son fils.

— Voilà notre cadeau, maman : tes trois enfants vont te changer une chanson d'anniversaire. Une chanson écrite spécialement pour toi.

Un murmure d'approbation collectif s'éleva dans la foule. Harper sentit des larmes lui monter aux yeux.

Gage joua de la guitare et chanta l'essentiel de la chanson tandis que Lily et Cade assuraient les chœurs. La ballade était touchante et émouvante. Et, à la fin du morceau, le trio eut droit à une standing ovation.

— Joyeux anniversaire, maman, dirent les enfants de Rose d'une même voix.

Tous trois embrassèrent leur mère sur la joue.

Harper applaudit si fort qu'elle eut mal aux mains. Après quelques instants, elle se dirigea vers Rose et Lily qui venaient de descendre de la scène.

— Joyeux anniversaire, Rose.

— Merci, Harper ! Le repas était succulent. Vous n'imaginez pas le nombre de gens qui m'ont complimentée sur le menu. Tout était superbe.

— Je suis heureuse de l'entendre.

Pendant que les musiciens se remettaient à jouer, Gage approcha et demanda :

— Maman, m'accordes-tu cette danse ?

— Bien sûr, mon fils. Si vous voulez bien m'excuser, mesdemoiselles, dit-elle en souriant. Mon fils veut danser avec moi.

Quelques secondes plus tard, Nathan, le contremaître du ranch, vint saluer Harper et Lily. Il semblait fasciné par cette dernière et buvait chacune de ses paroles. Au bout d'un moment, il demanda avec tact :

— L'une de vous aimerait-elle danser ?

Harper fit un pas en arrière.

— Vas-y, Lil. Je suis si fatiguée que je tiens à peine debout.

— Tu es sûre ?

— Mais oui. Je vous en prie, Nathan, emmenez Lily sur la piste.

Harper alla s'appuyer contre un mur. Bien qu'elle soit fatiguée, elle tapa du pied en rythme avec la musique country. Elle pouvait enfin profiter de la fête. Plusieurs invités firent l'effort de venir la féliciter pour son travail, et aucun ne mentionna l'avoir vue dans *Un dernier rendez-v*ous, Dieu merci. Cette réussite lui remontait le moral et lui donnait l'inspiration pour terminer son livre.

Elle chercha Cade du regard. On aurait dit qu'il s'était volatilisé après la chanson d'anniversaire. Hélas, quand elle le repéra enfin, elle constata qu'il dansait avec Madeline. La jeune femme avait les mains nouées autour de son cou et était collée à lui. Bien que la musique soit rythmée, ils dansaient lentement, comme s'ils étaient seuls au monde. Soudain, Cade embrassa Madeline, devant tous les invités.

Harper ne resta pas suffisamment pour savoir combien de temps ce baiser dura.

Son cœur venait de se briser en mille morceaux, et tous ses espoirs étaient anéantis. Ce désastre était enfin terminé. Harper fit le tour de la cuisine pour une dernière inspection. Heureusement, son équipe s'était chargée de tout. Elle n'avait donc plus la moindre obligation envers la famille Tremaine. Alors, elle rassembla ses affaires et quitta la maison.

Cade chercha Harper dans la foule. Il aurait voulu passer au moins quelques minutes avec elle pendant la soirée, mais elle était introuvable. Il alla questionner Gage et leur mère.

— Est-ce que vous savez où est Harper ? Elle n'est pas dans la cuisine, et son personnel non plus.

— Non, je ne sais pas, répondit Gage. Mais j'espère pour toi qu'elle ne t'a pas vu avec Madeline. Ce n'était pas très courtois, grand frère. Qu'est-ce qui t'est passé par la tête ?

— Madeline ? Tu crois qu'elle m'a vu avec Madeline ?

— Tout le monde sur la piste t'a vu l'embrasser, gronda Rose.

— Ce n'est pas ce que vous croyez. Bon sang, cette femme n'apporte que des ennuis !

— J'espère que tu ne parles pas de Harper, glissa sa mère.

Lily s'avança et pointa l'index sur lui.

— Qu'est-ce que tu lui as fait, cette fois ?

— Pourquoi ? Où est Harper ?

— Au pavillon. Elle voulait partir sur-le-champ. Seulement, elle n'a pas de voiture et ne veut pas que je manque la fin de la soirée. Je dois la reconduire chez elle demain à la première heure. Crétin !

Lily s'adressa à sa mère.

— Désolée pour mon langage, maman.

— Ce n'est rien, ma chérie. Je partage ton avis.

Tous les regards se portèrent sur Cade.

— Tu vas la laisser partir ? lança sa mère.

— C'est une femme exceptionnelle, Cade, fit valoir Gage.

— Je sais.

Cade était tenaillé par l'angoisse. Il avait peut-être tout gâché avec Harper, et ce serait la pire chose qui lui soit arrivée. Du moins, à l'exception du décès de Bree. Mais perdre Harper serait presque aussi terrible.

— Il faut que je lui parle.

— Impossible, déclara Lily. Elle m'a envoyé un SMS où elle me demande expressément de t'empêcher de la voir.

— Mais il faut que je la voie ! Ce soir. Donne-moi ton téléphone, Lily.

— Hors de question.

— Cade, que mijotes-tu ? s'enquit sa mère d'un ton soupçonneux.

— Il faut que je m'explique, c'est tout. Que j'arrange la situation. Mais je ne peux pas le faire sans le téléphone de Lily et sans ses clés de voiture.

— Parce que tu veux mes clés, aussi ?

— Si tu tiens à ce que ta meilleure amie devienne un membre de la famille, il vaut mieux que tu fasses ce que je te demande.

— C'est vrai ? s'étonna Lily.

— Eh bien, tu es vraiment mordu, nota Gage. Petite sœur, aie pitié de lui et donne-lui ce qu'il veut.

— D'accord, mais si jamais tu lui fais du mal, je ne te le pardonnerai pas, avertit-elle.

— Et je te déshériterai, ajouta sa mère.

— Et moi, je te jetterai dehors, renchérit Gage.

— Compris. Maintenant, Lily, donne-moi ce téléphone et ces clés.

Cade voyait enfin de la lumière au bout du tunnel. Pourvu qu'il ne soit pas trop tard !

Harper laissa l'eau chaude de la douche ruisseler sur elle et purifier son corps. Elle aurait aimé qu'une douche puisse aussi apaiser son cœur meurtri et la libérer de cette douleur intense et tenace. Elle avait beau traiter Cade Tremaine de mufle et d'idiot, cela ne l'aidait pas à se sentir mieux. Car elle l'aimait toujours. Désespérément. Dans cette histoire, n'était-ce pas elle la plus grande idiote ?

Elle laissa la chaleur de l'eau envahir son corps jusqu'à ce que ses larmes se tarissent. Jusqu'à ce qu'elle ait le courage d'affronter la dure réalité : Cade était sorti de sa vie.

Pour de bon.

Elle sortit de la cabine et se sécha avec une serviette. Son téléphone vibra sur le plan de toilette. Elle prit l'appareil et ouvrit le message de Lily.

La fête s'est finie tôt. Je peux te conduire chez toi dès maintenant, si tu veux toujours partir ce soir.

Il est tard, Lil. Je ne peux pas te demander ça.

Je dormirai chez toi et rentrerai demain matin. Qu'en dis-tu ?

Harper jeta un coup d'œil à l'horloge. 22 h 30. Elle pourrait être dans son propre lit avant minuit. De plus, Lily serait là demain matin pour lui tenir compagnie. Et l'aider à panser ses blessures.

Bonne idée. Merci, Lily.

Je serai là dans trente minutes.

Harper se hâta de faire ses bagages. Tous les regrets qu'elle éprouvait à l'idée de quitter cette propriété furent étouffés quand l'image de Cade en train d'embrasser Madeline jaillit dans son esprit. Elle avait le cœur serré chaque fois qu'elle pensait à lui. Il avait souhaité lui parler ce soir… Sans doute pour lui annoncer qu'il avait renoué avec Madeline. Eh bien, elle lui épargnerait cette peine.

Trente minutes plus tard, on sonna à sa porte. Harper empoigna ses sacs et regarda par la fenêtre. La voiture de Lily était garée dans l'allée.

Harper alla ouvrir.

— Je te remercie infini…

Elle s'interrompit, stupéfaite. Ce n'était pas Lily qu'elle découvrit face à elle, mais Cade.

— Qu'est-ce que tu fais ici ?

Elle jeta un œil par-dessus son épaule pour voir si Lily était derrière lui.

— J'attends ta sœur, ajouta-t-elle.

Cade prit une grande inspiration.

— Lily ne viendra pas.

Son expression était inquiétante.

— Il lui est arrivé quelque chose ? s'enquit-elle.

— Non, pas du tout. Lily va bien, fais-moi confiance.

Cade osait lui demander de lui faire confiance ? C'était la meilleure de l'année.

— Je ne te fais plus confiance.

— Je sais. J'en suis navré. C'est pour ça que je suis ici, pour m'expliquer. Je savais que si je te demandais de m'accorder un peu de temps, tu me claquerais la porte au nez une seconde fois.

— Exact. Je t'ai vu embrasser Madeline sur la piste. Alors, il n'y a rien d'autre à expliquer.

Les yeux de Cade s'étaient assombris à la mention de Madeline.

— Elle avait trop bu, dit-il. Avant que je m'en rende compte, elle m'a entraîné sur la piste et m'a embrassé. Je ne voulais pas faire un esclandre devant les autres invités. Mais, si tu avais été témoin de toute la scène, tu m'aurais vu lui faire un sermon. Je lui ai bien fait comprendre qu'elle ne m'intéressait pas, et je l'ai confiée à son père. Indépendamment de ce qui s'est passé entre nous, Harper, je ne retournerai jamais avec Madeline.

Il semblait sincère. Harper prit un instant pour digérer ses paroles. Peut-être avait-elle tiré des conclusions un peu trop hâtives… Cependant, elle avait encore des doutes.

— Tu m'as menti. Tu as fait semblant d'être Lily dans tes messages.

— Et tu m'as menti pendant des jours, en faisant semblant d'être une personne que tu n'étais pas.

— Ce n'est pas tout à fait vrai, Cade. Je suis la même personne que j'ai toujours été. De plus, je t'ai présenté mes excuses de nombreuses fois.

— Et je t'ai pardonné.

Il tendit la main.

— Tu veux bien faire une balade avec moi ?

— Pourquoi ? demanda-t-elle, interloquée.

— Pour que nous puissions discuter. Il y a quelque chose que je veux te montrer. Je te reconduirai moi-même à Barrel Falls si tu veux toujours t'en aller ensuite. Je peux même charger tes bagages dès maintenant.

Harper réfléchit un instant.

— D'accord, finit-elle par répondre.

Cade empoigna les sacs et les chargea dans la voiture de Lily. Après avoir fermé la porte à clé, Harper le rejoignit.

Cade s'empressa de lui ouvrir sa portière. Il fallait l'admettre, elle commençait à apprécier la galanterie texane.

Il s'installa au volant et démarra. À la surprise de Harper, il fit demi-tour, s'écartant de la route principale et s'enfonçant dans les terres du domaine.

Elle ne posa aucune question quand ils passèrent devant l'écurie puis empruntèrent un sentier cahoteux. Elle avait maintenant une petite idée de leur destination.

— Ma famille a menacé de me jeter dehors si je n'essayais pas de te retenir, confia-t-il.

— Ta famille est intelligente. Je les apprécie tous.

— Et ils t'apprécient aussi. Plus qu'ils ne m'apprécient, je crois.

— Alors, c'est ce que tu es en train de faire ? Tu essayes de me retenir ?

Il lui lança un regard et hocha la tête.

— Il m'a fallu du temps pour comprendre certaines choses. Je suis un peu lent à la détente parfois. Notamment après avoir rencontré une jolie brune qui m'a ensorcelé. Je n'avais plus l'habitude de côtoyer une femme. De me livrer. Je te prenais pour une randonneuse et une cuisinière amatrice d'herbes aromatiques et, du jour au lendemain, j'ai découvert que tu étais l'une des plus grandes stars de télé-réalité du pays. Ça m'a déstabilisé, et cela m'a poussé à réfléchir à ma propre vie.

Il gara la voiture non loin de son endroit préféré, près du ruisseau, et descendit le premier. Harper ouvrit sa portière elle-même, toutefois elle accepta de prendre la main que Cade lui tendait. Ils s'appuyèrent contre le véhicule, face à face.

— Harper, commença-t-il, je t'ai condamnée pour avoir fait cette émission. C'était mal de ma part. Je n'aurais pas dû te juger.

Il caressa ses cheveux tout en soutenant son regard. Elle sentit son cœur s'emballer.

— Beaucoup de gens m'ont jugée. Pourquoi devrais-tu être différent des autres ?

— Parce que je tiens à toi. J'ai regardé tous les épisodes d'*Un dernier rendez-vous.*

Elle laissa échapper un son de surprise. Elle savait par Lily qu'il avait regardé quelques épisodes. Mais elle n'aurait jamais cru qu'il avait visionné chaque seconde, chaque moment de ce qu'elle avait traversé.

— Tu as tout vu ? J'aurais préféré que tu t'abstiennes !

— Je suis content de les avoir visionnés. Cela m'a permis de mesurer à quel point tu voulais trouver l'amour. Tu n'étais pas là pour devenir célèbre, contrairement à d'autres concurrentes. Je voyais bien que tu étais sincère. Tu t'es mise à nu, ce qui n'était pas facile. J'étais fier de toi, parce que tu es restée fidèle à tes principes quand tu t'es rendu compte que tu n'aimais pas Dale. Bien qu'il soit parfait sur le papier, tu ne te voyais pas passer le reste de ta vie avec lui et tu as eu le courage de rompre.

— Merci. Tes paroles me touchent beaucoup.

— Chérie, comment pourrais-je te reprocher d'essayer de trouver l'amour dans un programme de dix semaines alors que je suis tombé amoureux de toi en moins d'une semaine ? Harper Dawn, je suis fou amoureux de toi.

— Oh ! Cade, murmura-t-elle. Je t'aime aussi. Je t'aime tant !

Les yeux embués, elle caressa son visage pour s'assurer que tout cela était bien réel.

— Es-tu sûr que tu n'es pas tombé amoureux uniquement de Dawn ?

Il sourit.

— Je suis tombé amoureux de Dawn et de Harper.

Même si je ne t'avais pas vue dans *Un dernier rendez-vous*, la femme que tu es aujourd'hui, qui se trouve devant moi, est celle que j'aime de tout mon cœur. J'ai découvert que l'amour pouvait arriver de la plus incroyable des manières. Et je ne regrette pas une minute du temps passé avec toi.

— Tu en es certain ?

— Oui, et je compte bien te le prouver, mais d'abord…

Il pressa les lèvres sur les siennes, l'embrassant comme si sa vie en dépendait. Elle ne s'était jamais sentie aussi heureuse qu'à cet instant.

Après ce merveilleux baiser, Cade se fendit d'un grand sourire.

— Viens, dit-il, la prenant par la main.

Il l'aida à descendre une petite pente. Sous les branches voûtées des arbres surplombant le ruisseau, Harper découvrit une table. Sur la nappe blanche se trouvaient des fleurs et une bouteille de champagne dans un seau en métal argenté.

Cade alluma des chandelles.

— Je voulais que nous ayons notre petite fête privée ce soir, expliqua-t-il.

— C'est pour cela que tu tenais à me parler après la soirée ?

— Je ne pouvais pas interrompre ton travail, je savais à quel point ce dîner était important pour toi. Mais je suis assez égoïste pour te vouloir pour moi seul.

Il lui recula une chaise sur laquelle elle prit place. Puis il s'assit face à elle et captura sa main entre les siennes.

Elle décida de poser d'emblée la question qui la taraudait.

— La dernière fois que nous étions ici, tu as appris que ta mère avait fait une chute. Pourquoi ne m'as-tu pas téléphoné les jours suivants ?

— J'aurais dû. C'est ici que j'ai mesuré à quel point je t'aimais. Pour être honnête, ça m'a un peu effrayé. J'avais peur de m'exposer à nouveau à un sentiment aussi fort. Mais maman était blessée et elle avait besoin de moi. Ensuite, il y a eu la fête. Je n'ai jamais voulu te faire de peine, Harper. Je ne suis pas un expert en matière de relations sentimentales, mais je sais maintenant que tu es l'élue de mon cœur.

Harper ouvrit de grands yeux et retint son souffle quand Cade s'agenouilla devant elle.

— Harper Dawn, je t'aime plus que les mots ne peuvent le dire. Mais sache que je ferai tout ce qui est en mon pouvoir pour te rendre heureuse. Veux-tu m'épouser ?

Épouser un homme qui l'aimait inconditionnellement était son souhait le plus cher. Et Cade avait prouvé qu'il l'aimait. Oui, il l'aimait, malgré les mensonges, et il avait su voir la femme qu'elle était vraiment.

— Cade, je ne pourrais pas être plus heureuse que je ne le suis à cet instant. Oui, je veux t'épouser !

Il lui glissa sa chevalière universitaire à l'annulaire.

— Je t'offrirai la bague de tes rêves, mais pour l'instant, accepte cette chevalière en gage de mon amour.

Il se releva et saisit ses mains pour l'aider à se lever.

— Je n'ai pas besoin d'une autre bague, Cade. J'ai déjà l'homme de mes rêves.

Cade lui donna un autre baiser, plus doux et plus tendre. Désormais, ils étaient liés par l'amour vrai.

— Que dirais-tu de faire construire une maison ensemble ? Ici même ? suggéra Cade. Tu pourras concevoir ta propre cuisine et finir ton livre de recettes.

— Ce sera l'endroit parfait pour fonder une famille.

— J'aime beaucoup cette idée, approuva-t-il, ponctuant ses paroles d'un baiser.

Il ouvrit la bouteille de champagne, faisant voler le bouchon et répandant des bulles sur la nappe.

Cade et elle portèrent un toast à leur avenir, qui s'annonçait radieux. Et à leur amour infini.

CHARLENE SANDS

Fiancée à un play-boy

Traduction française de
ROSA BACHIR

PASSIONS

HARLEQUIN

Titre original :
THE FAKE ENGAGEMENT FAVOR

- 1 -

— Alors, c'est décidé ? Nous allons vraiment le faire ? demanda-t-elle à Gage Tremaine.

Assise dans le patio de la magnifique demeure des Tremaine, Gianna Marino avait peine à y croire. Elle venait d'accepter de devenir la fiancée de Gage Tremaine. Sa fausse fiancée, jusqu'à ce que le grand chanteur de country remette sa vie sur les rails.

— Tu as un petit ami ou quelqu'un à qui cela poserait problème ?

— Eh bien… non. Pas pour l'instant.

— Alors, oui, nous allons vraiment faire ça, dit-il avec cet accent traînant que ses fans adoraient. Ça m'ennuie de l'admettre, mais tu es parfaite pour le rôle. Tu n'es pas connue et tu exerces une profession très honorable. Tu es intelligente, honnête, et qui plus est, tu es une bonne amie de la famille. C'est un choix logique, Gianna.

Bizarrement, entendre Gage énoncer ses qualités rendait tout cela si peu… enthousiasmant.

— Mais je ne suis pas ton genre, fit-elle valoir.

Pas du tout, même. Elle n'était pas élégante ou branchée. La plupart du temps, elle ramassait ses cheveux en chignon désordonné, et elle ne voyait presque rien sans ses lunettes.

— Êtes-vous en train de suggérer que vous êtes trop intelligente pour moi, professeur Marino ?

Bonté divine ! Voilà qu'il recommençait. Parfois, elle n'était même pas sûre d'apprécier Gage. Il ne cessait de la taquiner, que ce soit sur son intelligence ou son apparence. Elle avait grandi avec les Tremaine et, durant leur jeunesse, Gage avait été pour elle une épine dans le pied. Mais, dès qu'il lui souriait et assurait qu'il ne pensait pas ce qu'il disait, elle lui pardonnait.

— Tu sais que oui, répondit-elle.

Il sourit.

— Et tu as raison.

Gage recouvra son sérieux, son regard bleu azur prenant une teinte plus sombre.

— Je sais que je t'en demande beaucoup. Mais je suis dans le pétrin, et Regan Fitzgerald, ma manageuse, a trouvé cette solution pour me réconcilier avec la presse. Ça ne m'enchante pas non plus, mais il faut que je restaure mon image. Je fais ce métier depuis longtemps et je ne suis pas un saint, mais je ne suis pas aussi mauvais que les gens le croient. Mes ventes de disques ont un peu baissé.

— Et tu dois décrocher ce rôle dans le film *Un dimanche dans le Montana*.

— Les *bad boys* n'ont pas le rôle principal dans un film familial.

— Je comprends. Mais il doit y avoir des dizaines de femmes qui aimeraient être ta fiancée, même si c'est pour de faux.

— Je ne ferais confiance à personne d'autre que toi, affirma-t-il, l'air sincère. Si ça fuite, ça pourrait ruiner ma carrière.

— Vraiment ?

Avait-il donc tant foi en elle ? Eh bien, il avait raison. Elle ne le trahirait jamais. Les Tremaine étaient sa seconde famille, depuis des décennies. La mère de Gianna et la mère de Gage, Rose Tremaine, étaient comme des sœurs. Rose avait été d'une grande aide lorsque sa mère était tombée malade. Elle avait aidé Gianna à payer les factures médicales qu'une jeune enseignante ne pouvait pas régler seule.

Rose lui avait tenu la main quand sa mère était décédée, et leurs larmes silencieuses les avaient rapprochées.

— Oui, vraiment. Selon Regan, si on apprend que j'ai engagé quelqu'un pour jouer ma fiancée après tous les scandales qui se sont accumulés l'an dernier, ma réputation sera fichue pour de bon.

— Tu as eu quelques soucis, c'est vrai, glissa-t-elle avec tact.

Trois scandales, précisément, et chaque fois Gage avait eu une excuse valable. Les médias publiaient souvent des mensonges sur ce célibataire à la voix grave et sexy, très apprécié de la gent féminine. Même Gianna devait admettre que Gage avait un immense talent. Et elle n'était pourtant pas fan de country.

— Tu as même failli perdre la vie récemment, rappela-t-elle.

Gage posa la main sur son cou, touchant prudemment la blessure encore visible. Lors d'une bagarre dans un bar, un tesson de bouteille lui avait éraflé la gorge.

— Ne m'en parle pas. Cette fois, j'ai retenu la leçon.

— Ne jamais essayer de secourir une demoiselle en détresse ?

— Ne jamais intervenir quand une fille se dispute avec son petit ami. Pour ma défense, ce que j'ai vu dans ce bar, c'est un cow-boy ivre maltraitant une jeune femme.

Gage lui avait raconté qu'à l'arrivée de la police, ses musiciens et lui étaient blessés, et le bar, saccagé. Pour couronner le tout, la jeune femme s'était rangée du côté de son petit ami violent au lieu de défendre Gage. Il avait été accusé d'avoir provoqué la rixe et avait dû payer pour les dégâts causés. L'incident avait été relayé par la presse à sensation, ce qui avait fait baisser sa réputation d'un cran supplémentaire.

Les deux autres scandales n'étaient pas aussi graves. Néanmoins, son nom avait été traîné dans la boue. Tromper sa petite amie – et jeter au sol un journaliste qui l'interrogeait sur le sujet – n'était pas le meilleur moyen d'améliorer son image. Gage avait proclamé son innocence, sans effet. Les paparazzis s'en étaient donné à cœur joie.

Rose apporta du thé glacé fait maison et des biscuits. En la voyant arriver, Gianna fut ramenée vers le passé. Vers des temps plus heureux, quand sa mère et Rose buvaient du thé glacé sur cette même terrasse.

Un nœud se forma dans son ventre. Cela ne faisait que quelques mois qu'elle avait perdu sa mère, et la douleur était toujours vive.

Rose posa le plateau sur la table.

— Prends un peu de thé, Gianna. Gage, tu veux bien faire le service ?

— Bien sûr, maman. Il n'y a que deux verres ? s'étonna-t-il.

— Oui, je vais vous laisser discuter tous les deux. Gianna, je tiens à te dire qu'il n'y aura aucun souci si tu refuses la requête de Gage.

Rose posa une main sur son bras.

— Je sais que c'est beaucoup te demander, trésor, ajouta-t-elle.

— Gianna, quand nous voyagerons, je te promets que nous aurons toujours une suite avec deux chambres, intervint Gage. Et tu auras beaucoup de temps pour tes recherches.

— Et ce ne serait que pour un mois, c'est bien ça ?

— Plutôt six ou sept semaines. Assez longtemps pour faire quelques apparitions ensemble et me permettre de décrocher ce rôle.

Presque tout l'été, en somme.

— Et ensuite, que se passe-t-il ? questionna-t-elle.

— Eh bien, ce n'est encore décidé. Mais, une fois l'été fini, il faudra que tu reprennes ton poste de professeur, n'est-ce pas ?

Elle hocha la tête.

— Avec un peu de chance, les médias ne s'occuperont plus de nous, dit-il. Nous pourrons organiser une rupture en douceur, dans quelque temps.

— Quelque temps ? Tu peux être plus précis ?

Gage haussa les épaules.

— Je ne sais pas. C'est important ?

Rose décocha à son fils un regard sévère.

— Bien sûr que c'est important, Gage. Gianna ne peut pas mettre sa vie en suspens indéfiniment.

Le fait que Gage suppose qu'elle n'avait pas de vie – ou pas de *vie amoureuse* – en dehors de l'enseignement l'agaçait. Elle avait des rendez-vous galants, de temps en temps. Certes, uniquement quand son amie Brooke lui organisait des rencontres. Gianna avait aussi une grande affection pour Timothy Bellamy, un collègue professeur d'histoire. Jusqu'ici, ils avaient seulement pris quelques cafés ensemble. Il n'y avait pas encore d'étincelles, mais il fallait dire que Gianna était en deuil et qu'elle se concentrait sur sa carrière – elle n'était donc pas en quête d'étincelles en ce moment.

— C'est vrai, désolé, concéda-t-il, passant la main sur sa barbe naissante.

Rose adressa un tendre sourire à Gianna.

— Souviens-toi, si tu décides que tu ne peux pas lui rendre service, tout le monde comprendra. Tu feras toujours partie de la famille.

— Merci, Rose. Ça me touche beaucoup.

Rose l'embrassa sur la joue puis quitta le patio.

Gianna se tourna vers Gage.

— Ta mère me donne toujours le sentiment que je suis la bienvenue.

— C'est parce qu'elle t'adore.

— Maman lui manque presque autant qu'à moi.

— Oui, Tonette était exceptionnelle.

— Elle était fan de toi avant même que tu deviennes célèbre.

Gianna se demandait bien pourquoi.

Elle poussa un grand soupir.

— Je n'arrive toujours pas à croire qu'elle ne soit plus là, dit-elle.

Il hocha la tête et garda le silence un instant. Gage Tremaine n'était pas toujours arrogant ou prétentieux. Parfois, il était gentil, et elle ne pouvait pas envisager de refuser sa demande. Rendre service à Gage serait un moyen de remercier les Tremaine pour leur gentillesse. Et puis, peut-être qu'aider Gage l'aiderait à surmonter son deuil.

— Je mens très mal, annonça-t-elle de but en blanc. Je suis très attachée à la vérité.

Gage parut déconcerté. Il réfléchit quelques secondes avant de reprendre la parole.

— L'essentiel de ce que nous dirons sera vrai. Nous sommes des amis d'enfance, et nous avons renoué cet été. Nous avons pris conscience de nos sentiments l'un pour l'autre…

— Après ta blessure pendant la bagarre ?

— Bonne idée. Tu n'es pas une si piètre menteuse, finalement.

— Je ne suis pas une menteuse. Je trouve des solutions aux problèmes, Gage. Nous devons nous préparer avant que le public nous voie ensemble.

— Alors, tu es sûre de toi ?

Elle hocha la tête, bien qu'elle ne soit pas du tout sûre d'elle. Elle ne pouvait pas refuser d'aider un Tremaine. Même si cela impliquait d'aller à l'encontre de sa nature.

— Quand allons-nous nous fiancer ? demanda-t-elle.

Gage afficha un sourire éclatant.

Il était extrêmement séduisant, et très talentueux. Et il devrait faire semblant d'être amoureux d'elle.

Ses talents d'acteur seraient mis à l'épreuve. Il réussirait sans doute à convaincre son public.

Mais elle, le pourrait-elle ?

— Tu sais que la dernière personne qui a séjourné dans ce pavillon a fini par tomber amoureuse de mon frère Cade ? lança Lily, la sœur de Gage.

Gianna s'assit sur le canapé à côté d'elle et cala un coussin sous ses bras. Elle avait séjourné plusieurs fois chez les Tremaine, parfois dans la demeure principale, et parfois ici, dans cette petite maison réservée aux invités. Elle appréciait l'intimité que ce lieu offrait. Elle pouvait y rassembler ses pensées sans interférence.

— J'ai fait la connaissance de Harper, dit-elle. Elle est parfaite pour Cade. Et réciproquement.

— Oui. Je suis heureuse d'avoir concouru à les réunir, même si c'était involontaire. Qui sait ce qui se passera entre mon frère et toi ? glissa Lily en souriant.

— Crois-moi, rien ne se passera entre Gage et moi. Il… il n'est pas mon genre.

— Parce que tu as un genre ?

— Non. Oui. Je crois. J'apprécie les hommes qui aiment l'art, l'histoire, la philosophie.

— Autrement dit, un chanteur qui a toutes les femmes à ses pieds ne t'intéresse pas ?

— Je ne suis pas impressionnée par la célébrité.

Lily ne sembla guère convaincue.

— Je dis juste que Gage peut être charmant. Il pourrait bien te surprendre.

— Je suis tout à fait prête à interagir avec Gage. Quand le moment viendra.

Elle pourrait se livrer à des joutes verbales avec lui toute la journée. C'était l'autre partie du marché qui la préoccupait. Elle avait toujours été fidèle à elle-même et à ses sentiments. Par conséquent, faire semblant d'être amoureuse n'était pas naturel pour elle. Comme elle l'avait dit à Gage, elle était très attachée à la vérité.

— Ce moment viendra peut-être plus tôt que tu ne le penses, avertit Lily. Il ne reste qu'une semaine avant la grande fête familiale que nous donnerons le 4 juillet. C'est ce jour-là que Gage compte annoncer vos fiançailles.

Tout cela devenait très réel. Dans quelques jours, la supercherie commencerait, et d'un côté, elle se réjouissait de cette distraction qui lui permettrait peut-être de tenir son chagrin à distance. Mais, d'un autre côté, elle se sentait incertaine et méfiante.

Gianna se leva et se dirigea vers la fenêtre, dans laquelle elle aperçut son reflet. Elle vit une femme en deuil, au teint mat, aux vêtements ordinaires et aux lunettes à monture épaisse. Ses épaules s'affaissèrent.

Elle se retourna vers Lily.

— Comment les gens pourraient-ils croire que Gage et moi sommes amoureux ?

— Gage saura les convaincre.

Mais Gianna avait besoin d'une assurance supplémentaire. Elle avait besoin de croire qu'elle-même pouvait réussir à les convaincre.

— Lily ? Je crois que j'ai besoin de ton aide. Tu es une décoratrice d'intérieur douée. Tu as déjà redécoré des personnes ?

Lily lui lança un regard étonné.

— Tu veux un relooking ?

— J'ai *besoin* d'un relooking. Ce ne sera pas être facile de faire semblant, d'autant plus que je ne fais pas partie du monde de Gage. Mais si je ressemble au rôle, ce sera plus facile pour moi de jouer la comédie.

Lily l'observa de la tête aux pieds. Gianna retira ses lunettes et plissa aussitôt les yeux.

— Tu as déjà essayé les lentilles de contact ? demanda Lily.

— Oui, mais elles m'irritent les yeux.

— Ça ne fait rien, ton visage est fait pour les lunettes. Franchement, tu es charmante, Gianna. Tu dois simplement mettre tes atouts en valeur. Et peut-être changer de garde-robe.

— Alors, tu veux bien m'aider ?

— Bien sûr. Il suffit de pas grand-chose. Tu serais étonnée de voir ce qu'un peu de maquillage et une nouvelle coiffure peuvent faire. Attends, laisse-moi te montrer ce que je veux dire à propos de ta garde-robe.

Gianna suivit Lily jusqu'au miroir de l'entrée.

— Il faut ajuster quelques petites choses, dit son amie. Comme cette chemise blanche droite que tu portes. Elle est longue et totalement informe. Mais regarde.

Lily remonta les manches au-dessus de ses coudes et défit les trois premiers boutons du vêtement. Puis elle noua les pointes des pans au niveau de sa taille.

— Voilà. Regarde la différence. Un peu d'ingéniosité, et un vêtement trop large devient stylé.

Gianna s'observa dans le miroir. Elle avait encore du travail, mais en moins d'une minute Lily avait réellement amélioré son allure.

— Demain, nous irons au salon de coiffure, pour donner à ta crinière épaisse de beaux reflets et une jolie coupe. Ensuite nous ferons les boutiques.

— Merci, Lily.

— Il n'y a pas de quoi. Mais, tu sais, Gage ne s'attend pas à ce que tu en fasses autant.

— Je ne le fais pas pour lui, Lily. Je le fais pour moi. J'en ai besoin.

— Je comprends, Gianna.

Lily l'étreignit, et cette marque d'affection lui réchauffa le cœur.

Si Gianna devait jouer un rôle, il était logique qu'elle aille jusqu'au bout.

D'ailleurs, elle ne faisait jamais rien à moitié.

Gage se tenait devant le pavillon des invités, hésitant à frapper à la porte. Il n'était pas prêt pour ce rendez-vous galant. Une virée chez le glacier. Il avait cru avoir au moins quelques jours avant que la mascarade ne commence. Selon lui, cette sortie n'était pas nécessaire, mais sa manageuse n'était pas de son avis. *Il faut qu'on te voie plusieurs fois en public avant que tu te fiances pour de bon. Ce sera plus crédible.*

Regan savait comment le tirer d'affaire – c'était une

experte dans ce domaine. Et il savait d'expérience qu'il valait mieux l'écouter.

Voilà pourquoi il était obligé d'aller à son premier rendez-vous galant avec Gianna. Il devrait se réjouir de l'avoir convaincue par téléphone. Elle lui rendait un grand service. Mais elle n'aimait pas plus cette idée que lui. Fidèle à elle-même, Gianna avait analysé la situation sous tous les angles et présenté des arguments. Ils ne devraient pas être vus ensemble avant la grande annonce, car celle-ci aurait alors moins d'impact sur les médias. C'était trop tôt. Aucun d'eux n'était prêt.

Gianna n'avait pas tort. Mais l'argument de Regan l'emportait. Il fallait que leur relation ait l'air d'évoluer naturellement.

Il frappa à la porte, affichant un semblant de sourire. Il attendit presque une minute puis frappa à nouveau.

Enfin, Gianna apparut.

Ou, du moins, une femme qui ressemblait à Gianna. Mince alors ! Oui, c'était bien elle. Pendant une seconde, il eut la gorge nouée. Quel changement… Ses cheveux châtains coupés à hauteur d'épaules avaient des reflets brillants. De nouvelles lunettes à monture fine mettaient en valeur ses magnifiques yeux émeraude. Elle portait une robe en jean à fines bretelles qui flattait son décolleté. Gianna avait un décolleté ? Jusqu'ici, elle avait toujours porté des vêtements très larges qui cachaient ses formes féminines.

Il l'observa de la tête aux pieds, remarquant ses sandales à lanières et ses ongles ornés d'un vernis rose pâle.

— Ton regard est un peu trop insistant, fit-elle remarquer.

C'était vrai. Il n'arrivait pas à la quitter des yeux, et c'était mauvais signe. Il n'appréciait guère les courant électriques qui le parcouraient. Pas plus que cette attraction qui lui coupait le souffle. Gianna était… renversante.

Il n'avait pas prévu cela. Il n'avait pas eu ce genre de réactions devant une femme depuis des années ; cette attirance instantanée le déroutait. Gianna était un fruit défendu, il ne fallait pas l'oublier. Elle était comme un membre de la famille. Il la connaissait depuis toujours, et elle était la fille de la meilleure amie de sa mère. Pour couronner le tout, elle était en deuil et très vulnérable.

— Qu'est-ce que tu as changé ? lança-t-il.

Elle leva le menton.

— Rien, dit-elle sèchement.

— Tu as changé quelque chose, insista-t-il.

— Je croyais que tu m'emmenais manger une glace ?

— C'est le cas. Tu es prête ?

Il lui avait proposé de l'emmener chez le meilleur glacier de Juliet, le Triple Scoop. Si ses souvenirs étaient bons, Gianna adorait les crèmes glacées.

— Je suis prête. Finissons-en avec ça.

Il ouvrit la portière côté passager. Lorsque Gianna s'installa sur son siège, il eut un bel aperçu de ses jambes hâlées. Elle surprit son regard, mais il fit comme si de rien n'était. Après s'être mis au volant de son Aston Martin bleu nuit, il démarra.

À mi-chemin, il demanda :

— Je ne me plains pas, mais pourquoi ces changements ?

Elle détourna la tête et regarda par la vitre.

— On dirait que tu te plains.

— Tu vas répondre à ma question ?

Elle poussa un soupir théâtral.

— J'ai réfléchi et je suis parvenue à une conclusion. Pour convaincre les gens que nous sommes en couple, je dois ressembler au rôle. Lily m'a aidée.

— Elle a fait du bon travail.

— C'est un compliment voilé ?

Il esquissa un sourire. Gianna avait été claire, elle ne cherchait pas à lui plaire. Elle souhaitait simplement faire en sorte que leur petit plan fonctionne. Elle n'était pas du genre à aller à la pêche aux compliments, mais elle en méritait un.

— Tu es très jolie, Gianna.

C'était l'euphémisme de l'année.

— Merci, dit-elle.

Lorsqu'ils arrivèrent en ville, il gara la voiture à deux rues de leur destination.

— Pourquoi nous arrêtons-nous ici ? questionna Gianna.

— Cela nous fera du bien de marcher.

— Laisse-moi deviner. Une idée de Regan ? Pour qu'un maximum de gens nous voie ensemble ?

Il ne répondit pas à sa question. Gianna avait raison, et il n'avait pas envie de l'admettre.

— D'habitude, les gens de Juliet ne m'embêtent pas trop, dit-il. Mais, il faut que je te prévienne, cela pourrait changer quand on me verra avec toi.

Il sortit de la voiture, lui ouvrit sa portière et lui tendit la main.

Lorsqu'elle glissa sa paume sur la sienne, la douceur de sa peau le troubla. Gage referma la portière, activa l'alarme, puis Gianna et lui se mirent à marcher, main dans la main.

Le soleil se couchait, mais l'air était encore lourd. La sueur perlait sur la nuque de Gage et son jean collait à ses jambes. Gianna, en revanche, semblait peu affectée par la chaleur. Elle marchait la tête haute, l'air impassible. Des jeunes femmes sortirent d'une boutique de vêtements et s'arrêtèrent net quand elles virent Gage. Après quelques secondes, elles prirent des photos avec leurs téléphones. L'une d'elles approcha et demanda si elle pouvait prendre une photo avec lui.

— Bien sûr. Avec Gianna aussi, suggéra-t-il.

— D'accord, répondit la femme sans hésiter.

Elle prit une photo d'eux trois puis les remercia, en observant Gianna d'un air étrange. Elle se demandait sans doute qui était cette inconnue. Avec un peu de chance, bientôt, tout le monde saurait qu'elle était sa fiancée.

Gage et Gianna continuèrent leur chemin. À deux autres reprises, des fans l'arrêtèrent pour des selfies. Enfin, ils entrèrent dans la glacerie pleine de monde.

— Ces photos seront partout sur Internet dans moins d'une heure, murmura Gianna. J'imagine que Regan sait de quoi elle parle.

— Oui, en général.

Regan était sa manageuse depuis neuf ans. Elle l'avait toujours bien conseillé. Tous les scandales dans lesquels il avait été impliqué n'étaient pas le résultat d'une mauvaise gestion. Il s'était mis dans le pétrin tout seul. Heureusement pour lui, Regan savait comment sauver sa réputation. Il devait simplement rester tranquille durant les six prochaines semaines. Ensuite, il pourrait aller de l'avant.

Assise face à Gage, Gianna dégustait le sommet de son cône, un peu gênée par les regards sur elle. Gage signait des autographes pour quatre adolescentes. Elles s'attardèrent, guettant le moindre de ses mouvements. Ce ne fut que lorsqu'il leur fit un signe de la main et leur dit « à bientôt » qu'elles retournèrent à leur table, tapant sur leur téléphone aussi vite que leurs pouces le leur permettaient.

— Eh bien ! C'est toujours comme ça ? demanda Gianna.

— Ce n'était rien. Parfois je dois fuir pour ne pas risquer ma vie.

— Tu plaisantes, n'est-ce pas ?

Il secoua la tête, les yeux pétillants.

— Les quadragénaires sont pires que ces gamines. Elles veulent un morceau de moi que je n'ai pas envie de donner.

— C'est-à-dire ?

Elle continua de manger son énorme crème glacée. Le Triple Étage consistait en trois boules de glace dont les parfums étaient au choix, avec des suppléments sur chaque boule. Gianna avait opté pour une boule de vanille et deux boules de caramel au café, agrémentées de coulis de framboises, de pépites de chocolat et de noisettes. Les crèmes glacées étaient son péché mignon.

— Elles essayent de m'arracher mes vêtements. Et de toucher des endroits qu'elles n'ont pas à toucher.

— Tu es sérieux ?

Gianna était atterrée. Bien que les célébrités soient adorées par leurs fans, il y avait des limites. Personne n'avait le droit de dépasser ces limites.

— Cela arrive surtout pendant les concerts. Les salles ont des services de sécurité, mais de temps en temps quelqu'un arrive à leur échapper. C'est pour ça que j'ai besoin d'un garde du corps parfois.

— Où est-il en ce moment ?

— Il prend des congés quand je suis à Juliet. Comme je l'ai dit, les gens d'ici ne me traquent pas. Ils me laissent vivre ma vie, dans l'ensemble.

— Contente de l'entendre.

— Tout ça va changer le 4 juillet. Regan a invité tous les journalistes du coin. C'est à ce moment-là que les choses vont se corser.

Il fixa sa bouche tandis qu'elle léchait son cône.

— Tu apprécies ta glace, on dirait.

Elle était troublée par son regard.

— C'est ma préférée.

— Je m'en souviens.

— Tu es un rabat-joie, tu n'as pas pris le Triple Étage.

Imperturbable, il dégusta son cône au chocolat. Il n'avait pris qu'une boule et aucun supplément.

— Parfois, plus ne veut pas dire mieux.

— Mais quand c'est mieux, c'est beaucoup mieux, répliqua-t-elle.

— Attends une seconde, dit-il, glissant la main dans sa poche. Prenons une photo. Notre premier rendez-vous.

— Pour avoir une preuve.

— Oui, c'est le but.

Il approcha son visage du sien, suffisamment pour qu'elle puisse sentir son parfum – une fragrance onéreuse, débordante de virilité.

— Souris, ordonna-t-il.

Elle obtempéra, et il les prit en photo.

— Parfait, déclara-t-il, observant le cliché en souriant.

— Montre-moi.

Il lui tendit l'appareil. Lorsqu'elle découvrit l'image, elle fut bouche bée.

— Oh ! Toi alors !

Sur le cliché, Gianna souriait mais sa bouche était tachée de coulis de framboises. Elle ressemblait à une enfant de dix ans et, pour l'instant, elle avait l'impression d'en être une. Elle saisit une serviette et s'essuya la bouche.

— Tu ne changeras jamais, Gage.

— C'est ce qu'on récolte quand on me traite de rabat-joie.

— Donc tu prétends que c'est moi qui ai commencé ?

— Oui, tout à fait.

Elle effaça le cliché puis fit défiler quelques photos de lui avec son groupe. Certaines avaient été prises pendant qu'il était sur scène, sous les projecteurs. Elle imagina ses fans debout, chantant en chœur avec lui.

C'était ce à quoi il essayait de s'accrocher. Ce qu'il tentait de protéger. Gage n'était pas uniquement un chanteur avec quelques tubes à son actif. Il était une marque à part entière et il faisait travailler de nombreuses personnes : musiciens, producteurs, fournisseurs.

Elle lui rendit son téléphone.

— Ce n'est pas pour l'argent, n'est-ce pas, Gage ? Ce n'est pas la raison pour laquelle que nous faisons tout cela.

— Non, en effet.

La famille de Gage était l'une des plus riches du Texas. Toutefois, elle ne l'imaginait pas travailler dans un bureau, à passer en revue des livres de comptes et des feuilles de calcul. Gage était un esprit trop libre pour cela. Il avait un don et il adorait son métier.

— Je m'en doutais, dit-elle.

— Gianna, parfois tu me comprends mieux que personne.

— C'est pour ça que tu m'embêtais en permanence quand nous étions plus jeunes ?

Il haussa les épaules.

— Tu étais la seule que je ne pouvais pas duper. Ça m'agaçait, pour être honnête.

Il l'avait parfois rendue folle de rage, mais elle n'avait rien laissé paraître.

— Maintenant que nous sommes adultes, nous pouvons cesser ces jeux stupides, Gage. Nous avons un objectif et nous devrions nous y tenir.

— Sans nos jeux stupides, c'est moins drôle.

— Rien de tout cela n'est drôle pour moi.

Le sourire de Gage s'évanouit.

Elle n'allait pas en rajouter, mais elle lui rendait un grand service. Et elle tenait à ce que tout se déroule sans accroc. Passer tout l'été avec l'insupportable Gage Tremaine ne la réjouissait guère.

Après qu'ils eurent terminé leurs cônes, Gage la prit par la main et déposa un baiser sur sa joue. Une petite bise subtile, mais qui indiqua à tous ceux qui les dévoraient des yeux que Gianna était à Gage, et réciproquement.

Ce baiser la prit de court. Sa peau picota à l'endroit où les lèvres de Gage s'étaient posées. Ce contact délicat, comme la façon dont il l'avait regardée en découvrant sa nouvelle allure, la préoccupait. Parce qu'elle avait ressenti une certaine excitation. L'espace d'un instant.

Gianna avait un secret bien gardé, qui lui assurait qu'elle ne tomberait pas amoureuse de Gage. C'était un secret qu'elle n'avait jamais révélé à quiconque. Quelque chose qui la poussait à fuir les hommes comme Gage Tremaine. Entre elle et lui, il n'y aurait jamais que des fiançailles de façade. Rien de plus.

Certes, Gage était un homme séduisant. Néanmoins, elle refusait de se laisser charmer. Bientôt, Gage devrait l'embrasser devant un public.

Et elle redoutait ce moment.

- 2 -

Gianna et Gage se trouvaient devant une bijouterie de Juliet. Leur passage chez le glacier remontait à deux jours, et sur les réseaux sociaux leur idylle était très commentée. À présent, ils s'apprêtaient à faire un achat avant d'aller dîner en ville.

— Je pense toujours que ce n'est pas nécessaire, déclara Gianna.

Elle ignorait pourquoi Gage tenait tant à lui acheter une bague de fiançailles. Cette situation la mettait mal à l'aise.

— Je peux porter la bague de ma mère, ajouta-t-elle. C'est un beau bijou.

— Nous en avons déjà discuté. Il te faut un diamant pour que nos fiançailles paraissent officielles. Si tout cela était réel, tu aurais à l'annulaire gauche un énorme solitaire.

Il lança un regard vers sa main.

— Qui plus est, tu portes la bague de ta mère depuis son décès, rappela-t-il avec douceur. Ce ne serait pas juste de l'utiliser de cette manière.

Il se montrait prévenant, elle devait le reconnaître. Il tenait absolument à lui acheter un diamant, et elle ne gagnerait pas cette bataille.

— D'accord, d'accord. Mais pas de bijou tape-à-l'œil.

— Je m'en doutais. Tu choisiras la taille et la forme. Prête ?

— Oui. Allons-y.

Gage avait pris des dispositions avec le propriétaire de la boutique pour avoir un rendez-vous privé. Gianna et lui furent accueillis par un homme du nom de Jeffrey Danes. Les sols en marbre, les murs de pierre et le lustre de cristal conféraient une atmosphère luxueuse et élégante au magasin. Bien que l'établissement ne soit pas grand, les trois longues vitrines disposées en U étaient d'une propreté impeccable, et toutes sortes de bijoux y étaient exposés.

— Jeffrey, j'aimerais vous présenter ma petite amie, le professeur Gianna Marino.

— C'est un plaisir de vous rencontrer, professeur. J'espère que nous pourrons vous trouver la bague parfaite. Et félicitations pour vos fiançailles.

Gianna se sentit rougir. Elle détestait mentir.

— Merci beaucoup, dit-elle.

— Nous n'avons pas encore rendu la nouvelle publique, glissa Gage. Et nous apprécierions que vous restiez discret jusqu'à l'annonce officielle.

— Bien sûr, assura Jeffrey, vous pouvez me faire confiance. Je fais affaire avec votre famille depuis des années. À présent, laissez-moi vous montrer nos plus belles pièces.

Il les conduisit vers la vitrine au fond de la bijouterie. Gianna se hérissa. Elle n'avait aucune envie de porter une bague onéreuse. Elle ne voulait pas que Gage dépense une fortune pour un bijou qu'elle finirait par lui rendre.

— Asseyez-vous, je vous en prie, dit Jeffrey.

Tous deux prirent place sur des chaises de velours. Un grand sourire aux lèvres, le bijoutier s'empara d'un plateau de velours noir dans la vitrine et le posa devant eux. Gianna fut stupéfiée par la taille des diamants.

— Tu peux choisir celle que tu veux, ma chérie, affirma Gage d'un ton très sérieux.

— L'une de ces splendides bagues vous intéresse-t-elle ? demanda Jeffrey. Elles sont de la plus haute qualité, et, comme vous pouvez le voir, ce sont des pièces uniques.

Gage avait-il perdu la tête ? Ou jouait-il la comédie ? Il était hors de question qu'elle choisisse une bague qui coûtait plus cher qu'une voiture de luxe. Elle fit mine de porter intérêt aux six bagues devant elle, puis finit par secouer la tête.

— Elles sont un peu trop chargées à mon goût. Auriez-vous quelque chose de plus simple ? Et de plus petit ?

Gage esquissa un sourire. Apparemment, cela l'amusait de la voir si embarrassée.

Jeffrey cligna des yeux, sans doute pour cacher sa déception. Ce n'était pas aujourd'hui qu'il réussirait à vendre une bague hors de prix.

— Bien entendu. J'ai toute une collection à vous présenter. Ou, si vous préférez, vous pouvez choisir une monture, et nous vous trouverons le diamant parfait.

— Oh ! non. Ce n'est pas nécessaire. Je suis sûre que je vais trouver mon bonheur.

Elle se leva et déambula dans la boutique, finissant par s'arrêter sur la vitrine à l'avant du magasin.

— Je peux voir celles-ci ? demanda-t-elle, montrant des solitaires.

Jeffrey se précipita vers elle.

— Oh ! celles-ci ne sont pas…

Gage ne tarda pas à les rejoindre.

— Elles ne sont pas quoi ? questionna-t-il.

— Elles sont, eh bien, correctes. Nous ne vendons que les meilleurs bijoux. Mais êtes-vous sûre de votre choix ?

— J'aimerais voir la marquise, s'il vous plaît.

Elle indiqua une bague qui plairait à la plupart des femmes – si elles ne se fiançaient pas à une grande star.

— C'est un solitaire, monté sur un anneau de platine, énonça le bijoutier. Mais je crains qu'il ne dépasse pas un carat.

Il sortit le bijou de la vitrine.

— Voilà, dit-il, posant la bague sur un carré de velours noir en s'efforçant de masquer son désappointement.

Il n'avait sans doute pas rencontré beaucoup de femmes qui, ayant carte blanche, optaient pour une bague si simple et si modeste.

— Vous pouvez l'essayer si vous le souhaitez.

— C'est celle que tu préfères, Gianna ? demanda Gage.

Elle glissa la bague à son annulaire.

— Elle est simple et elle est à la bonne taille. Oui, elle me plaît beaucoup.

Gage s'adressa à Jeffrey.

— Je pense que ma fiancée a trouvé sa bague.

— Oui. Très bon choix, fit le bijoutier, tentant de montrer un peu d'enthousiasme.

— Gianna, si tu faisais un tour pendant que je m'occupe des formalités avec Jeffrey ?

Il l'embrassa sur la joue pour faire bonne mesure. Gianna eut le souffle coupé quand ses lèvres furent en contact avec sa peau. Elle sortit de la bijouterie afin de s'éclaircir les idées.

Elle venait de choisir une bague pour ses fausses fiançailles – un mensonge de plus, qui serait suivi de nombreux autres.

Sa tenue de l'autre jour n'était donc pas un hasard. Pour leur second rendez-vous galant, Gianna avait choisi une robe de dentelle couleur crème, qui soulignait sa taille fine et dévoilait délicieusement son décolleté. Ses yeux émeraude pétillaient derrière ses lunettes, et les lumières du Rhinestone se reflétaient sur sa chevelure. Sa future fiancée était superbe. Elle avait sûrement donné une migraine à Jeffrey en choisissant la bague la moins chère de la bijouterie. Parce qu'elle était pragmatique et prudente, Gianna n'avait pas voulu que Gage dépense une somme colossale pour un bijou. Elle ignorait que la bague était à elle. Il ne la reprendrait en aucune circonstance. C'était un petit prix à payer pour l'aide qu'elle lui apportait.

Tandis que le maître d'hôtel les conduisait à une table au fond du restaurant, les têtes se tournèrent sur leur passage. Ce soir, c'était Gianna qui attirait tous les regards. Pas lui. Non seulement elle était en beauté, mais elle éveillait aussi la curiosité. Les médias locaux et les réseaux sociaux parlaient déjà de la dernière petite amie de Gage Tremaine, et bien que personne ne sache qui elle était, les photos prises chez le glacier avaient fait sensation.

Lorsqu'ils furent installés, Gage commanda du vin rouge. Des clients sortirent leurs téléphones portables et prirent des photos d'eux pendant un temps qui sembla interminable. Au fil des ans, Gage avait appris à se concentrer sur les personnes avec qui il dînait et à s'amuser bien que chacun de ses gestes soit scruté. Il choisissait toujours des tables au fond de la salle pour cette raison. Bien que cela aille à l'encontre de son objectif actuel – attirer l'attention sur son couple factice –, il voulait avoir quelques instants en privé avec Gianna.

— Tu es déjà venue ici ? demanda-t-il.

— Oui, plusieurs fois.

— Avec un homme ? s'exclama-t-il.

Malheureusement, il n'avait pas réussi à cacher son étonnement.

— Ça te surprendrait ?

— Non. Mais, euh, peu importe.

Le Rhinestone était un restaurant haut de gamme, à la cuisine excellente et au service impeccable. On n'y emmenait pas une femme si l'on n'avait pas d'intentions sérieuses. C'était Regan qui avait suggéré à Gage ce lieu, afin de rendre sa relation avec Gianna encore plus crédible.

— Si tu veux le savoir, j'ai eu l'honneur de recevoir un prix ici, l'année dernière.

Il haussa les sourcils, impressionné.

— Quel prix ?

— Le prix d'excellence en enseignement de la faculté de Fairmont. Nous avons eu droit à un dîner spécial.

— Félicitations. Je parie que ta mère était fière.

Gage n'aurait pas dû évoquer Tonette, mais il était trop tard. Heureusement, Gianna ne sembla pas perturbée.

— Oui, elle était très fière, dit-elle en souriant.

Lorsque le vin fut servi, Gage leva son verre.

— Buvons à ta mère, Gianna.

— À nos mères, dit-elle, faisant tinter son verre contre le sien. Les femmes les plus extraordinaires que j'aie jamais connues.

— C'est vrai.

Après avoir bu une gorgée de vin, Gage reprit la parole.

— Tu disais que tu étais venue ici plusieurs fois ?

— Ma meilleure amie, Brooke, m'a organisé un rendez-vous galant avec quelqu'un, et il m'a emmenée ici. Nous nous sommes fréquentés quelque temps. Ensuite, il m'a réinvitée dans ce même restaurant pour rompre avec moi.

— Aïe ! C'est rude.

— Pas vraiment. C'était quelqu'un de gentil, il savait que j'aimais cet endroit. Ça n'a pas fonctionné entre nous car nous étions trop différents. Il aimait le sport et les voitures. Son rêve était d'assister à un match de base-ball dans tous les grands stades du pays.

Enfant, Gage avait eu exactement le même rêve, mais ensuite il avait attrapé le virus de la musique. Il avait découvert qu'il jouait plutôt bien de la guitare et que le timbre grave de sa voix était agréable. Toutefois, il adorait toujours le base-ball. Il y jouait chaque fois qu'il pouvait réunir les membres de son groupe sur un terrain, et il suivait les matchs à la télévision.

— Donc, tu n'aimes pas le sport ni les voitures, conclut-il.

Il savait aussi qu'elle ne s'intéressait pas à la mode. Il avait l'impression que sa sœur Lily avait choisi toute seule la nouvelle garde-robe de Gianna.

— Quelles sont tes passions, Gianna, en dehors des livres ?

— J'aime enseigner.

— Une évidence.

— J'adore les crèmes glacées.

— Ça, je l'avais compris. Quoi d'autre ?

— Je fais partie du comité directeur de la fondation Apprentissage et Alphabétisation. C'est une œuvre de bienfaisance pour aider à promouvoir la lecture. Beaucoup d'enfants ont de réelles difficultés pour lire. L'université fait son possible pour lever des fonds.

— Une cause admirable. Mais est-ce que tu fais des choses pour le plaisir ? Rien que pour le plaisir ?

— Avant, je voyageais. Jusqu'à ce que ma mère tombe malade. Mais j'imagine que je m'y remettrai à un moment ou à un autre.

— Nous allons voyager tous les deux. J'ai une interview prévue à Nashville après le 4 juillet. Ensuite, nous irons à Los Angeles.

— Et il est impératif que je vienne avec toi ? demanda-t-elle en le regardant par-dessus le bord de son verre de vin.

— C'est nécessaire, Gianna.

Leur plan ne fonctionnerait pas si elle ne l'accompagnait pas. Toutefois, si Gianna était trop réticente, Gage devrait faire des concessions.

— Nashville a un passé riche. Il n'y a pas que la musique. Je te promets de rendre ce séjour supportable.

— Après le 4 juillet, je ferai des recherches pour une conférence sur les relations familiales que je donnerai à la fin du mois. J'exposerai les théories majeures sur le développement familial, et je me pencherai sur les facteurs biologiques, psychologiques et historiques qui influencent les schémas familiaux et les comportements.

— Traduction, s'il te plaît ?

Elle fit une adorable moue.

— Peu importe. Sache simplement que quand nous serons à l'hôtel, je travaillerai dans la chambre séparée que tu m'as promise.

— Soit. En parlant du 4 juillet, acceptes-tu d'être ma fiancée temporaire, Gianna ?

Il plongea la main dans sa poche et serra la boîte de velours.

Elle le fixa, amusée.

— Quelle demande romantique, Gage.

— Je tiens à t'offrir la bague ce soir, mais tu n'auras pas besoin de la porter avant le 4 juillet. J'ai pensé que ça valait mieux que de m'agenouiller devant tout le monde pendant la fête pour te demander en mariage. Si quelqu'un te pose la question, tu pourras répondre que je t'ai fait ma demande ce soir, et que je t'ai offert une bague pendant un dîner au Rhinestone. Ce ne serait pas un mensonge.

Il lui adressa un sourire, qu'elle lui rendit.

— J'apprécie cette attention, Gage. Et tu as raison, c'est plus simple comme ça.

— Merci encore pour tout ce que tu fais pour moi.

Il sortit l'écrin de sa poche et le donna à Gianna. Elle le rangea aussitôt dans son sac à main.

— Oh. Encore une chose, fit-il.

Il prit dans son autre poche une pochette de velours doré.

— Cela va avec la bague, ajouta-t-il, faisant glisser la pochette vers elle. Pour toi, Gianna.

— Qu'est-ce que c'est ?

— Ouvre et tu verras.

Elle l'observa un instant puis saisit la pochette d'un air un peu méfiant. Elle défit le cordon et prit le collier.

— C'est magnifique, murmura-t-elle, émerveillée.

Une douzaine de diamants formaient un V et menaient à un brin unique au bout duquel était enchâssé un diamant marquise délicat.

Elle étala le bijou sur sa main. Son air ébloui disparut aussitôt.

— Je ne peux pas accepter, Gage.

— Il sera parfait sur toi, Gianna. Et, si, tu peux l'accepter.

— Je le rendrai en même temps que la bague.

— Tous ces achats sont définitifs. Sinon Jeffrey aurait une attaque.

Gianna ouvrit de grands yeux.

— Tu es en train de dire que tu ne peux pas le rendre ?

— C'est ça. Il ne te plaît pas ?

— Je… je l'adore. Mais c'est trop.

— Laisse-moi en être juge.

— Comment as-tu fait ? Quand l'as-tu acheté ?

— Jeffrey me l'a montré pendant que tu étais dehors.

— Et juste comme ça, dit-elle avec un claquement de doigts, tu l'as acheté.

— Oui.

Gage n'avait pas acheté ce collier uniquement par générosité. Il avait voulu l'offrir à Gianna pour la remercier du service peu commun qu'elle lui rendait. Il n'achetait pas sa loyauté. Il lui montrait plutôt ce que son sacrifice signifiait pour lui. Du moins, il espérait qu'elle verrait les choses de cette façon.

Il fallait absolument que leur plan fonctionne.

Sa carrière de chanteur en dépendait.

Tout reposait sur Gianna.

Le cadeau de Gage ne la réjouissait pas. Néanmoins, Gianna contint son irritation. Ils étaient en public, et elle ne voulait pas faire échouer leur plan. Elle avait donné sa parole, elle jouerait donc la comédie jusqu'au bout. Mais elle n'avait pas demandé de bijoux – elle n'avait rien demandé en échange de ce service. Certes, il était logique que Gage lui offre une bague, puisqu'elle devrait en porter une pour l'annonce de leurs fiançailles. Mais le collier ? C'était une autre histoire.

Gianna était passablement insultée par l'idée que Gage pense pouvoir l'acheter avec des diamants. Elle aimerait penser autrement, mais elle ne voyait pas d'autre explication. Le collier était bien plus cher que la bague qu'elle avait choisie. Gage avait-il si peu confiance en elle ?

Sans crier gare, il se leva et lui prit le collier des mains.

— Tu permets ? dit-il.

Décontenancée, elle le regarda approcher d'elle. Posant la main sur son épaule, il repoussa doucement ses cheveux sur le côté, le revers de ses doigts caressant sa gorge. Des frissons d'excitation la parcoururent. Gage mit le collier autour de son cou, et Gianna resta figée, déroutée par sa réaction face à lui. Elle ne pouvait pas le laisser voir à quel point il la troublait. Quand le collier fut attaché, Gage remit ses cheveux en place, sa main effleurant à nouveau sa peau. Elle ferma les yeux un instant, retenant son souffle.

Il se rassit et observa le collier qui descendait jusqu'au creux entre ses seins. Ses yeux d'un bleu azur s'attardèrent suffisamment pour qu'elle sente une onde de chaleur l'envahir et qu'elle s'agite un peu. Ce n'était pas de l'irritation qu'elle éprouvait, mais une émotion bien plus dangereuse.

— Gianna, ce collier te va à merveille.

Il semblait sincère. Et elle ne pouvait nier que le collier était magnifique.

— Merci, Gage.

Tout au long du dîner, le regard de Gage dériva vers sa poitrine. Ne faisait-il qu'admirer le cadeau qu'il lui avait offert ? Elle l'espérait.

Il lui servit un second verre de vin. Il lui parla de lui, de ses concerts, de ce qui se passerait quand ils seraient sur la route. Bien que la tête lui tourne un peu, elle continua à boire, uniquement parce que Gage était un très bon narrateur et que ses péripéties étaient passionnantes. Plus elle buvait, plus ses histoires étaient drôles.

Gage cessa soudain de parler.

— Qu'y a-t-il ? demanda-t-elle, vacillant un peu. P-pourquoi tu ne dis plus rien ?

Gage la dévisageait.

— Bon sang, Gianna, tu ne tiens pas l'alcool. Tu as bu… quoi, deux verres et demi ?

— Quelque ch-chose comme ça. Je bois très r-rarement.

— Je vois ça, marmonna-t-il. Je ferais mieux de te reconduire chez toi.

— Je ne veux pas r-rentrer chez moi.

— C'est justement pour ça que je dois te ramener.

L'instant suivant, il l'aida à se lever et la conduisit vers la sortie. Elle sourit aux gens tandis que Gage la soutenait fermement. Ensuite, elle se retrouva dans la voiture, et Gage boucla sa ceinture de sécurité. Elle respira une bouffée de son eau de toilette.

— Mmm. J'aime t-ton odeur.

— C'est bon à savoir, fit-il.

Ensuite, tout fut flou. Les maisons défilèrent derrière la vitre, et Gianna n'arriva pas à cesser de rire, même quand ses paupières se fermèrent. Au bout d'un moment, Gage la reprit dans ses bras et, après quelques instants, elle se retrouva sur un lit. Un lit doux, confortable. Elle ouvrit lentement les yeux.

— Gage ?

— Il faut que tu dormes. Je passerai te voir demain matin.

Elle le sentit écarter les cheveux qui barraient son visage et poser les lèvres sur son front.

Elle enroula les bras autour de son cou.

— R-reste avec moi.

Il s'écarta doucement.

— Je ne peux pas, Gianna.

Elle ferma les yeux à nouveau.

Et elle s'endormit.

La lumière matinale filtra à travers les persiennes. Bien que ses paupières soient lourdes comme du plomb, Gianna les entrouvrit. Elle les referma aussitôt. La lumière était trop vive. Tout ce que Gianna voulait, c'était dormir jusqu'à ce que son mal de tête disparaisse.

Elle gémit, à la fois de douleur et de honte. Hier, pendant le dîner, elle s'était ridiculisée. Gage avait dû la soutenir fermement lorsqu'ils étaient sortis du restaurant, et qui sait ce qu'elle lui avait raconté pendant le trajet de retour. Ou pire, ce qu'elle lui avait dit quand il l'avait mise au lit.

— Bon sang, marmotta-t-elle.

Elle était censée être la personne stable et responsable de leur duo, et non se comporter comme une noceuse inconséquente. Elle priait pour que personne n'ait pris de photos d'elle, ou pire, de vidéos. Ce n'était pas l'image qu'elle souhaitait donner. Tandis que toutes sortes de scénarios humiliants se jouaient dans son esprit, elle s'enfonça sous la couette.

Un extrait d'une chanson de Gage s'échappa de son téléphone. Une chanson qui parlait d'une femme au cœur brisé. Elle ne connaissait pas ce morceau, mais Gage lui avait assuré que c'était l'un de ses plus grands succès et qu'elle devrait avoir une de ses chansons en guise de sonnerie. Il lui avait même fait l'honneur de l'installer lui-même sur son téléphone hier.

Elle plongea la main dans son sac posé sur le chevet et attrapa son téléphone. Et elle gémit à nouveau lorsqu'elle vit le visage de Brooke sur l'écran. Elle hésita à décrocher, mais, connaissant sa meilleure amie, celle-ci la rappellerait toutes les cinq minutes jusqu'à ce qu'elle réponde.

— Allô ? murmura-t-elle d'une voix faible.

— Pourquoi est-ce que je suis la dernière au courant ? demanda Brooke de but en blanc.

Gianna avait l'esprit trop embrumé pour réfléchir.

— Au courant de quoi ?

— De ton histoire avec Gage Tremaine.

Gianna se redressa brusquement, oubliant son mal de tête. Elle n'avait pas encore trouvé le moyen d'expliquer la situation à sa meilleure amie.

— De quoi parles-tu ?

— C'est vrai, Gia ?

— Eh bien… qu'est-ce qui te fait penser ça ?

— Vous avez été vus ensemble chez Triple Scoop. Et hier soir, tu as dîné avec lui au Rhinestone ! Il y a des photos de vous partout sur les réseaux sociaux.

C'était exactement ce que voulait la manageuse de Gage. Le buzz sur les réseaux sociaux signifiait que la supercherie fonctionnait. Seulement, Brooke était une véritable amie et Gianna détestait lui mentir.

— Je peux tout expliquer.

Mais était-ce vrai ? Pouvait-elle expliquer sa relation étrange avec Gage ? Elle n'avait pas l'esprit assez clair pour se décider maintenant.

— Je t'écoute, Gianna.

— Je ne peux pas vraiment parler pour l'instant. J'ai la tête dans un étau. J'ai trop bu hier soir et j'arrive à peine à me concentrer. Je peux te rappeler plus tard ?

Brooke hésita.

— Tu… tu vas bien, Gianna ?

Sa confidente savait qu'elle avait du mal à se remettre du décès de sa mère, et elle prenait régulièrement de ses nouvelles, pour s'assurer qu'elle ne sombrait pas.

— Si tu as besoin de moi, je peux venir tout de suite.

— Merci, Brooke. Tu es la meilleure, mais ça ira.

— À propos de Gage, Gia… Ça m'inquiète. Il est si… il n'est pas ton genre. Je sais qu'il est très séduisant, mais franchement, j'espère que ton explication n'implique pas une histoire d'amour avec lui.

Non, Gianna ne tomberait jamais amoureuse d'un homme comme Gage. Et elle avait de bonnes raisons pour cela.

— Nous en reparlerons, Brooke. Je vais me requinquer et je t'appellerai plus tard, promis.

— D'accord, concéda son amie. Prends soin de toi.

— Compte sur moi.

Gianna raccrocha et coupa la sonnerie de son téléphone afin de ne pas être dérangée. Elle appuya la tête sur l'oreiller et s'efforça de se détendre. Moins de cinq minutes plus tard, on frappa à sa porte.

— Allez-vous-en ! marmonna-t-elle.

Elle mit la tête sous la couette. Ce dont elle avait besoin, c'était de calme. Mais il se pouvait qu'il s'agisse de Rose, et elle ne voulait pas être impolie.

Elle se leva très lentement et prit quelques secondes pour retrouver son équilibre. Elle n'en revenait pas que deux verres de vin puissent la mettre dans un tel état. Plus jamais elle ne boirait autant, se promit-elle, enfilant un peignoir en chenille élimé.

Les coups à la porte se firent plus sonores.

— Gianna, c'est Gage !

Elle se mordilla la lèvre. Elle ne voulait pas le voir. Et elle ne tenait pas à ce qu'il la voie dans cet état.

Elle approcha de la porte.

— Gage, qu'est-ce que tu fais ici ?

— Je viens t'aider. Laisse-moi entrer.

— Je n'ai pas besoin de ton aide.

— J'ai la clé.

Mince. Elle aurait dû se douter qu'il parerait à toute éventualité. Après tout, il avait été boy-scout.

— C'est du chantage, Gage.

— Non, je veux juste pour t'aider. Ouvre la porte, Gianna.

Posant la main sur la poignée, elle entrouvrit lentement la porte.

Gage avait apporté des cadeaux. Cette fois, ce n'étaient pas des diamants mais du café, des toasts et de l'aspirine.

Elle s'effaça pour le laisser entrer. Il se dirigea vers la cuisine.

— Inutile de te demander comment tu te sens, ta mine affreuse est assez parlante.

— Des compliments, si tôt le matin ! ironisa-t-elle.

Il esquissa un sourire, observant son vieux peignoir d'un air perplexe. Il saisit sa main, posa deux cachets d'aspirine sur sa paume et lui donna un verre d'eau.

— Avale ça, ordonna-t-il.

Elle obtempéra.

Puis il versa du café dans deux tasses et les posa sur la table. Mettant les mains sur ses épaules, il la conduisit jusqu'à une chaise.

— Assieds-toi.

Elle s'assit lentement puis porta une tasse à ses lèvres, respirant les arômes avant de boire une gorgée de café. C'était exactement ce dont elle avait besoin. Le café n'annulait pas les effets de l'alcool, mais c'était fichtrement bon. Heureusement pour elle, elle n'avait pas la nausée. En revanche, sa migraine continuait de lui marteler le crâne.

Gage s'assit à son tour. Il fit glisser l'assiette de toasts vers elle.

— Tu peux manger ? demanda-t-il.

— Je devrais ? C'est toi l'expert en gueule de bois.

Il grimaça, mais son regard était plein de compassion. Elle détestait l'idée qu'il ait pitié d'elle.

— Si tu le dis. Je peux supporter plus qu'un dé à coudre d'alcool, en tout cas.

— Je n'en doute pas.

— Tu as dormi toute la nuit ?

— Jusqu'à ce qu'une personne impolie tambourine à ma porte.

— Il est 10 heures du matin, Gianna. Et tu devrais me

remercier de t'avoir apporté des remèdes. Manifestement, tu ne sais pas comment prendre soin de toi.

— Je ne suis pas experte en gueule de bois, et alors ?

— C'est à peu près le seul domaine dans lequel tu ne penses pas être experte.

Elle mordit dans un toast, aussi sec que de la paille. Elle avala un peu de café pour le faire passer.

— Tu te trompes. Je ne suis pas experte en fausses fiançailles non plus, alors excuse-moi si j'ai fait des excès.

— Tu es tout excusée.

Elle serra les dents. Ce qui ne fit qu'aggraver son mal de crâne.

— En fait, j'aime bien quand tu es détendue et éméchée.

Il prit une gorgée de café.

— Ça me montre qu'il y a plus de facettes chez toi que je ne le pensais.

— C'est-à-dire ?

— Tu as un côté amusant.

— Amusant ?

Que voulait-il dire par là ? Elle ne se souvenait pas de la fin de leur soirée. Et cela la perturbait beaucoup.

— Qu'est-ce qui te fait penser ça ?

Il croqua un toast et prit son temps pour mâcher la bouchée, mettant à mal sa patience. Elle n'était pas sûre de vouloir entendre sa réponse. D'un autre côté, il fallait qu'elle soit fixée.

— Je t'ai portée dans la chambre et je t'ai allongée sur le lit.

Oh ! non.

— Et quand je t'ai dit bonne nuit, tu m'as demandé de rester.

Elle éclata de rire.

— Impossible. Je ne ferais jamais ça.

Gage haussa les sourcils, et elle vit de la sincérité dans son expression. Comme s'il n'avait pas menti. Puis il afficha un air taquin.

— Tu as raison, Gianna. Tu ne m'as rien demandé.

Mais elle se souvenait de son souffle contre sa gorge, de ses mains sur ses cheveux, de la douceur avec laquelle il avait attaché le collier à son cou. Ses caresses la rendaient nerveuse et lui rappelaient à quel point il était attirant. Lorsqu'il avait posé les mains sur ses épaules tout à l'heure, elle avait senti son cœur s'emballer. Et maintenant, son parfum boisé la troublait.

Gage n'était pas du genre à la laisser gagner un débat si vite. Ce qui la poussait à s'interroger. Que lui avait-elle dit, hier soir ?

— Je... je sais, bredouilla-t-elle. Je ne ferais pas ça.

Une chose était sûre : elle ne perdrait plus le contrôle comme hier soir. Elle ne laisserait plus Gage avoir la main.

Même s'il était très séduisant.

Même si elle avait envie de se noyer dans ses yeux si bleus.

- 3 -

— Les gens n'ont pas à connaître la vérité, Cade. À part la famille, précisa Gage à son frère le matin du 4 juillet.

Ce soir, le vrai feu d'artifice commencerait pour Gianna et lui.

— Ça ne me plaît pas que Harper fasse partie de cette mascarade, répliqua Cade. Elle a eu assez mauvaise presse pour une vie entière.

Son frère était assis à la table de la cuisine, une tasse de café fumante devant lui. Il était naturel que Cade veuille protéger sa fiancée, songea Gage. Les débuts de leur histoire avaient été chaotiques, et Harper avait subi les attaques des médias. Pendant quelque temps, elle avait été la vedette de télé-réalité la plus détestée du pays. Mais tout s'était bien terminé. Et si le plan de Regan fonctionnait, personne ne saurait que tout était mensonge entre Gage et Gianna. Quand l'été serait passé, les fiançailles médiatisées de Gage seraient oubliées, son blason serait redoré, et ensuite une rupture discrète mettrait fin à la supercherie.

— Ce n'est pas moi qui lui ai demandé de s'occuper du buffet, Cade, souligna-t-il. C'est elle qui a proposé son aide. Je ne vois pas comment nous aurions pu lui cacher la vérité.

— C'est vrai, Cade, intervint Harper. Je suis contente

d'être dans la confidence. Et c'est moi qui me suis portée volontaire pour préparer le buffet.

Harper s'assit à côté de son fiancé et lui prit la main.

— Je suis cheffe cuisinière et je tiens à faire cela pour ta famille, dit-elle avec douceur. Je *vais* le faire. Et puis, je te rappelle que dans quelques mois je serai officiellement une Tremaine, moi aussi.

Elle déposa un baiser sur la joue de Cade.

— Ne te fais pas de souci pour moi, chéri. Je ne me sens pas offensée. Je me sens *incluse*.

Gage appréciait Harper. Elle avait du cran et elle était la femme idéale pour son frère trop guindé. Cade n'avait jamais été aussi heureux, et cela se voyait.

— D'accord, vous avez raison, tous les deux, concéda Cade. Mais, chérie ne t'imagine pas que tu prépareras le repas de notre mariage. Ce jour-là, je te veux pour moi seul.

— Rassure-toi, je n'y ai même pas pensé. Il me tarde que le grand jour arrive.

— À moi aussi.

Cade donna à sa fiancée un baiser si langoureux que Gage se demanda s'il tomberait un jour fou amoureux d'une femme. Il n'avait jamais vraiment aimé une femme jusqu'à présent, pas comme son père avait aimé sa mère. Pas comme Cade aimait Harper. En général, il n'avait pas assez de temps à consacrer à une relation sentimentale. Les paroles de son père résonnaient dans sa tête chaque fois qu'il pensait à se caser : « Ne cherche pas la femme avec qui tu peux vivre, mais celle sans qui tu ne peux pas vivre. »

Jusqu'ici, Gage n'avait pas rencontré de femme sans qui il ne pouvait pas vivre. Était-ce lui le problème ? Était-il incapable d'aimer ?

— Bien, il faut que vous me laissiez, tous les deux, déclara Harper en tapant dans ses mains. Mon équipe va arriver et je dois me mettre au travail.

Gage se leva et embrassa sa future belle-sœur sur la joue.

— Tu fais déjà partie de la famille, Harp. Merci pour tout ce que tu fais.

Elle lui répondit par un grand sourire. Gage n'avait jamais pensé qu'il serait envieux de Cade, du moins sur le plan amoureux. Pourtant il avait un pincement au cœur chaque fois qu'il voyait Cade et Harper ensemble.

Cade vivait le grand amour.

Tandis que Gage faisait juste semblant.

Gage passa devant le salon et vit sa mère assise dans son fauteuil, en train de lire son journal. Il fit aussitôt demi-tour. Hélas, il ne fut pas assez rapide.

— Gage, accorde-moi une minute, s'il te plaît.

— Bien sûr, maman.

Il lui adressa un grand sourire, le genre de sourire qui ne la dupait sans doute plus depuis qu'il était adolescent.

— Qu'est-ce que je peux faire pour toi ? demanda-t-il.

— Assieds-toi.

Il prit place dans l'un des canapés de l'immense pièce qui, avec ses hautes fenêtres, son parquet de bois, son imposante cheminée et ses différents coins salon, était le lieu central de la maison. Gage l'avait toujours appréciée. Elle lui rappelait son père, qui avait travaillé très dur afin de faire bâtir cette demeure pour sa famille. Néanmoins, à cet instant, il avait l'impression d'être un élève convoqué dans le bureau de la principale.

— C'est un grand jour aujourd'hui, nota Rose. Comment te sens-tu ?

— Moi ? Ça va.

Elle eut l'air sceptique.

— Vraiment ? Pas d'inquiétudes concernant ton annonce ce soir ?

— Non. Tout se passera bien.

— Donc, tu es sûr de vouloir continuer cette comédie ?

— Oui.

Sa mère n'avait jamais approuvé cette idée de fausses fiançailles. Malgré tout, elle lui avait apporté son soutien. Alors, il souhaitait apaiser ses craintes.

— Je l'espère. Car ce n'est pas un petit service que tu demandes à Gianna. Elle a déjà vécu beaucoup d'épreuves. Elle s'est occupée de Tonette pendant sa maladie et elle l'a perdue il y a quelques mois à peine. À présent, elle est embarquée dans cette mascarade. Gianna est une fille formidable, comme tu le sais. Tu lui as mené la vie dure autrefois, et elle ne s'est jamais laissé faire.

— Elle me le rappelle souvent, remarqua-t-il. J'étais dur avec elle parce qu'il fallait toujours qu'elle ait raison. Et ça m'agaçait, car la plupart du temps elle avait effectivement raison. Gianna est brillante. Mais comme tu l'as souligné, ce n'est pas une fleur fragile. Elle rend coup pour coup.

— C'est ce que j'aime chez elle. En fait, je l'aime tout court. Elle est comme une seconde fille pour moi. Cette année a été particulièrement difficile pour elle, dit-elle, le regard embué.

Elle prit la main de Gage.

— Je compte sur toi pour être gentil avec Gianna. Je ne voudrais pas qu'elle souffre encore. Je sais qu'elle est intelligente, mais elle est aussi très vulnérable en ce moment. J'ai besoin que tu me promettes de faire attention. D'être prudent avec elle. Ne la mène pas sur un chemin…

— Maman, tu n'as pas à t'inquiéter.

Gage s'était douté que sa mère se montrerait protectrice envers Gianna. Toutes deux avaient un lien fort, mais les inquiétudes de sa mère n'étaient pas justifiées. Gianna était peut-être jolie avec sa nouvelle garde-robe et sa nouvelle coiffure, mais Gage saurait rester à sa place. Gianna l'aidait à se sortir du pétrin, rien d'autre.

— Je serai prudent, et si cela peut te rassurer, sache que Gianna et moi sommes totalement opposés. Nous ne sommes pas compatibles, elle serait la première à te le dire. Alors sois tranquille. Au moins, Gianna sera trop occupée pour penser à la mort de sa mère. Et puis, elle pourra voyager un peu. Elle n'a pas pu le faire ces dernières années, et ça lui manque.

Sa mère soupira.

— En effet, ça me rassure, Gage. J'avais besoin de ta promesse, mon fils.

— Tu l'as. Je prendrai bien soin de Gianna.

— Merci, dit-elle, repliant son journal et le posant sur la table basse. C'est ce que je voulais entendre.

Elle se leva, et Gage fit de même.

— Je vais aller voir si les préparatifs pour le barbecue avancent bien, dit-elle. J'espère que tout est sous contrôle. Nos invités arrivent dans moins de quatre heures.

Gage sourit. Sa mère adorait la traditionnelle fête des Tremaine. C'était sa façon de célébrer le 4 Juillet avec la famille et les amis. Et, ce soir, Gage annoncerait au monde que Gianna et lui étaient amoureux, et qu'ils allaient se marier.

Soudain, la réalité le frappa en plein visage. Il avait fait beaucoup de promesses à beaucoup de gens dans le passé. Mais celle qu'il venait de faire à sa mère était particulièrement importante.

Il tiendrait cette promesse. Quoi qu'il lui en coûte.

Gage était devant l'entrée du pavillon des invités. Un peu contraint et forcé. Il aurait préféré qu'il y ait un autre moyen. Gianna n'allait pas être contente, et c'était un euphémisme. Il voulait saisir sa valise et retourner à la maison principale, mais il était dos au mur.

Alors, il frappa courageusement à la porte. Quelques secondes plus tard, Gianna lui ouvrit.

— Gage, qu'est-ce que tu fais ici ? Tu es en avance de quatre heures.

Pas par choix, voulut-il répondre tandis qu'il l'observait. Elle portait un large survêtement gris, et ses cheveux étaient ramassés en un chignon serré sur le sommet de sa tête. Les lunettes baissées sur le nez, elle avait un stylo coincé derrière l'oreille.

— Je sais, dit-il. Je te dérange ?

Il jeta un coup d'œil vers le salon et vit un ordinateur allumé.

— Pour être franche, oui. Je fais des recherches pour ma conférence.

— Tu travailles ? s'exclama-t-il.

Il trouvait incroyable que Gianna puisse se concentrer sur son travail. La plupart des femmes ne passaient-elles pas la moitié de la journée à se préparer pour une occasion importante ? Et ce n'était pas n'importe quelle occasion mais la soirée durant laquelle ils allaient annoncer leurs fiançailles. Une annonce qui changerait la vie de Gianna. Temporairement, en tout cas.

— Comme tu vois, dit-elle.

Elle considéra sa valise d'un air curieux.

— Tu vas quelque part ? demanda-t-elle. Laisse-moi deviner. Tu as laissé tomber cette idée de fausses fiançailles et tu pars en vacances, plaisanta-t-elle.

— Loin de là, Gianna.

Il s'appuya contre le cadre de la porte.

— Mon groupe m'a fait la surprise de venir pour la fête du 4 juillet. Chaque fois qu'ils sont dans le coin, ils savent qu'ils peuvent dormir ici. Toby, Lionel et Paolo séjournent dans le pavillon des invités d'habitude.

— Eh bien, quel est le problème ? Ils peuvent dormir dans la maison principale, non ?

Gage se frotta la mâchoire.

— Oui. Ils dormiront là-bas, mais…

— Attends une minute. Tu ne comptes pas t'installer ici, j'espère ?

Elle secoua la tête, les yeux écarquillés.

— Dis-moi que ce n'est pas pour ça que ta valise est sur le seuil !

— Je savais qu'avec ton esprit vif, tu comprendrais rapidement.

— Non, non ! C'est hors de question, Gage. Tu es fou ?

— Gianna, nous sommes censés être amoureux et fiancés. Si je dors dans la maison principale, mes camarades penseront qu'il y a anguille sous roche. Rassure-toi, je m'installerai dans la seconde chambre.

Elle le toisa d'un œil noir.

— Désolé, je ne peux pas rester ici à débattre avec toi.

Sur quoi, il empoigna sa valise et passa devant elle.

Elle resta figée, l'air incrédule.

Il se retourna vers elle.

— Gianna, soit je m'installe ici, soit tu t'installes dans

ma chambre, dans la maison principale. Il y a un seul lit… quoique assez grand.

Étrangement, il imagina Gianna nue dans le lit, les cheveux étalés sur l'oreiller, les yeux brûlants de désir.

Reprends-toi, Gage.

— Jamais de la vie, asséna-t-elle.

Des paroles qui l'aidèrent à se ressaisir.

— Donc, je prends la chambre du fond, conclut-il.

Gianna ferma la porte d'entrée, la mine renfrognée.

— D'accord, marmonna-t-elle.

La Gianna qu'il connaissait ne lui facilitait jamais la tâche. L'été promettait d'être très long…

— Mais ne prends pas l'habitude de me faire ce genre de surprises, avertit-elle.

— Tu sais que quand nous voyagerons, nous dormirons dans la même suite d'hôtel, dis-moi ?

— Je suis au courant. Mais tu m'as promis une suite avec deux chambres.

— Tu l'auras, Gianna.

— Bon. Il faut vraiment que je me remette au travail.

C'était tout Gianna. Toujours le nez dans ses livres ou devant son ordinateur.

Ça ne le dérangeait pas. Non, ce qui le dérangeait, c'était le fait que ses vêtements informes, son chignon et ses lunettes ne le rebutent plus.

Car maintenant il savait ce qui se cachait sous cet attirail peu séduisant.

Et il ne parlait pas seulement de son corps voluptueux. Certains pourraient trouver son esprit brillant très excitant. Pas lui, bien sûr. Mais soudain il se réjouissait qu'elle ne l'apprécie pas tant que ça et qu'elle le regarde avec dédain par moments.

— Vas-y, Gianna. Retourne à ce que tu faisais. Tu ne sauras même pas que je suis là.

— Pas d'autres interruptions ?

— Aucune. Nous irons à la maison principale vers 16 heures. Ça te va ?

— Oui. Je serai prête.

Il contempla ses jolis yeux verts, songeant que la mascarade allait bientôt commencer.

À partir de ce soir, ils vivraient dans le mensonge.

- 4 -

Gianna avait revêtu sa tenue pour le barbecue du 4 juillet. Elle sortit de sa chambre et gagna le salon. Gage campait devant la fenêtre. De dos, elle le trouvait déjà très séduisant avec son jean noir, sa chemise western brodée et son stetson. Quand il se retourna vers elle, elle fut frappée de plein fouet par sa beauté.

Beau, brun, ténébreux et doté d'une voix de velours. Pas étonnant qu'il ait tant d'admiratrices.

Il observa sa tenue, un sourire se peignant sur son visage.

— Eh bien… ta tenue est très…

— Patriotique ?

Il secoua la tête.

— J'allais dire très jolie, Gianna.

— Merci. L'œuvre de Lily, une fois de plus.

Sa robe blanche dévoilait ses épaules et s'arrêtait juste au-dessus de ses genoux. Les manches ballon et le bas étaient ornés de dentelle. À la demande de Lily, Gianna avait attaché de manière lâche le cordon de son col afin de laisser apparaître son décolleté. Elle trouvait le look trop audacieux, mais il était impossible de remporter un débat avec Lily, férue de mode. Une large ceinture argentée ornée de pierres turquoise et un ras-de-cou assorti complétaient la tenue, ainsi qu'un chapeau de cow-girl rouge et des bottes de cuir carmin.

— Je n'aurais jamais associé tout ça ensemble, avoua-t-elle.

— Ah, tu n'as jamais fait de danse country ? plaisanta Gage.

— C'est à ça que je ressemble ? s'exclama-t-elle. À une danseuse de country ?

— En dix fois mieux. Et c'est parfait pour la fête de ce soir. Le chapeau est très joli.

Elle effleura le bord du couvre-chef.

— Ce n'est pas mon idée. Je ne mets jamais de chapeau.

— Tu devrais. Ça te va très bien.

— Tu es très beau, toi aussi.

Il haussa les épaules.

— Ce n'est pas ma tenue la plus chic, mais elle est adaptée pour une fête.

Ou un concert. Elle l'avait vu porter des vêtements similaires sur scène.

Il consulta sa montre.

— Il est temps d'y aller, annonça-t-il.

Elle baissa la tête et rassembla son courage. C'était le moment. Pourvu qu'elle réussisse à jouer la comédie... Elle avait donné sa parole à Gage, elle ne pouvait donc plus reculer.

Elle releva la tête.

— Oui, allons-y.

Gage l'étudia un instant. Puis son regard s'adoucit.

— Merci, dit-il d'un ton sincère.

Main dans la main, ils empruntèrent la route menant aux jardins décorés de ballons et de banderoles. Les barbecues et les fumoirs exhalaient des arômes épicés et alléchants. Une piste de danse avait été installée ainsi que des tables et des chaises. Un DJ était chargé de la musique. Gage expliqua que son groupe et lui n'étaient pas censés monter sur scène mais qu'ils joueraient quelques chansons plus tard dans la soirée.

Rose fut la première à les saluer. Cade et Harper discutaient avec un barman au fond du jardin. Quant à Lily, elle conversait avec Nathan, le contremaître.

Les invités commençaient à arriver. Gianna en reconnut quelques-uns, ayant assisté à de nombreuses fêtes chez les Tremaine par le passé.

Toby, Leo et Paolo, les musiciens de Gage, les rejoignirent. Gianna les avait déjà rencontrés, mais elle ne se souvenait plus de qui était qui. L'un d'eux donna une tape sur le dos de Gage.

— Alors, Gage, tu nous caches des choses ? Qui est cette jolie dame ?

— Gianna Marino. Vous l'avez déjà vue à au moins deux de nos concerts.

Il mit un bras autour de sa taille et l'attira contre lui. Le geste la surprit, et la troubla. Malgré tout, elle s'efforça de sourire.

— Gianna, voici Leo, notre guitariste. Et Paolo, le meilleur batteur que Nashville ait jamais produit.

Il se tourna vers le dernier jeune homme.

— Et lui, c'est Toby. Il joue du violon.

— Bonsoir à tous. Contente de vous revoir.

Tous les trois semblaient perplexes, comme s'ils n'arrivaient pas à se souvenir d'elle. Avait-elle donc tant changé ?

— De même, répondit Toby. Je me souviens de vous, maintenant. Vous êtes une amie de la famille, n'est-ce pas ? Vous êtes venue en coulisses un soir, avec Rose et votre mère.

— Oui, c'est bien ça. Ma mère, Tonette, était avec nous ce soir-là.

— Gianna a perdu sa mère il y a quelques mois, intervint Gage, comme pour les avertir d'abandonner ce sujet.

— Je suis navré de l'apprendre, déclara Toby, et les autres présentèrent aussi leurs condoléances.

— Gianna est plus qu'une amie de la famille, dit Gage en la couvant du regard. Nous sommes en couple à présent.

Si les membres du groupe avaient vu quelque chose sur les réseaux sociaux, ils le cachèrent bien.

— Fantastique, fit Leo, et les autres approuvèrent poliment.

Gianna sentit qu'ils la jaugeaient, et elle n'était pas certaine qu'ils croyaient à cette histoire. Ils faisaient des tournées avec Gage depuis des années et savaient donc quel séducteur il était. À sa connaissance, Gage n'avait jamais eu de relation sérieuse. Il détestait sans doute mentir à son groupe, mais il était convenu que seules les personnes qui devaient absolument savoir la vérité seraient mises dans la confidence.

Gage désigna le bar.

— Si vous alliez prendre un verre, les amis ? Le barman prépare un cocktail spécial 4 Juillet. L'Explosion, je crois.

— Tant qu'il y a du whisky dedans, ça me va, commenta Paolo.

— Une explosion me tente bien, plaisanta Toby.

— Allez-y, nous vous rejoignons plus tard. Je suis content que vous ayez pu venir ce soir. Ce sera une soirée très spéciale, vous verrez.

Les trois musiciens s'éloignèrent. Alors que Gage et Gianna allaient retrouver Cade et Harper, une voix féminine appela :

— Gage !

Gage et Gianna se retournèrent en même temps.

— Regan ? fit Gage, surpris. Je croyais que tu étais retenue à Nashville.

La manageuse de Gage avait le visage rouge et des mèches blondes s'étaient échappées de son chignon. Elle portait une splendide robe bleu saphir qui lui arrivait aux genoux, un magnifique collier de rubis et des escarpins blancs.

— Oui, et j'ai bien failli rater mon avion.

Gage lâcha Gianna pour donner l'accolade à la quadragénaire. Il semblait sincèrement ravi de la voir.

— Eh bien, je suis content que tu aies pu venir. Désolé pour les ennuis que tu as eus.

— Ce n'est rien. C'est mon travail… je ferais n'importe quoi pour toi, assura-t-elle, le regard brillant.

Elle se tourna vers Gianna.

— J'ai failli ne pas vous reconnaître.

Regan la toisa de pied en cap, comme pour évaluer si elle était crédible dans son rôle de fiancée. Gianna avait réussi l'examen, apparemment, car Regan finit par sourire.

— Êtes-vous prête à sortir le grand jeu, Gianna ?

— Aussi prête que possible, en tout cas.

— Gage et moi vous sommes reconnaissants.

Il y avait quelque chose de possessif dans sa manière de parler. Étrange… Cela dit, Regan était celle qui avait lancé la carrière de Gage. Si quelqu'un avait le droit de veiller sur lui, c'était bien elle.

— J'ai besoin d'un moment en privé avec Gage, si ça ne vous ennuie pas, dit Regan. Pour parler affaires.

Gianna se raidit. Elle n'avait aucune envie d'affronter seule les invités.

— Peut-on s'en occuper plus tard, Regan ? demanda Gage.

— Non. Nous devons régler quelques détails concernant

ton emploi du temps. Tu sais que j'y ai consacré beaucoup de temps.

Elle se tourna vers Gianna.

— Ce sont des choses ennuyeuses, et ça ne prendra que quelques minutes, promis. Vous comprenez, n'est-ce pas ?

Gage appuya les propos de Regan d'un signe de tête. Gianna saisit le message.

— Bien sûr, affirma-t-elle.

— Merci, dit Gage, l'air soulagé. Tu peux peut-être aller discuter avec Lily ?

— Oui. Allez-y, ne vous en faites pas pour moi.

Désormais, elle savait à quelle place elle figurait dans la liste des priorités de Gage. Sa carrière passait avant elle, c'était une évidence, mais elle n'aurait pas cru qu'il l'abandonnerait ce soir. Ils étaient censés former une équipe. Du moins en public.

Par chance, Lily se dirigeait vers elle. Toutes deux s'installèrent près de la piscine, sur laquelle flottaient des bougies blanches, rouges et bleues, prêtes à être allumées au coucher du soleil.

— Tu es superbe, Gianna. Cette tenue te va à merveille.

— Uniquement parce que tu m'as donné d'excellents conseils. Toi aussi, tu es très belle.

Lily portait une longue robe fluide rouge cerise qui dévoilait ses épaules.

— Je parie que mon frère a eu un choc quand il t'a vue. Où est-il, d'ailleurs ? demanda Lily, le cherchant du regard. Je croyais vous avoir vus ensemble il y a une minute.

— Regan avait des choses importantes à voir avec lui.

— Maintenant ? Ma parole, cette femme n'abandonne jamais ! Elle ne devrait pas parler travail ce soir.

Gianna était bien de son avis.

— Elle l'aide à redorer son blason, alors c'est pour la bonne cause, fit-elle tout de même valoir.

— Ou alors, elle a d'autres motivations, mais n'allons pas sur ce terrain. Si nous allions prendre un verre ? Il faut que tu goûtes l'Explosion. On m'a dit que ce cocktail était fantastique.

Gianna ne releva pas son commentaire énigmatique. La relation de Gage et de Regan ne la concernait pas.

— Et si je prenais juste une gorgée dans ton verre ? Il faut que je garde l'esprit clair.

— D'accord.

Lily glissa le bras sous le sien et l'entraîna vers le bar.

Gianna ne supportait pas assez bien l'alcool pour avaler un cocktail entier. Selon Gage, la dernière fois qu'elle avait bu, elle s'était jetée à son cou. Il avait prétendu qu'elle lui avait demandé de rester avec elle, dans son lit.

Mais, quand elle avait rétorqué qu'il mentait, il avait cédé trop facilement. Alors, elle s'interrogeait. Gage avait-il dit vrai ?

Quand l'alcool faisait disparaître ses inhibitions, avait-elle un faible caché pour son futur fiancé ?

Gianna était assise à la table principale, où étaient installés les Tremaine ainsi que les musiciens de Gage. Dans un barbecue texan, la poitrine de bœuf figurait toujours au menu. Gianna regarda Gage manger avec appétit. Son assiette était remplie de haricots, de salade de chou, et de beignets de maïs. Les conversations et les rires résonnaient dans l'air.

Il y avait au moins cent personnes, peut-être plus. Le maire de Juliet était présent ainsi que d'autres politiciens. Parmi les invités se trouvaient aussi des P-DG de grandes compagnies pétrolières, des propriétaires de ranchs, des champions de rodéo. Tous des membres de la haute société texane, qui portaient des stetsons, des ceintures à large boucle et des bottes en cuir à mille dollars. Selon Regan, les journalistes présents avaient l'ordre de laisser les invités tranquilles et de prendre des photos uniquement à distance. La manageuse leur avait promis une interview avec Gage après le dîner.

Gianna avait déjà assisté aux fêtes des Tremaine auparavant, mais elle s'était toujours sentie en décalage. Elle n'aimait pas les foules – à moins que ce ne soit une foule d'étudiants dans un amphithéâtre – ni les discussions avec des gens qu'elle venait de rencontrer. Elle ne se sentait jamais à l'aise dans ce genre de soirées. Elle préférait avoir le nez dans un livre que de faire la fête. Elle adorait apprendre et elle adorait enseigner.

Son assiette était à peine entamée, et elle semblait sans doute un peu perdue car Gage posa la main sur la sienne et lui sourit. C'était un sourire enjôleur, exercé, qui parvint néanmoins à la calmer. Gage se pencha et lui murmura à l'oreille :

— Je ferai l'annonce juste après le dîner.

Elle hocha la tête et plongea le regard dans le sien. Il lui fit un clin d'œil, comme si tout cela n'était qu'un petit jeu sans conséquence. Et pour lui, c'était vrai. La vie de Gage ne changerait pas. Mais la sienne, si.

L'image de sa mère surgit dans son esprit. Tonette était une femme adorable, qui avait le cœur sur la main. Elle lui manquait tant ! Pendant très longtemps, Gianna avait eu l'impression que sa mère et elle étaient seules contre le monde entier. Mais il y avait eu Rose, aussi. Une amie chère, qui avait toujours essayé d'alléger les fardeaux de Tonette. La mère de Gianna avait aimé tous les Tremaine et elle aurait voulu que Gianna aide Gage. Elle serait fière que Gianna soutienne un ami. Cette pensée la réconforta et donna du sens à toute cette aventure.

Trente minutes plus tard, le dîner se terminait et les assiettes étaient débarrassées.

— Je suis prête, dit-elle à Gage.

Elle fixa la bague de fiançailles qu'elle venait de passer à son doigt. Elle n'avait pas voulu la porter tant que ce n'était pas absolument nécessaire.

Gage serra sa main, et un courant électrique la traversa.

Ils échangèrent un sourire, puis Gage l'emmena vers la scène. La fête battait son plein.

Gage fit signe au DJ d'arrêter la musique puis empoigna le micro.

— Bonjour à tous. Au nom de ma mère, Rose, et de tous les Tremaine, je tiens à vous remercier d'être venus célébrer la fête nationale avec nous.

Tout le monde s'interrompit et se tourna vers la scène. Gianna sentit des regards curieux sur elle. Les gens se demandaient sans doute ce qu'elle faisait sur scène avec lui.

— C'est le Jour de l'Indépendance, poursuivit Gage. Mais c'est aussi le jour où je vais perdre volontiers mon indépendance.

Il plongea ses yeux bleus dans les siens.

— Cette magnifique jeune femme à côté de moi est le professeur Gianna Marino. Nous nous connaissons depuis toujours et… eh bien, je suis fou d'elle. Heureusement pour moi, le sentiment est réciproque. J'ai demandé à Gianna de m'épouser, et elle a dit oui. Alors, je vous annonce officiellement que Gianna et moi sommes fiancés.

Des murmures de surprise flottèrent dans l'air. Beaucoup de convives les acclamèrent et certains les applaudirent. Gianna afficha un sourire, mais elle craignit qu'il soit trop timide. Gage glissa un bras possessif autour de sa taille et posa sur elle un regard brûlant. Gianna sentit son cœur s'emballer. Gage se pencha vers elle, lui relevant le menton pour la prévenir de ce qui allait se passer. Il allait l'embrasser, maintenant, devant une centaine de personnes.

Dès que ses lèvres se posèrent sur les siennes, elle se figea, et son esprit cessa de fonctionner. Après une seconde, une onde de chaleur monta en elle. Gianna était stupéfiée. Comment un simple baiser pouvait-il provoquer un feu aussi instantané ? Elle s'abandonna à la puissance de Gage, à son désir, et fut emportée dans un tourbillon de sensations. Elle s'accrocha à son cou, et il approfondit le baiser presque sans effort. Elle laissa échapper un petit gémissement de plaisir et sentit Gage sourire contre ses lèvres. Il fit dériver sa main de sa taille vers la courbe de son postérieur, s'arrêtant juste à la limite de la décence. Des pensées érotiques l'assaillirent.

Ce furent les sifflements des invités qui la ramenèrent sur terre. Gage et elle s'étaient embrassés bien trop longtemps. Et les convives n'avaient rien manqué du spectacle.

Oh ! Seigneur.

Elle rouvrit les yeux. Gage l'observait, le regard empreint d'un désir évident – et d'un certain étonnement, aussi. Il cligna des yeux plusieurs fois avant de reculer d'un pas.

Il respirait de manière aussi saccadée qu'elle. S'était-il laissé emporter, lui aussi ? Avait-il été désarçonné par leur alchimie sensuelle, tout comme elle ?

— C'était… très bien, murmura-t-il afin qu'elle seule puisse l'entendre.

Il saisit sa main et tous deux firent face à la foule.

Les journalistes se précipitèrent vers la scène, prenant des photos et les bombardant de questions. Gianna était encore sous le choc. Pendant ce baiser, elle avait oublié leur petite comédie. Et elle s'était sentie liée à une autre personne comme jamais auparavant. Un soupir lui échappa, et elle se détourna de la foule pour regarder Gage.

Il prenait la pose, tout sourire.

Un grand boum la fit sursauter. Des feux d'artifice rouges, blancs et bleus illuminèrent les collines derrière la propriété des Tremaine. C'était la conclusion parfaite à leur petit spectacle.

Gage avait voulu faire forte impression et il avait réussi, pour sûr. La nouvelle de leurs fiançailles ferait les gros titres. Et elle permettrait à Gage de restaurer son image, comme il le souhaitait tant.

Gianna était une caution idéale. Elle avait le CV parfait : elle était une enseignante jeune, stable et sérieuse. Qui plus est, une amie de la famille.

Elle était exactement ce que Gage recherchait.

Oh ! maman, dans quel guêpier me suis-je fourrée ?

Après l'annonce des fiançailles, Gage posa avec Gianna pour quelques photos et répondit aux questions des journalistes. La plupart concernaient sa compagne mystérieuse, qui semblait sortie de nulle part. Habitué à être mis sur le gril, Gage s'efforça de donner des réponses à la fois vagues et sincères.

Il apprenait déjà à décoder le langage corporel de Gianna. Chaque fois qu'on posait une question indiscrète sur elle, elle se raidissait.

— Oui, nous nous connaissons depuis l'enfance... Non, nous n'étions jamais sortis ensemble avant cette année. Elle ne m'appréciait pas beaucoup, pour vous dire la vérité.

Tous les regards se portèrent sur Gianna. Elle afficha un sourire forcé. Gage était bien décidé à contrôler cet échange avec la presse. Il ne mentionnerait pas que Gianna avait perdu sa mère récemment. En aucun cas, il ne se servirait de Tonette de cette façon. Ni de Gianna, d'ailleurs. Il fallait à tout prix que le deuil de Gianna reste privé. Elle n'aimait pas mentir, et lui non plus, mais sur ce point le mensonge était nécessaire.

— Il a fallu que je sois blessé lors d'une bagarre pour que nous prenions conscience de nos sentiments l'un pour l'autre. Pendant ma convalescence, j'ai fait le point sur mon avenir et j'ai su que Gianna devait faire partie de cet avenir.

Au moins, cette partie était vraie. Et leur baiser incroyable convaincrait n'importe quel sceptique. Lui-même avait été surpris. Dès qu'il avait posé les lèvres sur les siennes, il avait été frappé par quelque chose de puissant et d'irrésistible. Ce qui avait commencé comme une bise de façade s'était rapidement transformé en une étreinte passionnée. Et Gage aurait voulu qu'elle se poursuive…

Un autre journaliste lui posa une question, l'arrachant à ses pensées, heureusement.

Après avoir répondu, Gage mit un terme à l'interview et demanda aux journalistes de respecter sa vie privée en les laissant Gianna et lui profiter de la fête.

À sa grande surprise, personne ne s'attarda. Les journalistes étaient sans doute impatients d'envoyer leurs articles à leurs rédacteurs en chef pour l'édition du matin. Après cela, Gage et Gianna furent félicités par les invités de la fête. Tout ce temps, Gage garda la main de Gianna dans la sienne et fit l'essentiel de la conversation.

Paolo, Toby et Leo vinrent les féliciter à leur tour.

— Il était temps que tu te ranges, glissa Paolo à Gage.

— Dit le seul membre marié du groupe.

— Pourquoi devrais-je être le seul à souffrir ? rétorqua

Paolo en souriant. Je plaisante, j'adore ma famille. Mon épouse Jessica et moi venons d'avoir un petit garçon.

Il prit son téléphone et leur montra la photo d'un bébé potelé et souriant.

— Il est adorable, déclara Gianna. Il doit vous manquer.

— Énormément. Mais puisque nous ne sommes pas en tournée pour l'instant, je peux passer beaucoup de temps avec lui. Il aura six mois la semaine prochaine.

— Comment s'appelle-t-il ?

— Paolo Junior. Mais nous l'appelons Paulie.

— C'est mignon.

Paolo s'adressa à Gage.

— J'ai hâte que tu aies un gamin.

— Un enfant ? Moi ? s'exclama Gage.

Il n'avait jamais songé à devenir père. Sa carrière avait toujours été au centre de sa vie. Mais Gianna semblait si attendrie par le petit garçon aux joues rebondies qu'il pouvait presque s'imaginer papa. Peut-être… Non, c'était insensé. Mais que lui arrivait-il ?

— Il faut que je me marie d'abord, dit-il.

— Alors, à quand le mariage ? demanda Toby.

Gage s'était préparé à ce genre de questions, mais Gianna, peut-être pas. Il mit un bras autour de sa taille et l'attira contre lui.

— Nous y réfléchissons. N'est-ce pas, ma chérie ?

Gianna haussa les sourcils. Elle n'aimait pas qu'il l'appelle ainsi, et il aurait sûrement droit à un sermon tout à l'heure.

— Nous avons tellement de choses auxquelles penser, mon chéri, répondit-elle avec un sourire charmant.

Sa fausse fiancée savait lui tenir tête. Il ferait bien de s'en souvenir.

— Nous ne manquerons pas de vous prévenir quand nous serons décidés, ajouta-t-il.

Regan les rejoignit. Les uns après les autres, les musiciens trouvèrent une excuse pour s'éclipser. Ils n'appréciaient pas beaucoup la manageuse. Mais, puisqu'elle lui était fidèle depuis des années, Gage ne comptait pas s'en séparer.

— Une bonne chose de faite, chuchota Regan.

— En effet, répondit Gage.

— Vous y êtes allés un peu fort avec ce baiser, dit-elle en souriant.

Elle lança un regard vers Gianna, qui avait rougi violemment. Un exploit pour une Italienne au teint mat.

— Pour dissiper les doutes, dit-il.

— Il faut ce qu'il faut, enchérit Gianna, remontant ses lunettes sur son nez. J'imagine que je suis une bonne actrice, finalement.

— Apparemment, rétorqua Gage, irrité.

— De toute façon, on ne peut pas revenir en arrière, souligna Regan. Vous avez démarré sur les chapeaux de roues, tous les deux.

— En effet, on ne peut pas revenir en arrière, répéta Gage, tentant de contenir son agacement.

Contre qui était-il fâché, au juste ? Contre lui-même pour avoir été pris de court et pour avoir trop apprécié ce baiser, ou contre Gianna qui feignait de n'avoir rien ressenti ?

— Nous devrions aller voir les invités, suggéra-t-il.

— Oui, le maire et son épouse sont sur le point de partir, dit Regan. Je vais les voir.

Elle s'éloigna et, après quelques pas, se retourna brusquement.

— Continuez comme ça, tous les deux. Vous vous en sortez très bien !

Sur quoi, elle reprit son chemin.

— Elle veille sur toi, observa Gianna.

— C'est une bonne manageuse. Et une amie.

— Je vois ça.

— Tu n'approuves pas ? demanda-t-il.

— Je n'ai pas dit ça. C'est elle qui a eu cette grande idée de fausses fiançailles, après tout.

— Gianna, si quelque chose te perturbe, dis-le-moi simplement. C'est à cause du baiser ?

— Pas du tout, assura-t-elle, le menton levé.

Elle était irritée, mais aussi très sexy. Avec sa robe affriolante, son teint parfait et ses yeux vert émeraude, elle était renversante. Même ses lunettes mettaient en valeur sa beauté.

— Mais s'il y a une prochaine fois, tiens-t'en au minimum, ajouta-t-elle.

— Le minimum ? Tu veux dire que je ne dois pas te faire gémir ?

En guise de réponse, elle lui lança un regard noir.

— Il y aura d'autres baisers, Gianna. C'est ainsi. Maintenant, tu veux bien sourire et faire comme si tu étais heureuse d'être ma fiancée ?

Quelques invités se dirigeaient vers eux. Gianna afficha un large sourire, qu'elle fit disparaître dès que les personnes furent passées.

— Comment j'étais ? demanda-t-elle en battant des cils.

— C'est un bon début.

Gianna mettait ses nerfs à vif. Elle était agaçante. Mais elle était aussi diablement sexy et elle ne le savait même pas. Il ignorait lequel de ces deux points le perturbait le plus.

Gianna s'installa à une table avec Lily et Harper tandis que Gage prenait sa guitare et rejoignait son groupe sur scène afin d'offrir une chanson aux derniers invités. Il restait moins de quarante personnes, la plupart étant sans doute là uniquement pour entendre Gage Tremaine chanter. Et il les récompensa de leur patience. D'une voix chaleureuse et sincère, il interpréta une magnifique ballade, en regardant non pas les invités fascinés mais Gianna, comme si elle était la seule âme présente.

Elle préférait l'opéra et la musique classique, mais elle ne doutait pas de l'immense talent de Gage. Les paroles de la chanson, qui parlait d'amour, de chagrin, et d'espoir retrouvé, la touchaient profondément.

Lily lui tapota doucement la main et murmura :

— Est-ce que ce ça va ?

Lily était assez perspicace pour savoir que jouer la comédie n'était pas facile pour Gianna.

— Oui. C'est une belle chanson.

— Mais la façon dont Gage t'a embrassée…

— C'était juste pour la galerie.

— Vraiment ? Parce qu'on aurait dit que tous les deux, vous étiez tout à fait sincères.

— C'est ce que Gage voulait faire croire aux gens.

— Mon frère est quelqu'un de bien, Gianna. Mais sois prudente. On peut être submergé par son charme et son statut de star adulée.

— Son charme ? Gage a du charme ?

Elle lança un regard vers lui. Il continuait de captiver son public, donnant raison à Lily.

— Ne t'inquiète pas, Lily. Il n'a pas ce genre d'effet sur moi.

Lily ne sembla guère convaincue, mais elle garda le silence.

Après la ballade, Gage chanta un morceau rythmé. Tout

le monde se leva et se mit à danser. Gianna devait l'admettre, ce moment impromptu était agréable et divertissant.

Le bœuf continua une vingtaine de minutes. Dès que Gage et les musiciens se dispersèrent, les derniers invités commencèrent à partir.

Le téléphone de Gianna vibra sur la table. Elle venait de recevoir un message de Brooke. Elle s'isola pour le lire tranquillement.

Je m'amuse bien chez mes parents. Le Maine est superbe à cette époque de l'année. Mes neveux sont là, ils ont adoré le feu d'artifice. Comment se passe ton 4 Juillet ? Rien de croustillant à me raconter ? Sur Gage, par exemple ?

La dernière fois qu'elles avaient discuté, Gianna avait évité de parler de Gage et de la raison pour laquelle elle avait été vue avec lui chez le glacier et au restaurant. Elle aimerait avoir le courage de tout lui expliquer. Comme elle, Brooke travaillait à l'université, en tant que conseillère pédagogique. Au fil des ans, elle était devenue son amie. Mais elle était aussi sa plus grande confidente.

Contente que tu t'amuses. Tu me manques. J'aimerais que tu sois ici chez les Tremaine. Il faut qu'on parle.

Brooke répondit aussitôt :

Quoi ? Ne me dis pas que tu es tombée raide dingue de Gage ?

Brooke plaisantait, bien sûr.

Gianna mesura alors la gravité de ses mensonges. Elle ne voulait pas duper son amie. Mais elle devait réfléchir de manière logique. Si Gage n'avait pas révélé la vérité à ses musiciens, les gens dont il était le plus proche, il était normal qu'elle ne dise rien à Brooke.

Tu ne vas pas me croire, mais Gage et moi venons de nous fiancer. Pour de vrai.

Son téléphone sonna dix secondes plus tard, et Gianna n'eut pas besoin de regarder l'écran pour savoir que c'était Brooke qui l'appelait.

Elle accepta l'appel.

— Quoi ? Dis-moi que tu plaisantes ! s'exclama Brooke d'une voix stridente. Tu es sérieuse ?

— Oui. Ce n'est pas une plaisanterie, Brooke. Nous sommes tombés amoureux et nous sommes restés discrets par respect pour ma mère.

Elle ferma les yeux. Elle se sentait coupable d'utiliser le décès de sa mère comme excuse.

Désolée, maman.

— Vous n'avez rien en commun, Gianna.

— Je sais. Mais, comme on dit, les opposés s'attirent. Nous nous connaissons depuis toujours, Brooke.

— Peut-être que tu crois seulement l'aimer à cause de tout ce que tu as subi récemment.

— Je ne pense pas. Je… je l'aime vraiment.

Son amie marqua un temps avant de demander :

— Quand comptais-tu me le dire ?

— Demain. Honnêtement, je ne réalise pas encore ce qui m'arrive. Je suis désolée si je t'ai blessée, Brooke. Ça a été un tourbillon.

— Je ne suis pas blessée. Je veux juste que tu sois heureuse, Gianna. Tu as eu une année difficile, mais je suis contente que tu m'aies prévenue.

— Moi aussi. Bon, je ferais mieux d'y retourner. Je te rappelle bientôt, d'accord ?

— Oui… et félicitations, trésor. Je… je te souhaite beaucoup de bonheur.

— Merci, Brooke. Je t'embrasse.

— Moi aussi.

Brooke avait paru sceptique, car elle connaissait trop

bien Gianna. Son amie n'avait pas entendu de passion ni d'excitation dans sa voix. Car il n'y en avait pas.

Gianna tâcha de ne pas en vouloir à Gage de l'avoir entraînée dans cette histoire. Mais, pour l'heure, ses émotions avaient le dessus sur sa raison et son bon sens. Gage exerçait un métier très exposé et chacun de ses gestes était scruté, voilà pourquoi il avait tous ces ennuis. Désormais, Gianna faisait partie d'une supercherie qui pourrait lui faire perdre l'amitié de Brooke si celle-ci apprenait la vérité. Or, elle ne pouvait supporter l'idée de perdre une autre personne chère à son cœur.

Quand elle retourna à la fête, tous les invités étaient partis. Des serveurs débarrassaient les dernières assiettes et les derniers couverts. Près de la scène, Gage discutait avec Cade, leur mère et Harper.

Gianna prit une grande inspiration et rassembla ses esprits. Elle était piégée dans cette mascarade à présent, pour le meilleur et pour le pire.

Elle se dirigea vers le groupe.

— Gianna, ma chère, fit Rose. Comment te sens-tu ?

Gianna sentit le regard de Gage sur elle.

— Bien. La fête était vraiment superbe. Harper, tes tartelettes étaient succulentes.

— Tout comme le gâteau en forme de drapeau à cinq étages, enchérit Cade. Je crains que tu ne sois coincée maintenant, ma chérie. Tu vas devoir le faire chaque année dorénavant.

— J'en serais ravie.

— J'ai pris deux parts et j'en aurais volontiers pris une troisième si j'avais pu, avoua Gage.

— Je crois que tout le monde s'est bien amusé, avança Rose. Gage, ton annonce semble avoir été très bien reçue.

— Ça fera la une des journaux demain. Croyez-moi, dit Harper d'un ton placide.

Ayant été une vedette de télé-réalité, Harper savait de quoi elle parlait.

— C'était le but, non ? Faire la une ? demanda Cade à son frère. Rends-moi service, n'invite aucun journaliste à notre mariage. Nous en avons vu assez pour trois vies entières !

— Ça n'arrivera pas, dit Gianna. Certaines choses sont sacrées. Et votre mariage l'est, sans aucun doute.

— Bon sang ! fit Gage, comme s'il venait de comprendre que des paparazzis pouvaient s'incruster à leur mariage. Je vais engager des vigiles pour éviter ça. Rien ne gâchera votre grande journée.

— Je l'espère bien, ajouta sa mère.

— C'est promis, maman, affirma Gage avant de l'embrasser sur la joue. Et merci de m'avoir laissé annoncer mes fiançailles pendant la fête.

— Je suis contente que toute la famille ait été présente ce soir, répondit-elle.

Elle prit la main de Gianna et ajouta :

— Toute ma famille.

Gianna sentit des larmes lui brûler les yeux. Ces paroles la touchaient profondément. Rose lui avait toujours donné le sentiment de faire partie de leur famille, mais ce soir, parce que Gianna avait l'impression d'être un imposteur, l'amour de Rose la réconfortait particulièrement.

— Je suis assez fatiguée, déclara la matriarche. Il est temps que j'aille me coucher.

Cade et Harper la raccompagnèrent jusqu'à la maison. Lily était quelque part avec Nathan, supposa Gianna. Gage et elle étaient donc seuls dans le jardin à présent vide.

— Tu es prête à rentrer ? demanda Gage.

Elle était épuisée. Davantage sur le plan mental que sur le plan physique, constata-t-elle.

— Après avoir souri toute la soirée, j'ai mal à la mâchoire, dit-elle.

Gage lui prit la main, et elle feignit de ne pas être troublée. Ensemble, ils se dirigèrent vers le pavillon des invités. Elle aurait préféré que Gage ne la suive pas. Qu'il trouve un autre endroit où dormir ce soir. Mais elle doutait qu'il soit d'accord pour aller dormir à l'hôtel. Et, honnêtement, elle n'était pas en état de discuter.

Pas après ce baiser renversant.

Pas le soir de leurs fausses fiançailles.

- 5 -

Gianna ne trouvait pas le sommeil. Les événements de la journée ne cessaient de tourner dans sa tête. Elle vivait maintenant dans le mensonge et, durant les six prochaines semaines, elle serait au service de Gage. Elle avait accepté ce fait, mais c'était avant qu'il ne l'embrasse. Ce baiser, puissant, magistral, brûlant, la préoccupait beaucoup. Elle était une Italienne au sang chaud. Pourtant, elle n'avait jamais éprouvé une telle passion et un tel désir pour un homme. Encore moins pour Gage Tremaine.

— Jusqu'à maintenant, murmura-t-elle dans la nuit.

Elle retapa son oreiller puis y appuya la tête et ferma les yeux. Mais cela ne servit à rien. Elle n'arriverait pas à dormir pour l'instant. Alors inutile de perdre son temps à combattre des pensées négatives. Elle avait une tonne de travail en attente.

Elle se leva et sortit dans le couloir, prenant soin de ne pas faire de bruit quand elle passa devant la chambre de Gage.

Une fois dans la cuisine, elle remplit la bouilloire électrique et la mit en marche. L'eau fut chauffée en vingt secondes à peine. Elle la versa dans une tasse et y ajouta un sachet de camomille.

Pendant que la tisane infusait, Gianna entendit un bruit. Elle jeta un coup d'œil vers le salon et découvrit Gage assis sur le canapé, son ordinateur portable sur la table basse et un verre de whisky à la main. Il semblait perdu dans ses pensées. Comme s'il avait senti sa présence, il tourna la tête et l'aperçut.

Bon sang.

Il prit une gorgée de whisky puis se leva et la rejoignit.

— Tu n'arrives pas à dormir ? demanda-t-il.

Il ne portait qu'un jean délavé. La sensualité qui émanait de lui faisait battre son cœur. Elle déglutit, s'obligeant à ne pas fixer ses pectoraux bien dessinés.

— Non… je voulais juste prendre une tisane.

Il sourit, les yeux rivés sur son visage et non sur son T-shirt de l'université de Fairmont, orné d'un tigre menaçant.

— Essaye avec ça, dit-il, versant un peu de whisky dans sa tasse.

— Gage, qu'est-ce que tu fais ?

— Je t'aide à te rendormir. Pour que je puisse retourner à mes occupations.

— Je te dérange ?

Il observa son apparence, détaillant ses ongles vernis, ses jambes, ses cuisses, puis s'attardant sur le tigre qui recouvrait ses seins. Elle retint son souffle. À quoi pensait-il ? se demanda-t-elle. Enfin, il reporta son attention sur son visage. Une lueur de désir passa dans son regard.

— Non, dit-il.

— Tant mieux. Que fais-tu encore debout à cette heure-ci ?

— Quand je n'arrive pas à trouver le sommeil, j'écris.

— Tu écris ?

— Des chansons. Du moins, des paroles. Je me suis dit que tu n'aimerais pas m'entendre jouer de la guitare à cette heure tardive.

— Tu as eu raison. Mais je suis bien réveillée maintenant.

— Bois ta tisane. Ça t'assommera.

— Parce que je ne tiens pas l'alcool ?

— Absolument, répliqua-t-il en souriant. Et parce que je te rends nerveuse.

Elle posa sa tasse sur la table, les mains tremblantes.

— De quoi parles-tu ?

— De rien. Oublie ça.

— Tu ne me rends pas nerveuse, Gage Tremaine.

— Ah, non ? Tu as apprécié ce baiser autant que moi. Avoue-le.

Elle croisa les bras, ce qui attira l'attention de Gage sur sa poitrine.

— Je n'avouerai rien. D'ailleurs, c'était juste pour la galerie.

— Oui, pour la galerie, répéta-t-il, croisant les bras à son tour. Mais si c'était faux ?

— Je ne perds pas de temps avec les hypothèses, Gage.

— Et si ce baiser n'était pas un hasard ? insista-t-il. C'était peut-être le meilleur baiser de notre vie. Si nous faisions une autre tentative, juste pour vérifier ?

— Tu veux m'embrasser encore ? Tout de suite ? Alors qu'il n'y a pas de public ?

Elle recula d'un pas et avala une gorgée de sa tisane corsée. Car elle avait bien besoin d'un remontant.

— Non, merci, répondit-elle.

— Nerveuse ?

— Gage, tu ne pourrais pas être sérieux une minute ? Regarde la façon dont nous sommes habillés, ou plutôt déshabillés.

Elle promena les yeux sur son corps d'athlète. Ses muscles sculptés étaient si impressionnants qu'elle sentit une douce chaleur se propager en elle.

— Je regarde, dit-il. Et j'aime ce que je vois.

— Moi ? Je suis une loque.

— Tu ne sais même pas à quel point tu es attirante.
— C'est insensé. Tu essayes de me rendre chèvre ?
— Pas du tout.

Elle passa devant lui.

— C'est pourtant ce que tu fais. Alors arrête. Je vais me coucher.

— Je suppose que ce n'est pas une invitation.

Elle le contempla tandis que des images de lui dans son lit surgissaient dans son esprit. Elle s'imagina en train de l'embrasser, de caresser son corps ferme. Gage l'observait, l'air plein d'espoir.

Elle n'était qu'une commodité pour lui, une femme qu'il avait sous la main et qui allait passer le prochain mois avec lui. Mais elle n'était pas une admiratrice. Elle ne l'appréciait même pas.

— Prends un autre verre, Gage. Faisons comme si cette conversation n'avait pas eu lieu.

— Si tu veux. Je suis doué pour faire semblant.

— Je suis bien placée pour le savoir. C'est pourquoi je vais aller me coucher. Seule.

Il sourit.

— Rassure-toi, il est inutile que tu fermes ta porte à clé. Ce n'est pas mon style de m'imposer.

Elle le croyait sans peine. Il n'avait pas besoin de fournir beaucoup d'efforts pour que les femmes tombent à ses pieds.

Gianna devait simplement faire en sorte de ne pas devenir l'une de ces femmes.

Les jours suivants, le téléphone de Gianna sonna plus souvent qu'en une année entière. Elle était très demandée, tout à coup. Des camarades de lycée, d'anciennes colocataires, des gens qui n'étaient pas venus à l'enterrement de sa mère lui laissaient soudain des messages de félicitations. Elle était celle qui avait conquis le cœur de Gage Tremaine, par conséquent, elle était désormais digne de leur attention.

Depuis l'annonce de leurs fiançailles dans les médias, Gage aussi croulait sous les appels. Il était invité dans de nombreuses émissions télévisées.

Les gens avaient envie d'en savoir plus sur leur relation. Ils voulaient savoir comment Gage avait pu cacher Gianna pendant plusieurs mois. Quand exactement était-il tombé amoureux d'elle ? C'était la question du moment. Le CV de Gianna était scruté. Dans la presse, on retraçait son parcours professionnel et on évoquait ses différents prix et ses réussites. La plupart des articles étaient élogieux.

Gianna s'était donc retrouvée propulsée dans le monde de Gage. Heureusement, Gage la laissait seule la plupart du temps, lui permettant d'avancer dans ses travaux de recherche. Elle ignorait ce qu'il faisait de ses journées. En tout cas, ils se retrouvaient à la maison principale chaque soir pour dîner avec sa famille. Ensuite, Gage la raccompagnait au pavillon des invités et lui souhaitait une bonne nuit.

Elle appréciait le calme et le silence qui l'entouraient, mais tout cela allait changer. Dans quelques heures, Gage et elle s'envoleraient pour Nashville.

Aujourd'hui, elle portait un nouveau jean, un chemisier de mousseline rose aux manches ballon ainsi qu'une veste assortie. Une tenue choisie par Lily. Gage avait donné à sa sœur l'une de ses cartes de crédit afin qu'elle fasse les boutiques. Lily était revenue avec une douzaine de nouvelles tenues pour les futurs voyages de Gianna.

Alors qu'elle beurrait un toast, Gage entra dans la

cuisine, le téléphone contre l'oreille. Lui aussi avait opté pour des vêtements décontractés.

— Oui, d'accord, Regan, dit-il tout en souriant à Gianna. Nous serons à l'heure. Gianna aussi. Je sais, je sais. À plus tard.

Elle lui servit un café et s'assit à table. Gage rangea son téléphone et s'installa face à elle. Il n'avait pas encore coiffé ses cheveux. Et la barbe naissante qui ombrait son visage était plus sombre que d'habitude, lui donnant un air encore plus sexy, si toutefois c'était possible.

— Merci pour le café, dit-il, passant la main dans ses cheveux.

Plus ils étaient ébouriffés, plus elle était sous le charme.

— Pas de quoi.

Ces derniers jours, Gage était très aimable avec elle, et cela la rendait méfiante.

Il but une gorgée et émit un soupir de satisfaction.

— Délicieux.

— Des problèmes ?

Elle avait appris à connaître ses humeurs. Aujourd'hui, il était de mauvais poil.

— Pourquoi cette question ?

— D'après ton expression, quelque chose t'irrite.

— Tu connais mes expressions ?

— Surtout les expressions négatives. Je te rappelle que ma spécialité, ce sont les émotions et les relations humaines.

— Je tâcherai de m'en souvenir.

— Alors, qu'y a-t-il ? Et si ça ne me regarde pas, je suis sûre que tu ne te priveras pas de m'envoyer paître.

— Malheureusement, tu es concernée. Et je veux que tu gardes l'esprit ouvert.

Cela ne lui disait rien qui vaille…

— Pourquoi ? Qu'y a-t-il encore ?

— Eh bien…

Il prit une grande inspiration puis reprit :

— Il semble que l'annonce de nos fiançailles ait eu un retentissement plus grand que prévu. Regan nous a organisé une interview dans l'émission matinale de Johnny O. C'est l'émission la plus suivie dans le Sud, et… eh bien, ils veulent nous recevoir tous les deux.

— Nous ? Tu veux dire, toi et moi ?

Il n'était pas sérieux ! Ce n'était pas elle qui était censée être dans la lumière, mais lui. Elle devait être une fiancée trophée, que l'on pouvait montrer mais qui restait muette.

— Je n'y tiens pas, Gage.

— Regan pense que c'est important. Nous formons un couple si convaincant que maintenant le public veut nous voir ensemble.

— Ils ont des tas de photos de nous. Ça ne suffit pas ?

— Apparemment non. Écoute, j'ai dit à Regan de ne pas t'impliquer, mais elle soutient que c'est une chance qui ne se refuse pas. Ils veulent nous recevoir demain matin. Si tu ne viens pas, l'offre tombe à l'eau.

Elle secoua la tête. Gage lui en demandait beaucoup.

— Gage, je ne veux pas y aller.

— D'accord. Je téléphonerai à Regan et je lui dirai d'oublier ça. Je suppose que ce n'est pas la fin du monde.

Il était étonnamment compréhensif. À tel point qu'elle se sentit coupable.

Elle n'avait pas envie de sacrifier le peu d'intimité qui lui restait. Mais son esprit analytique lui rappelait que l'objectif de leur plan était d'améliorer l'image de Gage.

— Si tu ne fais pas l'interview, cette mascarade ne sert à rien, non ? Je joue ta fiancée pour t'aider à redorer ton blason, pas pour t'empêcher de saisir des opportunités en or.

— Tu es en train de changer d'avis ? s'enquit-t-il.

— J'observe la situation de manière logique. Plus vite tu restaureras ta réputation, plus vite nous pourrons en finir avec cette histoire.

— Alors ? lança-t-il, l'air plein d'espoir.

— Alors… tu me seras redevable.

— Ha ! Tu veux dire encore plus redevable que maintenant ? Je te serai très reconnaissant, Gianna. Je serai à ta merci, et peu de fem… de gens peuvent en dire autant.

— Gage, tu sais à quel point je déteste être exposée.

— Je le sais, oui.

— Nous sommes différents sur presque tous les plans.

— Je le sais aussi. Mais si quelqu'un peut réussir une interview convaincante, c'est toi. Tu es brillante.

Une personne brillante se serait-elle retrouvée dans cette situation ?

— On dirait un compliment, ironisa-t-elle.

— C'en est un, répondit-il sans hésiter.

Gianna savait qu'elle n'avait pas le choix. Regan avait raison, l'occasion était trop belle. Et cela rapprocherait Gage et Gianna de la ligne d'arrivée.

Elle plongea le regard dans le sien.

— Je vais peut-être le regretter, mais j'accepte. Toutefois, je te préviens, c'est la seule interview que je ferai.

Gage sourit. Il se leva, l'aida à se lever et la prit dans ses bras. Elle respira son parfum frais, sentit la puissance de son torse ferme contre sa poitrine.

— Merci, dit-il.

Il déposa un baiser sur sa joue avant de la relâcher.

Ils se regardèrent un instant. Cette étreinte chaleureuse l'avait-elle troublé autant qu'elle ? Difficile à dire. Mais une chose était sûre : faire plaisir à Gage pouvait être addictif.

Ce fut Gage qui brisa le silence.

— Je vais aller chercher tes bagages. Tu as fini de te préparer ?

— Presque.

— La limousine arrive dans une demi-heure.

— Je serai prête.

Mais était-elle prête à passer du temps avec Gage sur la route ? À passer ses nuits avec lui dans une suite d'hôtel ? À faire comme si elle était folle amoureuse de lui devant des caméras de télévision ?

Elle soupira. Pour une femme qui aimait la simplicité, elle avait une vie de plus en plus compliquée.

L'avion affrété était doté de nombreux équipements. Des sièges et des tables haut de gamme, un canapé pour se détendre et assez de victuailles pour nourrir toute l'équipe de football de Fairmont. Gage n'y prêtait pas attention puisqu'il avait l'habitude de voyager dans ces conditions. Mais, pour Gianna, tout semblait excessif.

— Le prix de la célébrité, avait commenté Gage quand ils avaient embarqué.

Il lui avait expliqué qu'il ne pouvait plus prendre des vols commerciaux, les gens n'étant pas tous aussi aimables que ceux de Juliet County.

Le voyage dura un peu plus d'une heure, et quand ils atterrirent à Nashville, Gianna ressentit un frisson d'excitation. La ville rivalisait avec La Nouvelle-Orléans sur le plan historique et musical.

Tandis qu'ils parcouraient les rues de la ville, Gianna admira le décor. Et, quand ils se garèrent devant le Gaylord Opryland Resort, elle fut aussitôt frappée par la grandeur et le luxe de ce fabuleux complexe hôtelier.

Un portier vint ouvrir leur portière.

— Bienvenue au Gaylord.

Gage sortit puis tendit la main à Gianna pour l'aider à descendre de la voiture.

— Nous y voilà, dit-il.

Gianna fut aussitôt envahie par une bouffée d'air humide. Étant une fille du Sud, elle était habituée aux chaleurs moites. Mais, quand Gage et elle entrèrent de l'hôtel, un air frais les accueillit. Gianna resta près de Gage quand il s'enregistra à la réception, se concentrant sur lui et non sur les gens qui observaient la star de la country.

Dix minutes plus tard, ils étaient dans leur suite, dotée de deux chambres comme Gage l'avait promis. Gianna alla sur le balcon et admira les cascades entourées d'une végétation luxuriante.

Gage lui apporta un verre d'eau fraîche.

— C'est vraiment magnifique, s'exclama-t-elle.

— C'est vrai, dit-il, s'appuyant contre la balustrade en fer forgé. J'adore cet endroit.

— Combien de fois as-tu chanté à l'Opry ?

— Cinq fois, je dirais. Je ne m'en lasse jamais.

— Je veux bien te croire. Maintenant que nous sommes arrivés, quelle est la suite du programme ? s'enquit-elle.

— On se repose un peu. Ensuite, je t'emmène où tu veux.

— C'est vrai ? lança-t-elle en souriant.

— Je te suis redevable, tu te souviens ?

— J'aimerais beaucoup visiter la ville, mais ne devrait-on pas préparer l'interview de demain ? Je dois connaître les choses essentielles à ton sujet, non ?

Il afficha un sourire désinvolte.

— Ça m'étonnerait qu'on te demande quelle est ma couleur préférée. Ou ce que je prends au petit déjeuner. Ou le nombre de prix que j'ai remportés.

Elle réfléchit. Elle ne connaissait aucune de ces informations.

— Six, au cas où tu te poserais la question.

— Six ? Je l'ignorais. Je suis contente de l'apprendre. Qui était ta dernière petite amie ? Juste pour ne pas paraître ignorante.

— Je n'ai pas eu beaucoup de petites amies. L'incident avec Bobette Jones m'a quelque peu refroidi.

— La jeune femme qui prétend que tu l'as trompée ?

— Nous avions rompu à l'amiable un mois auparavant, en toute discrétion. Quand elle a découvert que j'avais eu un rendez-vous avec une femme, *un seul* rendez-vous, elle est allée trouver les médias et a affirmé que je la trompais. C'est sans doute ce qu'elle a dit de plus gentil à mon sujet ce jour-là. J'ai déjà du mal à gérer une relation avec une seule femme à la fois, alors deux ! Mais c'est moi qu'on a blâmé. Elle m'a fait passer pour un mufle infidèle uniquement pour se venger.

— L'Enfer n'a pas de fureur qui égale celle d'une femme dédaignée.

— Oui ! Rien de tout cela n'était vrai, mais depuis on me voit comme un play-boy sans cœur.

— Ce qu'elle t'a fait était injuste, Gage. J'ignorais ces détails. Au moins, maintenant, si on m'interroge là-dessus, je pourrai prendre ta défense.

— Tu ferais ça ?

— Évidemment. N'importe quelle fiancée en ferait autant.

— Tu soutiendrais ton homme ? demanda-t-il avec un sourire sincère.

— Oui, c'est pour ça que je suis là, non ? Pour te réhabiliter.

La lueur dans son regard s'éteignit.

— Je suppose, conclut-il.

Il observa la vue extérieure.

— Nous avons été repérés, prévint-il, montrant un groupe de journalistes au rez-de-chaussée.

La seconde suivante, il la pressa contre lui.

— Réhabilite-moi maintenant, murmura-t-il, le regard aiguisé et pénétrant.

— Tu veux dire… ?

Il hocha la tête.

— Oui, je veux dire embrasse-moi.

Mais ce fut lui qui posa les lèvres sur les siennes. Elle se figea de stupeur, comme la dernière fois. Et, pendant que Gage assurait le spectacle, elle sentit son ventre se nouer tant sa performance était convaincante. Il enserra sa taille, plaquant les hanches contre les siennes. Elle réprima un gémissement tandis qu'il glissait la langue dans sa bouche. Une invasion étonnamment bienvenue.

Elle se sentit fondre entre ses bras, tandis qu'à l'inverse Gage se raidissait de désir. La vitesse à laquelle il pouvait être excité, *et l'exciter*, était à la fois euphorisante et effrayante.

Lorsqu'il mit fin au baiser, elle était à bout de souffle. Tout comme lui.

Elle saisit le col de sa chemise et plongea les yeux dans les siens.

— Nous leur en avons donné pour leur argent, n'est-ce pas ? murmura-t-elle

Peut-être un peu trop.

— Euh… oui. Tu apprends vite.

Mais une telle démonstration était-elle nécessaire ? Gianna en doutait.

Il la conduisit à l'intérieur de la suite et ferma les

portes-fenêtres. Les témoins pensaient sans doute qu'ils se rendaient dans la chambre.

C'était ce qu'un couple normal ferait. Mais ils étaient loin d'être un couple normal.

— Je vais défaire mes bagages et me reposer, dit-elle.

Gage passa la main sur sa nuque, l'air hésitant, comme s'il allait répondre quelque chose. Finalement, il se contenta de hocher la tête et la regarda s'éloigner.

— Tu perds toujours la notion du temps quand tu travailles ? demanda Gage.

Installés sur la terrasse d'un des restaurants du complexe hôtelier, ils buvaient un verre de vin rouge. Le bruit apaisant de la cascade et la douce musique en fond sonore concouraient à créer une ambiance relaxante.

— La plupart du temps, oui. Je comptais juste vérifier quelques statistiques et, sans m'en rendre compte, je me suis plongée jusqu'au cou dans mes recherches, expliqua-t-elle, remontant ses lunettes sur son nez. Je n'ai pas vu le temps passer. Je suis navrée.

Ils n'avaient pas quitté l'hôtel de la journée.

— Je croyais que tu faisais une sieste. Ou, pire, que tu t'étais enfuie après notre baiser.

— Tu avais tort.

Elle but un peu de vin. Cette fois, elle ne dépasserait pas un demi-verre. Car elle devait rester sur ses gardes avec Gage.

Il s'était changé avant le dîner. Dans sa chemise beige et son jean noir, elle le trouvait très séduisant. Ses cheveux bruns, plus longs que jamais, effleuraient son col. Il était l'incarnation du chanteur de country beau à se damner.

— Et qu'est-ce qui était si fascinant dans tes recherches ?

— Les taux de divorce.

Il faillit s'étouffer avec son merlot.

— Les taux de divorce ? répéta-t-il, avançant sur sa chaise. Je comprends que tu y aies passé tout l'après-midi !

Elle sourit, incapable de résister à son humour.

— Dis-moi quelque chose d'intéressant sur les divorces.

— Eh bien, tu savais que trente pour cent des divorces se produisent quand l'épouse trouve que sa carrière n'est pas prise au sérieux par son époux ?

— Trente pour cent, hein ? Et qu'est-ce qui cause les soixante-dix autres pour cent ?

— Oh ! le fait que les hommes surestiment leur talent pour les baisers.

Elle leva son verre et lui sourit.

Gage s'esclaffa.

— J'y ai vraiment cru pendant un instant ! avoua-t-il.

— Je sais. Et je sais aussi que tu juges mes recherches sans valeur. Mais je t'assure qu'elles sont importantes.

— Je n'ai jamais rien dit de tel.

— Tu as une mémoire sélective. Tu t'es moqué de mon travail des centaines de fois.

— Les taquineries ne comptent pas. Avec toi, c'est juste ma façon de communiquer.

Elle sourit car elle savait qu'ils étaient observés. Où qu'ils aillent, des gens reconnaissaient le célèbre Gage Tremaine. En particulier à Nashville.

— Dis-moi, si tu pouvais aller n'importe où dans le monde, où voudrais-tu aller ? interrogea-t-il.

— Pourquoi cette question ?

— Nous devons continuer notre conversation puisque nous sommes surveillés, expliqua-t-il, faisant tourner le vin dans son verre. Et j'ai envie de savoir quels sont les endroits qui te fascinent.

— L'Europe. Brooke et moi avions prévu d'y aller il y a un an. Notamment en Italie, et en Grèce, puisque j'ai un quart de sang grec. Mais ensuite maman est tombée gravement malade.

— Tu iras un jour, Gianna.

— Peut-être.

Pour l'instant, elle ne se projetait pas aussi loin. Elle avançait au jour le jour.

— Ça te dirait de faire un tour en voiture après le dîner ? demanda-t-il.

— Où veux-tu m'emmener ?

— Là où j'ai fait mes débuts.

Elle réfléchit un instant. Gage pouvait être charmant quand il le voulait. Et, après ce baiser et les sensations brûlantes qu'il avait provoquées en elle, elle devrait décliner son offre. Elle avait une excuse toute trouvée.

— J'ai encore des recherches à faire.

— C'est un endroit que tu devrais voir, insista-t-il. Pour l'interview. Tu pourras dire que c'est le premier endroit où je t'ai emmenée à Nashville. Et ce ne serait pas un mensonge.

— Non, j'imagine. Est-ce un lieu chic ? Dois-je changer de tenue ?

Elle portait une robe en Liberty aux fines bretelles.

— Non, inutile. Tu es peut-être même un peu trop bien habillée pour le bar dans lequel nous allons. En tout cas, tu es très en beauté ce soir.

Elle se sentit rougir.

— Merci.

Une heure plus tard, Gage et elle déambulaient main dans la main sur Broadway, l'artère principale de Nashville. La rue était pleine de touristes et de musiciens.

— C'est ici que naissent les rêves, dit-il. Ou que les

espoirs se brisent. Je connais des hommes et des femmes qui ont passé leur vie à essayer de percer ici.

— Ça m'évoque La Nouvelle-Orléans. Il y a beaucoup d'énergie ici.

— C'est vrai.

— Et toi, comment as-tu réussi à percer ?

Les rires, les conversations et les notes de musique country s'échappaient des bars qu'ils longeaient. Plusieurs personnes reconnurent Gage et s'arrêtèrent pour prendre des photos. Cette absence d'intimité ne semblait pas le déranger, mais Gianna ne pourrait jamais s'y habituer.

— Moi ? Je faisais partie d'un groupe à l'université, et après un pari nous sommes venus à Nashville. Nous étions des débutants, mais nous adorions faire de la musique. Je n'avais jamais pensé à en faire mon métier. J'ai toujours cru que je rejoindrais l'entreprise familiale.

Il marqua un temps puis reprit :

— Un soir, mon groupe et moi sommes allés au Lucky Red's Bar pour prendre une bière. Il s'avère que le groupe qui devait jouer avait eu un accident de voiture. Il n'y avait pas de blessés graves, mais ils ne pouvaient pas arriver à temps au bar. Comme on dit, le malheur des uns fait le bonheur des autres. Nous avons pu monter sur scène et nous nous sommes si bien débrouillés que nous avons été engagés pour un mois. Un jour, Regan est entrée dans le bar, en quête de nouveaux talents. La suite, tu la connais.

— Eh bien ! C'est fou que ta carrière soit due à un tel hasard. Et dire qu'avant ta venue ici, tu ignorais que tu allais réussir en tant que musicien.

— C'est un fait bien connu : certains des meilleurs talents de la country – les chanteurs, les guitaristes, les batteurs – végètent dans des bars de Nashville. Ou ils jouent dans les hôtels de Las Vegas. Comme je te l'ai dit, certains voient leurs espoirs brisés.

— C'est rude. Je ne pourrais pas laisser mon avenir dépendre du hasard. J'ai toujours su ce que je voulais faire de ma vie.

— Et tu as fait en sorte d'y arriver. Tu as travaillé dur pour réussir.

— Parce que je savais que le but était atteignable.

— Où est le défi là-dedans ? lança-t-il avec un sourire.

Elle lui donna une tape sur le bras.

— Tu es impossible.

Gage l'attira vers lui et plongea le regard dans le sien.

— On nous observe, fit-il remarquer.

— Je sais.

Il lui montra le bar devant eux. Le Lucky Red.

— Tu veux entrer ? proposa-t-il.

— C'est pour ça que nous sommes venus.

Il l'entraîna à l'intérieur. Un groupe jouait sur la minuscule scène au fond de la salle. La piste de danse était bondée, les serveurs portaient des verres de bière bien remplis et la musique country rock était assez forte pour faire pulser les tympans.

— Tu veux boire quelque chose ? demanda Gage, se dirigeant vers le bar.

— Je prendrais volontiers une bière.

— Une bière ?

— Oui, j'aime la bière.

Elle en buvait de temps en temps. Et elle voulait se mettre dans l'ambiance.

— Peut-être une bière légère, dit-elle. Et pas de plaisanteries sur le fait que je ne tiens pas l'alcool.

— Promis.

Sur quoi, il fit signe au barman.

Celui-ci reconnut aussitôt son client.

— Hé, Gage ! Content de te voir.

— Salut, Red. Content de te revoir, moi aussi.

Les deux hommes échangèrent une poignée de main par-dessus le zinc.

— Ça fait un bail, fiston. Tu es venu pour te bagarrer ?

Gage sourit.

— Pas ici, Red. Je voulais faire connaître le bar à ma fiancée, Gianna. Elle n'était jamais venue à Nashville et je me suis dit que ce serait une bonne idée de lui montrer l'endroit où tout a commencé. Gianna, chérie, je te présente Red Muldoon. Il possède ce lieu depuis plus de quarante ans.

— Ravi de vous rencontrer, mademoiselle. Et félicitations. Je ne vais pas faire comme si je n'étais pas au courant de vos fiançailles. Ça a fait les gros titres, ici !

— Je veux bien le croire, répondit-elle. Enchantée, monsieur Muldoon.

— Appelez-moi Red.

Gianna trouvait cet homme à la barbe fournie très sympathique.

— D'accord, Red. Votre bar est superbe.

— Merci, dit-il.

Il se tourna vers un jeune barman.

— Ronny, sers à ces deux jeunes gens ce qu'ils veulent. Offert par la maison.

— Bien, monsieur.

Le jeune homme semblait ravi d'être face à une grande star.

— Ce n'est pas nécessaire, Red, protesta Gage.

— J'insiste. Mais si tu veux donner à mes clients un aperçu de ton talent, je ne dis pas non.

— Entendu. Un peu plus tard.

— Quand tu seras prêt. Passe commande à Ronny et vous serez servis illico. Maintenant, va danser avec ta fiancée. Je vous prépare une table.

— Parfait.

Gage passa commande et laissa un énorme pourboire à Ronny. Puis il demanda à Gianna :

— Tu veux m'aider à restaurer mon image ?

Sans lui laisser le temps de décliner, il la prit par la main et la conduisit sur la piste.

— Gage, qu'est-ce que tu fais ?

— Je danse avec ma fiancée, dit Gage avec un clin d'œil. C'est ce que les gens attendent.

Gage la plaqua contre lui si vite qu'elle en eut le souffle coupé. Elle sentit son cœur danser avant même que son corps se mette en mouvement.

Cette fois, elle n'eut pas besoin d'observer autour d'elle pour savoir qu'ils étaient à nouveau la cible de tous les regards.

— Tu fais toujours ce que la foule attend de toi ? murmura-t-elle.

Elle huma une bouffée de son parfum si sensuel.

— En fait, je suis bien plus doué quand il n'y a pas de foule. En tête à tête.

Ses paroles la firent frissonner. Quand elle était dans ses bras, elle oubliait la raison.

La meilleure défense était l'attaque. Il fallait qu'elle reprenne les commandes.

— Je te trouve bien prétentieux.

— Pas du tout. J'énonce un fait, c'est tout.

Son assurance la sidérait.

— Stupéfiant.

— C'est ce qu'on me dit.

Sa vanité ne la dérangeait pas autant qu'elle le devrait.

En fait, Gage avait piqué sa curiosité. À quoi ressemblerait une nuit d'amour avec lui ? Comment serait-ce d'être l'objet de son désir, de recevoir la pleine force de son attention sexuelle ? Pour de vrai ?

Elle n'avait pas eu d'expériences sexuelles satisfaisantes depuis… Eh bien, peut-être n'en avait-elle jamais eu. Les rares hommes qu'elle avait connus ne l'avaient pas vraiment transportée.

Or, bien qu'elle rechigne à l'avouer, Gage Tremaine était… *exquis*. Sensuellement parlant.

— Pose la tête sur mon épaule, murmura-t-il.

— Pourquoi ?

— Parce que, pour une raison ou une autre, tu as une mine sévère.

*Minc*e.

Elle appuya la tête contre sa poitrine. Les battements de son cœur résonnèrent dans son oreille. Elle ne devrait pas être surprise par ce contact rapproché. Après tout, ils avaient déjà dansé ensemble lors de la fête du 4 juillet.

— Voilà qui est mieux, dit-il. Pourquoi cet air maussade ?

— Pour rien.

Excepté que des images de Gage et elle nus surgissaient dans son esprit.

— Tu détestes cette situation, n'est-ce pas ?

En effet. Fantasmer sur son faux fiancé ne faisait pas partie du plan.

— Ce n'est pas si terrible, Gage, prétendit-elle. Je peux le supporter. Pour encore quelques semaines.

Ils retournèrent à table, et après avoir englouti leurs bières – du moins en ce qui concernait Gage, Gianna s'était contentée de siroter la sienne –, Red leur apporta trois généreux desserts. Le barman était un bec sucré et son établissement était réputé pour ses gourmandises étonnantes. Gianna se régala avec une pyramide de chocolat agrémentée d'une sauce à la framboise. Gage, quant à lui, dégusta une tarte aux pommes recouverte d'amandes, de noix et de noix de cajou. Tous deux testèrent la tarte aux cookies, un dessert trop riche pour en prendre plus d'une cuillerée.

Gianna s'adossa à sa chaise et posa la main sur son ventre.

— Ma robe va exploser si j'avale une bouchée de plus.

Gage arqua les sourcils.

— Je payerais cher pour voir ça.

— Très drôle, Gage.

Son regard s'assombrit. Était-il en train de l'imaginer sans sa robe ?

— Tu trouves ? demanda-t-il.

— Oui, vraiment.

Moins d'une minute plus tard, Red monta sur scène et prit la parole.

— Au cas où vous ne l'auriez pas remarqué, notre ami Gage Tremaine est parmi nous ce soir. Et si vous le lui demandez, je pense qu'il sera d'accord pour nous chanter une chanson.

Des sifflements et des applaudissements retentirent dans toute la salle. Gage se leva pour saluer les clients. Mais il ne s'arrêta pas là, hélas.

— Viens avec moi, dit-il, lui tendant la main.

— Quoi ? Non. Ce n'est pas moi qu'ils veulent voir.

— C'est faux. Ils veulent nous voir tous les deux. Ensemble.

Il lui fit un clin d'œil.

— Allez, viens, insista-t-il.

N'ayant guère le choix, elle glissa la main dans la sienne et le suivit. La foule s'écarta sur leur passage, certains donnant des tapes sur le dos de Gage, d'autres se contentant de le prendre en photo. Lorsqu'ils furent sur la scène, Gage passa un bras autour de sa taille.

Il adressa quelques mots au groupe de musiciens puis se plaça derrière le micro.

— Merci pour cet accueil chaleureux, dit-il. Cela me va droit au cœur. Pour vous dire la vérité, je n'ai plus chanté en public depuis qu'une bouteille de bière cassée m'a entaillé la gorge. Oui, ce n'était pas de chance. Certains d'entre vous ont peut-être entendu parler de cette histoire.

Des rires ponctuèrent ses paroles.

— Mais, si ça n'était pas arrivé, je n'aurais pas rencontré cette jolie jeune femme, continua-t-il, posant son regard azur sur elle. Je suis fier de vous présenter Mlle Gianna Marino. Ma fiancée.

Sous les acclamations, Gianna sourit et salua la foule.

— Elle est professeur d'université, et très intelligente. La preuve : elle va m'épouser.

Gage était un bon acteur. Un excellent acteur, même.

Il saisit le micro et interpréta l'un de ses succès. Tous les gens dans la salle connaissaient les paroles et chantaient en chœur.

La musique était entraînante et la chanson si joyeuse que Gianna battit la mesure. Lorsque le morceau s'acheva, un membre du groupe tendit une guitare à Gage. Après être allé chercher deux tabourets de bar, Gage fit signe à Gianna de s'asseoir.

Elle grimpa avec un peu de difficulté sur le siège, gênée d'être observée.

Gage joua quelques notes de guitare et se remit à chanter. Cette fois, il s'agissait d'une ballade. Un morceau d'une grande beauté qui parlait de premier amour. Gage ne la quittait pas des yeux tandis qu'il chantait. Elle s'obligea à soutenir son regard, mais, au fil des secondes, les paroles l'émurent et la troublèrent de manière inexplicable. Elle fut captivée par la voix de velours de Gage et par ses magnifiques yeux bleus.

C'était un moment hors du temps.

À la fin de la chanson, Gianna étudia le public. De nombreuses femmes la regardaient avec envie. Elle se sentit frissonner. Gage était-il en train de la conquérir ? Était-elle en train de succomber à son charme ?

Gage sourit, l'air satisfait. Prenant son visage en coupe, il lui donna un baiser ferme.

Aussitôt, son cœur battit de manière désordonnée.

Était-elle devenue une fan énamourée, hypnotisée par la beauté et la voix de Gage ? N'était-ce pas ce que Gage recherchait ? Convaincre les gens qu'ils étaient follement amoureux ? À en juger par le tonnerre d'applaudissements, il avait réussi.

— Merci à tous. Mais je crains de devoir vous quitter à présent. Il est temps que je reconduise ma dulcinée chez nous.

Son côté féministe devrait être outré. Elle n'était la dulcinée de personne, mais le ton de Gage transmettait un autre message : il était à elle, et elle était à lui. Les gens autour d'eux semblaient ravis. Manifestement, Gage savait comment envoûter une foule. Et comment troubler Gianna.

Mais, après ce petit numéro, elle était en train de se ressaisir. Et elle était en colère.

Ils quittèrent la scène et se dirigèrent vers la sortie en saluant les gens au passage. Ils firent une halte devant le bar que Red astiquait vigoureusement.

— Bonne nuit, Red, dit Gage. Content de t'avoir revu.

Les deux hommes se serrèrent la main.

— Tu es toujours le bienvenu ici, Gage. Et ne m'oublie pas quand tu enverras les invitations pour votre mariage.

— C'est promis, assura Gage.

— C'était un plaisir de vous rencontrer, mademoiselle, dit Red à Gianna.

— Merci pour votre hospitalité, répondit-elle.

— Comme je l'ai dit, vous serez toujours les bienvenus.

Dès qu'ils furent dehors, Gianna sentit la tension quitter son corps. Elle n'aimait pas être exposée comme elle venait de l'être. Gage voulut lui prendre la main, aussi joua-t-elle avec l'anse de son sac pour éviter de la lui donner. Elle avait besoin d'espace. Ces baisers et ces caresses la plongeaient en pleine confusion. Gage l'avait pourtant prévenue qu'ils devraient montrer leur affection. Mais elle n'aurait jamais cru qu'elle aimerait cela.

Elle se mit à marcher, mettant quelques mètres entre Gage et elle.

Il la rattrapa en deux enjambées.

— Hé, qu'est-ce qui ne va pas ? lança-t-il.

— Rien, rétorqua-t-elle sèchement. Merci de m'avoir présentée à Red. Mais le spectacle est fini maintenant. Et je suis épuisée.

— Grincheuse, je dirais.

— D'accord, je suis grincheuse, et alors ?

— Oh là ! Tu ne plaisantes pas.

— Non, je ne plaisante pas. Tu as oublié l'interview de demain ? Je vais devoir rejouer toute cette comédie !

— Ça n'avait pas l'air de te déranger ce soir. Tu me regardais avec des yeux rêveurs et tu étais sous mon charme.

— Je ne suis pas sous ton charme.

Elle refusait d'aller sur ce terrain.

— Ça te plaît de mentir à ton ami ? demanda-t-elle.

— Non, je… En fait, non. Mais c'est un mensonge inoffensif. Qui ne fait de mal à personne.

— Un mensonge est un mensonge, Gage.

— Dans ce cas, si tu arrêtais de te mentir à toi-même ?
— Je ne me mens pas à moi-même.
— Tu aimes quand je t'embrasse.
— Allons bon !
Jamais elle n'avouerait une telle chose. Même si elle était en partie vraie. Inutile de flatter l'ego de Gage.
— Ne sois pas ridicule, fit-elle.
— D'accord. Mais pour ton information, t'embrasser est la meilleure partie de toute cette supercherie. Et je ne *mens* pas.
— Je ne veux pas en entendre davantage, Gage.
Elle hâta le pas, le laissant derrière elle.
Cette fois, il n'essaya pas de la rattraper.

- 6 -

Installés sur la banquette de la limousine, Gage et Gianna étaient en route pour le studio de télévision. L'émission matinale commençait à 8 heures. Gianna lisait des notes sur sa tablette, l'air concentré. Gage était sûr qu'elle serait à la hauteur. Elle était intelligente, acerbe et combative. Elle portait ses vêtements habituels ce matin, une robe beige et une veste assortie. Et elle avait attaché ses cheveux en un chignon strict et opté pour des escarpins classiques. Peut-être pour se souvenir qu'elle était une brillante enseignante, et non une admiratrice amoureuse qui avait conquis son cœur.

Mais elle ne pouvait pas le duper. Il y avait une réelle alchimie entre eux ; qu'ils le veuillent ou non, elle était bien là. Gianna ne simulait pas ses réactions quand il l'embrassait. L'air se chargeait d'électricité quand ils étaient ensemble. Était-ce sa résistance qui l'intriguait le plus ? Était-ce le défi qu'elle représentait ? Ou le fait qu'elle lui soit interdite ?

L'avertissement de sa mère lui revint à l'esprit.

Gianna est vulnérable. Sois prudent avec elle.

Les promesses qu'il avait faites lui avaient semblé faciles à tenir sur le moment.

Mais plus maintenant.

La limousine s'arrêta devant le bâtiment de la chaîne WKN. Le chauffeur vint ouvrir la portière de Gianna.

La tête haute, elle sortit du véhicule. Gage la suivit et prit aussitôt sa main, afin qu'ils forment un front uni.

— Tu es prête ?

— Oui. Je révise toujours avant un examen.

— Bien.

Gianna était prévoyante. Lui était plutôt du genre à improviser. Voilà pourquoi il était un artiste et Gianna une intellectuelle.

— C'est normal d'éprouver de la nervosité, assura-t-il.

Bien qu'elle affiche un grand sourire, son beau regard émeraude vacilla.

— Il m'a fallu du temps pour être à l'aise à la télévision, ajouta-t-il.

— Alors, je suis *très* normale. Et c'est la seule et unique fois que je passe à la télé, Gage.

— Je sais. Je te remercie de faire cet effort pour moi.

Une demi-heure plus tard, Gianna et lui étaient assis sur un canapé, face Johnny O'Flannery. Gage avait un bras sur les épaules de Gianna, en partie pour jouer le fiancé amoureux, mais surtout pour la soutenir.

— Nous sommes de retour, dit le présentateur après la pause publicitaire. Et nous avons une belle surprise pour vous ce matin. Le grand chanteur de country Gage Tremaine et sa charmante fiancée, le professeur Gianna Marino, sont avec nous. Bienvenue à vous deux.

— Content de vous voir, Johnny, dit Gage.

— Merci de nous recevoir, enchérit Gianna en souriant.

— Avant de commencer, permettez-moi de dire que vous faites un très beau couple.

— Merci, dit Gage, serrant les épaules de Gianna.

— Gianna, félicitations pour vos fiançailles. C'est une sacrée surprise. Où est-ce que Gage vous cachait tout ce temps ? Y a-t-il une nouvelle que vous aimeriez annoncer à nos téléspectateurs ?

— Une nouvelle ? Je crois que je peux mettre fin aux spéculations dès maintenant. Nous ne sommes pas prêts à fonder une famille tout de suite. Nous souhaitons passer du temps ensemble en tant que mari et femme.

Elle adressa un regard chaleureux et aimant à Gage.

— Un jour, peut-être. N'est-ce pas, chéri ?

Gage s'éclaircit la voix. Il ne s'était pas attendu à une telle question dès le début. Certaines personnes avaient sans doute pensé que Gianna était enceinte, étant donné leurs fiançailles rapides. Ces gens étaient loin du compte. En dehors de quelques baisers, il n'avait jamais couché avec Gianna. Cela dit, ces derniers temps, ce n'était pourtant pas l'envie qui lui en manquait.

— Bien sûr, nous voulons des enfants. Mais Gianna et moi nous sommes retrouvés il y a peu. Je la veux pour moi seul encore quelque temps.

— Gianna, vous connaissez Gage depuis toujours. Pourquoi maintenant ? C'est la question que les gens se posent.

Elle se redressa et se pencha légèrement en avant. Ses compétences en langage corporel étaient excellentes.

— C'est exact. Nos familles sont proches. Gage et moi nous sommes tourné autour durant des années, mais, lorsqu'il a été blessé récemment dans une bagarre qui a mal tourné, j'ai pris conscience de mes véritables sentiments pour lui. Il s'avère que ces sentiments étaient mutuels. Nous n'avons pas eu besoin de prendre le temps de nous connaître comme la plupart des autres couples.

Elle le regarda tendrement.

— Donc, notre amour a grandi au fil des ans, conclut-elle.

Gianna avait parlé avec tant de conviction qu'il avait

senti son cœur tressauter. Il la croyait presque, et l'idée qu'elle dise vrai ne lui faisait pas peur. Au contraire, elle provoquait une douce chaleur en lui. Gage prit la main de Gage et la porta à ses lèvres. Lorsqu'il déposa un baiser sur sa paume, des murmures d'approbation s'élevèrent dans le public.

— Et il était grand temps, ajouta-t-il.

— Gianna, diriez-vous que les opposés s'attirent ? Un professeur d'université, qui, à ce qu'on m'a dit, n'apprécie même pas la musique country, et un *bad boy* célèbre ?

Gianna se fendit d'un sourire.

— Peut-être. Mais Gage est loin d'être un *bad boy*. Je le soutiens à cent pour cent et je crois en son innocence. J'ai foi en lui, en nous. Et je commence à apprécier la musique country. Selon moi, la voix de Gage est unique. Il a un véritable don.

— Je ne peux pas dire le contraire, répondit Jimmy. Mais ses fans pourraient être en désaccord, vu les récents scandales.

— Ils sont intelligents. Ils connaissent le vrai Gage Tremaine. C'est un vrai gentleman.

Ces derniers mois, Gage avait connu une série d'incidents malheureux. Il ne s'expliquait pas cette phase de malchance. Parfois, la célébrité et la richesse n'étaient pas aussi formidables qu'on le croyait. Mais maintenant il se battait pour restaurer sa réputation, avec l'aide de Gianna.

— Si vous nous parliez un peu de vous, professeur ? suggéra Johnny. Le monde du divertissement a envie de vous connaître mieux.

— Eh bien, j'ai été élevée par une mère célibataire très aimante, Tonette Marino, commença-t-elle. Mon père… eh bien, mon père est parti il y a très longtemps. La vie n'a pas toujours été facile, mais je savais que ma mère me soutenait dans tout ce que j'entreprenais. J'ai pu aller à l'université grâce à une bourse et je suis devenue enseignante il y a trois ans. Je suis spécialisée dans la communication et les relations familiales. Par ailleurs, je m'investis dans Apprentissage et Alphabétisation, une fondation pour les enfants. Nous sommes toujours à la recherche de bénévoles et de donateurs, si certains de vos téléspectateurs sont intéressés.

— C'est un projet qui vous tient à cœur ?

— Tout dans l'apprentissage me tient à cœur. Mais les enfants qui ont des difficultés avec la lecture ont particulièrement besoin d'aide.

— Votre dévouement force l'admiration. Mais ce doit être difficile pour vous en ce moment. Votre mère est décédée récemment.

Gianna baissa la tête.

— C'est encore douloureux pour elle, intervint Gage, alors nous n'en parlons pas en public.

Gianna ne devrait pas avoir à évoquer son deuil. Certaines choses devaient rester privées.

— Non, ça ne fait rien, chéri.

Gianna reporta son regard embué sur le présentateur.

— Il essaye toujours de me protéger, confia-t-elle. Disons simplement que ma mère me manque à chaque seconde de la journée.

— Je suis vraiment navré, Gianna, dit Johnny, l'air compatissant.

Gage aussi éprouvait de la compassion. Il venait de comprendre que Gianna souffrait chaque jour. Pourtant, elle ne se plaignait pas. Elle avait réussi à convaincre tout le monde qu'ils formaient un couple parfait. Fichtre, il avait même interrompu l'animateur pour la protéger ! Gianna pensait peut-être que c'était uniquement pour donner le change, mais ce n'était pas le cas. Il ne laisserait jamais personne lui faire du mal. D'où venait cette envie de la préserver ? D'habitude, il aimait la faire sortir de ses gonds, mais ces derniers temps…

Johnny se tourna vers lui, interrompant le fil de ses pensées en l'interrogeant sur ses projets à venir. Notamment ses projets de mariage. Gage n'eut pas de mal à être évasif et à évoquer une date l'année prochaine. Même chose pour sa prochaine tournée, en suspens jusqu'à ce qu'il sache si, oui ou non, il décrocherait le rôle principal d'*Un dimanche dans le Montana*. C'étaient des sujets sûrs, sur lesquels il répondait volontiers. Gianna l'écouta, hochant la tête et approuvant ses paroles.

L'interview dura une vingtaine de minutes, une éternité pour une émission matinale, et se termina avec les félicitations de Johnny pour leur futur mariage et la promotion du dernier album de Gage.

Tandis qu'ils se dirigeaient vers la limousine, Gage mit un bras autour des épaules de Gianna et murmura :

— Tu as été fantastique. Je n'aurais pas pu rêver meilleure interview. Mission accomplie.

Toute en grâce et en élégance, Gianna l'avait impressionné.

— J'étais terrifiée, avoua-t-elle.

— Ça ne se voyait pas. Si tu étais nerveuse, je ne l'ai pas senti. Ça veut dire que les téléspectateurs non plus.

— En tout cas, je suis contente que ce soit terminé.

Le chauffeur de la limousine leur ouvrit leur portière. Gianna monta en premier, suivie de Gage.

— Ah, enfin ! Je vais pouvoir retirer ces chaussures. Elles sont trop serrées.

Sur quoi, elle les ôta et poussa un soupir de soulagement.

— Retour à l'hôtel maintenant, décréta-t-elle. Je dois avancer dans mes recherches.

— Pas tout de suite, objecta-t-il. J'ai une surprise pour toi.

— Gage, j'ai les pieds en compote. Je ne pourrai pas remettre ces instruments de torture.

— Pas de problème, nous nous arrêterons en chemin pour t'acheter des chaussures confortables.

— Je n'ai pas envie de faire les boutiques.

— Ça ne prendra qu'une minute. Nous te trouverons des tennis. Tu verras, cette surprise va vraiment te plaire.

Gianna s'appuya contre la banquette et ferma les yeux.

— Je n'aime pas les surprises, marmonna-t-elle.

— Celle-ci, tu l'aimeras. Je te le garantis.

L'interview était passée, et Gianna se sentait bien mieux dans ses baskets en toile. Elle se tenait devant le Parthénon de Nashville, à Centennial Park. Le panneau indiquait que le bâtiment était l'unique réplique en taille réelle du Parthénon original grec, qui datait de 400 avant Jésus-Christ. Celui-ci avait été bâti en 1897, et il était superbe. Certes, elle rêvait de voir l'original, mais cette réplique était tout simplement époustouflante.

Gage la laissa admirer le monument autant qu'elle le voulait. Lui avait les yeux fixés sur elle et non sur la structure de pierre, mais elle s'en moquait. Elle ignorait pourquoi il avait pris la peine de l'emmener ici. Peut-être parce qu'il lui en avait demandé beaucoup récemment. Et qu'il lui avait beaucoup *pris*. Comme ces baisers qui affolaient son cœur.

— C'est la fierté de Nashville, fit-il remarquer.

— Et tu savais que je serais ravie de la découvrir.

— Nous ne pouvions pas quitter la ville sans la voir.

— C'est vraiment époustouflant.

Les hautes colonnes qui les entouraient étaient phénoménales. Comment les Grecs avaient-ils réussi à les élever jusqu'à treize mètres de haut ? Quant aux sculptures sur les frontons, elles étaient incroyablement complexes et réalistes. Gianna étudia les détails pendant plusieurs minutes.

Elle s'empara de son téléphone et se mit à prendre des photos.

— Brooke va adorer !

— Il faudra que tu lui montres l'intérieur, aussi.

Il se dirigea vers l'entrée, et Gianna lui emboîta le pas. Il ne lui saisit pas la main. Puisqu'il n'y avait que quelques visiteurs, il était inutile qu'ils jouent les amoureux. Elle eut des frissons tandis qu'elle découvrait des merveilles à perte de vue. Chaque fois qu'elle observait une nouvelle œuvre d'art et lisait ce qui était inscrit sur le cartel, elle était tout à fait captivée.

Après quelques instants, Gage lança :

— Viens avec moi.

Cette fois, il lui attrapa la main et l'entraîna dans la seconde pièce, où se trouvait une immense statue dorée d'Athéna. L'œuvre était imposante et d'une grande beauté.

— Splendide ! s'exclama-t-elle.

— Athéna, fille de Zeus. J'ai lu quelque part qu'elle était sa fille préférée.

— Protectrice de la ville. Et déesse de la Guerre.

— Tu lui ressembles beaucoup, Gianna.

Elle se tourna vers Gage.

— Très drôle.

— Je suis sérieux. C'était aussi la déesse de la Sagesse.

Elle fut déconcertée. D'habitude, Gage ne lui faisait pas de compliments directs. À moins qu'il n'ait quelque chose à gagner.

— Tu me trouves sage ?

— Non, je pense que tu es une déesse.

Le rire qu'elle émit résonna dans la vaste salle. Elle aurait dû savoir qu'il ne fallait pas prendre Gage au sérieux.

Seulement, Gage ne plaisantait pas. Son regard lui racontait une autre histoire. Une histoire qui la faisait vibrer. Et qui la poussait à se demander pourquoi elle n'appréciait pas Gage. C'était un cow-boy à la beauté irrésistible, qui la regardait comme si elle était la seule femme sur terre. Cela anéantissait ses défenses. Et elle n'aimait pas ça du tout.

— Merci de m'avoir amenée ici, mais nous devrions repartir.

— Je sais, tu as du travail.

— C'est vrai. La journée a été épuisante et j'ai pris un peu de retard.

Gage hocha la tête et posa la main au creux de son dos, la conduisant vers l'extérieur. Le fait qu'il la touche constamment, sans raison, la rendait nerveuse. Non parce qu'elle n'aimait pas ces contacts, mais parce que au contraire elle les appréciait. Elle se dirigea vers un autre panneau d'information, s'écartant de Gage.

Gage ne se rapprocha pas. Elle se sentit soulagée.

Mais elle fut aussi, contre toute attente, terriblement déçue.

Gage déchira la page de paroles qu'il avait écrites et jeta les morceaux dans la corbeille. Il n'arrivait pas à se concentrer. Il se leva et arpenta la chambre, les nerfs en pelote. La source de sa nervosité était dans l'autre chambre et tapait sur le clavier de son ordinateur.

Comment Gianna pouvait-elle se couper du monde si aisément ? Comment pouvait-elle oublier Gage et se perdre dans ses recherches alors que lui ne pensait qu'à elle ? Il l'avait trouvée charmante avec ses baskets en toile. Et, au Parthénon, il avait adoré voir son visage s'illuminer, ses yeux pétiller.

Gianna, ça fait cinq heures.

Cinq heures d'ennui.

D'oisiveté.

Il mourait d'envie de la voir.

Pour se changer les idées, il commanda à dîner. Puis il alla dans le salon et se servit un verre de bourbon. L'alcool provoqua une lente et délicieuse brûlure le long de sa gorge. C'était agréable, très agréable, mais pas suffisant pour calmer ses nerfs.

Pas suffisant pour éteindre son désir. Il avait envie de Gianna. Pas parce qu'elle était là, juste à côté, et qu'il s'ennuyait à mourir. Mais parce qu'elle était différente, unique. Seulement, il savait qu'il ne devrait pas la désirer.

Oui, il le savait. Pourtant, il marcha jusqu'à la porte de sa chambre. Il frappa trois coups et patienta.

— Gianna ?

— Une seconde, répondit-elle d'un ton distrait.

Elle ouvrit la porte. Elle portait un peignoir d'éponge blanc, et ses cheveux étaient légèrement humides. Les lunettes à monture noire sur son nez lui indiquaient qu'elle était en train de travailler. Encore.

— Je meurs de faim, dit-il.

Que portait-elle sous ce peignoir ? Et pourquoi trouvait-il un peignoir de bain confortable et des cheveux mouillés si attirants ? Il connaissait la réponse, bien sûr. Gianna, qui n'avait pas conscience de sa beauté, était la femme la plus sexy qu'il lui ait été donné de voir.

— Il est plus de 19 heures, souligna-t-il.

— Oh ! Je n'ai pas vu le temps passer.

— Tu étais absorbée par ton travail ?

— Il me reste juste une heure de…

— J'ai appelé le *room service.* Le dîner ne devrait pas tarder.

— Merci.

Elle l'observa. Il admira ses iris émeraude, regarda sa jolie bouche s'entrouvrir. Combien de fois avait-il vu cette expression, comme si elle essayait de le comprendre ? Eh bien, si elle y arrivait, elle pourrait peut-être lui expliquer pourquoi il restait là, figé. Pourquoi il n'arrivait pas à s'éloigner. Et pourquoi il ne parvenait pas à empêcher son cœur de battre la chamade.

Elle se tenait devant sa porte, bloquant l'entrée de sa chambre telle une sentinelle.

— Il y a autre chose ? s'enquit-elle.

Elle posa les yeux sur sa bouche. Elle n'était plus obnubilée par son travail, apparemment. Quelque chose d'autre la fascinait, la tentait. Seuls quelques centimètres les séparaient, et une tension brute saturait l'air. Gage ne ferait pas le premier pas. Mais il ne reculerait pas non plus. Il s'agissait de Gianna. De ce qu'elle voulait. De ce qu'ils évitaient depuis maintenant des jours. De cette alchimie sensuelle entre eux.

— Gage, murmura-t-elle.

— Je suis là.

— Tu ne devrais peut-être pas, dit-elle, mais sans conviction.

— Demande-moi de partir, Gianna.

Elle inspira puis ouvrit la bouche. Mais aucun mot ne sortit. Elle caressa sa joue, doucement, tendrement. Il poussa un gémissement. Elle était en train de jouer avec le feu.

— Je… je ne peux pas, Gage. Je ne peux pas te demander de partir.

C'était tout ce qu'il avait besoin d'entendre.

Il prit son visage en coupe et scruta son regard pour avoir une dernière confirmation. Il n'y eut pas de protestations, pas de refus. Alors, il posa les lèvres sur les siennes et la goûta, une fois, puis deux. Elle gémit, et il l'embrassa plus fermement, laissant libre cours à son désir brûlant.

Gage en voulait davantage. Il voulait tout d'elle, mais il devait ralentir. Il ne voulait pas la presser. Et il souhaitait qu'elle participe à ce voyage autant que lui. Il tenait à lui faire plaisir, à lui donner du plaisir. Il ne s'agissait pas seulement d'assouvir une envie. C'était bien plus que cela.

Ils s'embrassèrent jusqu'à perdre haleine. Gage poussa du pied la porte entrouverte. Puis il fit reculer Gianna jusqu'au lit et la fit étendre sur le matelas. Ses cheveux soyeux s'étalèrent autour d'elle.

Elle défit sa ceinture. Sans attendre, Gage écarta les pans de son peignoir. Il eut le souffle coupé.

— Mon Dieu, Gianna. Tu es parfaite.

Sa peau était douce et dorée. Ses seins ronds emplissaient les bonnets de son soutien-gorge de dentelle blanche, assorti à un slip minuscule.

Il retira sa chemise et la jeta au sol tandis que Gianna l'observait, les yeux brillants. Lorsqu'elle tendit les bras vers lui, il faillit perdre le contrôle. Il était déjà raide de désir, mais il était bien décidé à prendre son temps.

Il se pencha vers Gianna, qui noua les mains autour de son cou. Il l'embrassa encore et encore, les petits bruits qu'elle émettait attisant son excitation. Il caressa la courbe de ses seins, embrassa ses tétons. Les pointes se durcirent sous l'effet de ses baisers. Après quoi, il glissa la main sous son slip et effleura ses replis intimes. Poussant un petit cri, elle arqua les hanches afin qu'il aille plus loin.

Il poursuivit ses caresses sensuelles jusqu'à ce que, haletante, elle supplie :

— Gage !

— Je sais, Gia.

L'orgasme qui la saisit fut rapide et puissant, et ses cris de plaisir résonnèrent dans ses oreilles. Il reprit possession de ses lèvres, lui donnant un long et ardent baiser.

Des coups contre la porte les firent sursauter.

Le *room service*, sans doute.

— Ils laisseront le chariot dans le couloir, dit-il.

Il était hors de question qu'il aille ouvrir la porte maintenant.

— Ça va ? demanda-t-il.

Gianna afficha un sourire satisfait, qui lui indiqua tout ce qu'il avait envie de savoir.

— Je vais merveilleusement bien.

Dans l'autre pièce, le téléphone de Gage sonna. Cette interruption le dérangea encore plus que la première.

— Bon sang ! marmotta-t-il.

Il alla chercher l'appareil, laissé sur le canapé du salon et décrocha.

— Vous pouvez laisser le chariot dans le couloir, dit-il d'un ton impatient.

— Gage ? C'est toi ?

Son frère était à l'autre bout de la ligne.

— Cade ? Que se passe-t-il ? Tu tombes mal.

— Désolé, mais c'est important. Maman a eu un accident de voiture.

— Oh ! Non ! Elle va bien ?

— Elle est inconsciente.

Gage se pinça l'arête du nez. Il redoutait d'entendre de mauvaises nouvelles.

— Que s'est-il passé ? Où est-elle ?

— Je t'expliquerai plus tard. Il faut que tu viennes. Nous sommes au Juliet Memorial.

— Cade ? C'est grave ?

— Elle est assez amochée. Le médecin est avec elle.

— D'accord, d'accord. J'arrive dès que je peux.

Il raccrocha. Fermant les paupières, il imagina sa mère, si forte et si belle, allongée dans un lit d'hôpital. Blessée. Fragile.

— Gage ?

Il se retourna vers Gianna. Dès qu'elle vit son expression, son sourire s'évanouit.

— Il y a un problème ? demanda-t-elle d'une voix anxieuse.

Elle referma son peignoir et marcha jusqu'à lui.

— Gage, tu m'inquiètes.

— Ce n'était pas mon intention.

— Alors dis-moi ce qui se passe.

— C'est ma mère. Elle a eu un accident de voiture. Elle est à l'hôpital.

— Oh ! mon Dieu ! Non. Pas Rose.

Des larmes apparurent dans ses yeux. Il la serra dans ses bras et l'embrassa sur le front.

— Ne pleure pas, Gia.

— Je suis désolée. Je ne voulais pas ajouter à ton inquiétude. Mais je suis… sous le choc.

— Je sais. Je n'ai pas toutes les informations, mais les médecins s'occupent d'elle. Elle n'a pas encore repris connaissance.

Gianna émit un cri de stupeur, qui le toucha profondément. Elle aussi souffrait. Elle adorait Rose, comme lui.

— Nous devons partir.

— Je vais me préparer, dit-elle doucement.

Pourtant, elle resta accrochée à lui. Elle avait besoin de réconfort. Et il tenait à lui en donner.

Elle finit par s'écarter de lui, lui adressa un courageux hochement de tête puis retourna dans sa chambre.

Gage appela Regan pour lui demander d'organiser leur retour. Si quelqu'un pouvait lui permettre de rentrer chez lui rapidement, c'était bien elle.

Il lui tardait d'être au chevet de sa mère.

- 7 -

— Gianna, tu veux un café ? demanda Harper. Cade et moi allons en prendre un.

Gianna se redressa sur la chaise inconfortable.

— Non, merci. Ça va.

Mais ça n'allait pas. En vérité, elle était terrifiée. Gage et elle avaient pris un avion de nuit pour rentrer au Texas. Pendant tout le vol, Gage lui avait tenu la main, et Gianna avait fait des prières pour Rose. Lily était avec le médecin en ce moment. L'attente paraissait interminable.

Gianna lança un regard vers Gage. Appuyé contre un mur, il discutait avec Regan. Cette dernière était arrivée à l'hôpital avant eux et avait accueilli Gage par une accolade réconfortante. Gianna avait ressenti un pincement au cœur. Ce qui était ridicule car elle n'avait aucune raison d'être jalouse. Regan était la manageuse de Gage mais aussi une amie proche. Gianna en était consciente, toutefois elle regrettait que Regan monopolise Gage chaque fois qu'elle était dans les parages.

Regan avait la main posée sur le bras de Gage. Il semblait boire ses paroles. Elle était sa conseillère, et il s'en remettait totalement à elle, mais Gianna avait l'impression que l'intérêt de Regan pour lui allait au-delà du domaine professionnel.

Mais qui était-elle pour se permettre d'analyser la relation de Gage avec sa manageuse, alors qu'elle-même n'arrivait pas à comprendre ce qui se passait entre Gage et elle ? Elle ignorait ce qui avait changé entre eux. En tout cas, leur escapade n'avait pas été si désagréable. En vérité, Gage avait rendu leur voyage à Nashville mémorable. Elle s'était bien amusée au bar de Red. Elle avait dansé, mangé de délicieux desserts et avait même eu droit à une chanson d'amour interprétée par Gage.

L'interview télévisée avait été une épreuve, mais Gage s'était racheté avec la visite surprise au Parthénon. De retour à l'hôtel, elle n'avait pas pu lui résister. Ils s'étaient consumés de désir. Privée de sa résolution, elle s'était retrouvée nue devant lui, sans honte. Et elle ne le regrettait pas. Il lui avait donné son tout premier orgasme.

Lily revint dans l'espace d'attente. Cade et Harper posèrent leurs gobelets de café, et Gage avança vers sa sœur, suivi de Regan. Gianna se leva, le cœur battant, les jambes chancelantes.

— Maman est réveillée, dit Lily. Elle a une commotion cérébrale, une fracture au bras gauche et une ou deux côtes fêlées. Selon le médecin, elle va vite se remettre.

Tout le monde poussa des soupirs de soulagement. Gianna ne put retenir quelques larmes. Lily et Harper aussi étaient en pleurs. Gage sourit pour la première fois depuis que Cade l'avait prévenu de l'accident. Il se dirigea vers elle.

— C'est une bonne nouvelle, n'est-ce pas ? murmura-t-il.

— Oui, une excellente nouvelle.

— Ça va, Gia ?

Il essuya ses larmes avec ses pouces, faisant aussi disparaître ses inquiétudes. Avec Gage, elle se sentait en sécurité. Ce qui était étrange puisqu'il n'était pas un homme rassurant. Il était obstiné, trop sûr de lui et parfois égoïste. Et puis, ils avaient failli faire l'amour hier soir. Mais il serait injuste de le rendre responsable de quelque chose qu'elle avait voulu. Son désir pour Gage, c'était là le vrai problème.

Elle sonda son regard.

— C'est moi qui devrais te poser cette question.

— Je vais bien.

— Moi aussi. Rose va se remettre, c'est tout ce qui compte.

— Elle va détester chaque minute de sa convalescence. Tu la connais, elle aime être active.

— Nous ferons en sorte de la divertir.

— Vraiment ? demanda-t-il en souriant.

— Je ferai de mon mieux. Je sais qu'elle aime jouer au poker et je suis plutôt douée.

— Ah ? Je ne l'aurais jamais deviné.

— Tout est une question de statistiques, de chiffres et de choix logiques.

— Où est le plaisir là-dedans ? railla-t-il.

Elle gloussa.

— Eh bien quoi ? Pas de réplique cinglante ? Tu dois être épuisée, alors.

— Je suis assez fatiguée, oui.

Exténuée, même. Ces dernières vingt-quatre heures avaient été mentalement harassantes.

— Si tu rentrais au pavillon ? Cade et Harper peuvent te reconduire.

— Et toi ?

— Je vais rester encore quelques heures. J'irai voir maman quand les visites seront autorisées. Lily me tiendra compagnie. Ainsi que Regan. Elle est en train de réorganiser notre voyage à Los Angeles.

Gianna avait presque oublié. Gage et elle étaient censés faire quelques apparitions à Hollywood cette semaine.

Elle jeta un regard circulaire. Regan était au téléphone mais ne quittait pas Gage des yeux. Gianna se remémora les paroles de sa mère. *Les mots peuvent tromper, mais les yeux sont le miroir de l'âme.*

Elle avait très envie de questionner Gage sur sa relation avec Regan, mais ce n'était pas le moment. Et elle n'était pas sûre de vouloir connaître la réponse. Regan était une séduisante célibataire, qui n'avait que quelques années de plus que Gage. Mais ce n'étaient pas les affaires de Gianna. Elle n'était que la fausse fiancée temporaire de Gage. Rien de plus.

Pourtant, hier soir, la situation avait semblé bien différente…

— D'accord, répondit-elle. Je viendrai voir Rose plus tard.

Il l'embrassa sur la joue.

— Je vais prévenir Cade. Et merci d'être venue. Je suis très touché.

Regan se glissa entre eux, prenant Gage par le bras.

— Maintenant que tu es rassuré sur la santé de ta mère, j'aimerais te parler de Los Angeles, dit la manageuse.

— J'ai juste un mot à dire à Cade, ensuite, je suis tout à toi.

Regan s'illumina comme si elle venait de remporter un trophée. Elle s'adressa à Gianna.

— Gianna, vous devriez vous reposer. Ce doit être dur pour vous.

— C'est très dur, répliqua Gianna d'un ton suggestif, concentrant son attention sur Gage. Vous n'avez pas idée.

L'air triomphant de Regan disparut. Elle promena son regard entre Gage et Gianna, puis décida d'ignorer le sous-entendu.

Gianna était un peu trop acerbe, parfois.

Sa mère lui avait souvent conseillé de se contrôler. Mais Gianna ne l'avait pas souvent écoutée.

Un bruit provenant du salon tira Gianna de son sommeil agité. Ouvrant lentement les yeux, elle jeta un coup d'œil vers l'horloge et eut la confirmation qu'elle avait peu dormi. Deux ou trois heures, tout au plus. Il était presque midi. Elle regarda autour d'elle. Chaque fois qu'elle se réveillait dans le pavillon des Tremaine, il lui fallait un instant pour retrouver ses repères. Faire semblant d'être la fiancée de Gage et vivre ici était son quotidien, en ce moment.

Elle se leva, enfila un jean et un débardeur de coton. Elle passa les mains dans ses cheveux pour les arranger mais, après un regard dans le miroir, elle comprit qu'il lui faudrait faire plus d'efforts pour un meilleur résultat. Plus tard, décida-t-elle. Gage était de retour, et elle avait hâte d'avoir des nouvelles de sa mère.

Elle le trouva sur le canapé du salon, les jambes étendues sur la table basse et une tasse de café chaud entre les mains. Il semblait épuisé.

— Gage. Tu viens de rentrer ?

Il ne répondit pas tout de suite. Il était trop occupé à étudier sa tenue. Et il aimait ce qu'il voyait, à en croire la lueur appréciatrice dans son regard azur. Un simple jean et un haut en coton lui valaient une telle réaction ? Ça n'avait pas de sens.

— Je suis arrivé il y a quelques minutes. Je t'ai réveillée ?

— Non, prétendit-elle. J'ai mal dormi.

— J'ai préparé du café.

— Comment va ta mère ?

— Prends un café et je te ferai un compte rendu.

Il s'apprêta à se lever.

— Non, reste assis, dit-elle. Je vais aller le chercher moi-même.

Gianna alla se servir une tasse dans la cuisine puis vint s'asseoir sur le canapé à côté de Gage. Ils burent en silence, semblant partager un étrange sentiment de paix.

— Alors ? finit-elle par demander.

— Maman est assez secouée. Elle a des bleus sur le visage et un bras dans le plâtre. Mais elle est forte et ne se laisse pas abattre. Elle s'inquiétait surtout pour nous tous.

— Elle a toujours été une mère très protectrice. A-t-elle dit comment l'accident était arrivé ?

— Elle rentrait à la maison après une virée en ville. Il faisait déjà nuit. Un chien a surgi sur la route, et elle a fait une embardée pour ne pas l'écraser. Elle a heurté un poteau télégraphique.

— C'est terrible.

— En fait, c'était plutôt un mal pour un bien. S'il n'y avait pas eu ce poteau, elle aurait fini dans un fossé trois mètres plus bas. Elle a eu beaucoup de chance.

— Eh bien ! C'est fou.

Rose l'avait échappé belle.

— Je peux lui rendre visite ? lança-t-elle.

— Peut-être ce soir. Elle s'est souciée de toi, et je lui ai dit que tu étais passée ce matin. Pour l'instant, le médecin veut qu'elle se repose. Elle dormait quand j'ai quitté l'hôpital.

Gianna retint ses larmes. Savoir que Rose avait demandé de ses nouvelles la touchait profondément. Les mains tremblantes, elle posa sa tasse et tâcha de se reprendre. Elle ne pouvait pas s'effondrer devant Gage une fois encore. Il n'avait pas besoin de ça.

— Hé, dit-il doucement.

Il l'entoura de ses bras puissants. Elle appuya la tête contre son épaule et remonta les jambes sur le canapé.

— Ne pleure pas, Gianna.

— D'habitude, je ne suis pas une pleureuse.

Il gloussa.

— Je le sais. Tu es fatiguée, c'est tout. Comme moi. Ferme les yeux. Essayons de nous reposer.

— D'accord, murmura-t-elle, les yeux déjà mi-clos.

Cette fois, elle ne se demanderait pas pourquoi elle se sentait en sécurité dans ses bras. Elle se laisserait réconforter et, avec un peu de chance, elle plongerait dans un sommeil paisible.

Plus tard, elle penserait à toutes les raisons pour lesquelles elle ne devrait pas agir ainsi.

Et la liste était longue.

La lumière de l'après-midi filtrait à travers les persiennes. Gianna se réveilla et se retrouva face à des prunelles bleues renversantes. L'homme qui la tenait dans ses bras était dur comme la pierre – particulièrement sous la taille.

Gianna sentit son pouls s'accélérer et son corps vibrer.

Gage écarta les cheveux qui barraient son visage et lui sourit.

— Combien de temps ai-je dormi ? s'enquit-elle.

— Un petit moment, dit-il, caressant ses cheveux.

— Tu aurais dû me réveiller.

— Tu avais besoin de sommeil.

— Je suis vraiment désolée.

Elle posa les mains contre ses pectoraux et se redressa. Cela ne fit que presser le bas de son corps contre l'aine de Gage. Difficile de ne pas remarquer son érection. Il était excité… et elle aussi. Elle ferait mieux de partir avant que la situation ne leur échappe. Mais le regard de Gage la figea net.

Il posa la main sur sa nuque, les yeux brûlant de désir. Il avait envie de l'embrasser, et, à cet instant, il n'y avait rien qu'elle veuille davantage. Alors, elle se pencha vers lui, et il unit leurs lèvres. Son baiser puissant annihila toutes les hésitations qu'elle aurait pu encore avoir.

— Tu te souviens de ce qui s'est passé dans la chambre d'hôtel ? chuchota-t-il.

Son premier véritable orgasme. Comment pourrait-elle l'oublier ? Elle hocha la tête, incapable de parler.

— Nous allons finir ce que nous avons commencé, Gia.

Il l'embrassa encore, lui arrachant de petits gémissements. Une onde de chaleur naquit au creux de son ventre.

Elle ne devrait pas faire cela. Gage n'était pas un homme pour elle. Il ressemblait beaucoup trop à un autre homme qui l'avait abandonnée. Qui l'avait fait souffrir. Un homme charmant, arrogant, trop sûr de lui. C'était un secret qu'elle gardait depuis des années. Un secret très lourd à porter.

Seulement, Gage était trop tentant. Et, hier soir, dans leur chambre d'hôtel, il avait allumé un feu en elle. Il avait commencé quelque chose qu'il leur fallait terminer. Il n'y avait rien de logique là-dedans. Il s'agissait d'un désir brut, charnel. Il s'agissait de sexe, et de plaisir.

Elle passa la main sur sa mâchoire carrée et embrassa sa barbe piquante.

— D'accord, dit-elle doucement.

Il émit un grondement rauque, puis l'embrassa encore. Il n'y avait pas de retour en arrière possible. Elle allait se donner à Gage et elle prendrait tout ce qu'il lui offrirait en retour.

Gage plongea la main dans sa chevelure, libérant ses boucles et les laissant retomber sur ses épaules. Il déboutonna son chemisier, et lorsqu'il en écarta les pans, une lueur brilla dans son regard. Jamais elle ne s'était sentie plus femme qu'à cet instant.

Avec adresse, il lui retira le vêtement et son soutien-gorge, avant d'ôter sa propre chemise et de la jeter au sol. Gianna contempla ses muscles sculptés, ses larges épaules.

— Caresse-moi, dit-il, saisissant ses poignets.

Elle obéit et passa les paumes sur son torse. Il ferma les yeux et gémit de plaisir.

Après cela, il prit ses seins en coupe. Il les embrassa, les massa, lentement, tendrement, jusqu'à ce qu'elle soit au bord de l'explosion. Après quoi, pris par une sorte de frénésie, ils achevèrent de se déshabiller prestement. Ils avaient besoin de se voir, de se toucher, de se goûter.

Il la fit étendre sur le canapé, descendit la fermeture Éclair de son pantalon. Du bout des doigts, il effleura son sexe puis fit glisser le vêtement le long de ses jambes. Elle agita les jambes pour finir de l'enlever, le corps vibrant d'excitation.

Elle décida de lui rendre la pareille. Déboutonnant son jean, elle l'en débarrassa. Puis elle entoura de sa main son sexe dressé. Il arqua les hanches tandis qu'elle le caressait et le goûtait avec ses mains et ses lèvres.

— Bon sang, fit-il entre ses dents.

Avant qu'elle ne termine son exploration sensuelle, il l'interrompit, ramassant son jean sur le sol pour en sortir un préservatif. D'un geste expert, il déroula rapidement la protection sur lui. Elle n'avait pas envie de savoir comment il était devenu si adroit alors qu'elle-même avait très peu d'expérience.

Puis elle se souvint que Gage n'était pas seulement un ami d'enfance. Il était une grande star, continuellement courtisée par de magnifiques femmes. Sans doute. Probablement. *Certainement.*

Lorsque Gage l'embrassa à nouveau, toutes ces pensées s'envolèrent. D'une main, il saisit ses fesses et, de l'autre, il joua avec ses replis sensibles. Elle était déjà moite, mais Gage ne s'arrêta pas là. Ses caresses se poursuivirent jusqu'à ce qu'elle puisse à peine penser et respirer. Elle poussa un cri, le corps secoué de spasmes. Alors, Gage lui donna le coup de grâce. Il lui offrit un nouvel orgasme, encore plus puissant que le premier.

Gage attendit que Gianna revienne sur terre. La voir perdre le contrôle avait été fantastique. Il brûlait de la posséder, et sa patience allait payer. Gianna ignorait à quel point elle était belle, à quel point son manque évident d'expérience l'excitait.

Elle ouvrit les yeux et sourit.

— Ça va, ma belle ?

Elle hocha la tête.

— Mais nous n'avons pas encore fini, dit-elle.

— Loin de là, approuva-t-il en riant.

Il la porta et la mit à califourchon sur lui. Les mains sur sa taille, il l'aida à se placer contre son sexe tendu. Elle glissa sur lui, une fois, puis deux, et il se souleva tant la sensation était délicieuse. Puis elle descendit plus bas, et encore plus bas. Enfin, il fut totalement en elle, et le plaisir brûlant qui le traversa fut presque douloureux.

Il garda les yeux grands ouverts, bien décidé à la contempler. La peau mate de Gianna était couverte d'une fine couche de sueur brillante, et il trouvait cela follement sensuel. Elle ondulait sur lui avec facilité à présent, allant à la rencontre de chacun de ses coups de reins. Elle rejeta la tête en arrière, les cheveux glissant vers son dos, les pointes rosies de seins se dressant vers le ciel.

Il ne pourrait pas tenir très longtemps. Ces ébats étaient les meilleurs qu'il ait connus. Gianna l'excitait plus qu'aucune autre femme. Paradoxalement, il avait une réputation de tombeur alors qu'il n'y avait eu que six femmes dans sa vie. Gianna était la septième. Un chiffre porte-bonheur.

Elle se mouvait avec grâce, à un rythme qui lui était propre. Sans honte et sans retenue, elle lui donnait ce qu'il voulait, roulant des hanches pour lui procurer un maximum de plaisir. Bientôt, il fut au bord du précipice.

Parce qu'il lui en fallait plus, il saisit ses hanches et la guida afin qu'elle ondule plus vite, plus fort. Les yeux clos, elle se laissa faire sans hésiter et suivit le moindre de ses mouvements. Et, quand elle rouvrit les yeux, il vit dans son regard un mélange de surprise et de désir.

— Gage, murmura-t-elle.

Soudain, elle fut secouée de tremblements. Son orgasme puissant était un spectacle magnifique.

Lorsque les spasmes se dissipèrent, Gage la prit dans ses bras et l'allongea sur le canapé. Couvrant son doux visage de baisers, il termina enfin ce qu'ils avaient commencé à Nashville.

- 8 -

Main dans la main, Gage et Gianna traversèrent le hall de l'hôpital et entrèrent dans l'ascenseur. Gage l'attira contre lui. Était-ce pour les apparences, ou parce qu'il en avait envie ? Quoi qu'il en soit, elle était incapable de s'éloigner et de comprendre ce qui se passait en elle. Comment allait-elle pouvoir regarder Rose sans que son expression ne la trahisse ? Comment se comporter après des ébats époustouflants avec un homme ? Elle l'ignorait.

Lorsqu'ils furent devant la chambre, il demanda :

— Tu veux y aller en premier ? Ou tu préfères que nous entrions ensemble ?

— J'y vais en premier.

Une pointe de culpabilité la saisit. Elle ne voulait pas priver Gage de ces instants avec sa mère, mais il lui serait plus facile de faire face à Rose seule. Et puis, maintenant qu'elle éprouvait des sentiments pour Gage, qu'elle n'avait pas envie de nommer, elle devait interroger Rose sur un sujet précis. Une affaire qui concernait son passé. Puisque sa mère n'était plus de ce monde, Rose était son seul espoir d'obtenir des réponses.

Gage hocha la tête.

— D'accord. À tout à l'heure, dit-il, déposant un baiser sur son front.

— Gage ?

— Tout ira bien. Fais-moi confiance.

Mais pouvait-elle faire confiance à Gage Tremaine ? Elle n'en était pas certaine.

Elle entra dans la chambre, accueillie par des odeurs d'alcool et de désinfectant. Des fleurs égayaient la pièce. Des bouquets de marguerites, de tournesols et de roses – beaucoup de roses.

— Gianna, dit Rose avec un sourire affectueux.

Gianna avança et s'assit prudemment au bord du lit.

— Comment allez-vous, Rose ?

Gianna ne l'avait jamais vue si fragile, si meurtrie. On aurait dit un petit oiseau blessé. Rose se redressa en grimaçant.

— Comme tu peux le voir, je me remets. Lentement.

— Je suis désolée pour votre accident. Vous nous avez fait une sacrée frayeur.

— Et je suis désolée pour toi. D'abord, tu as perdu Tonette, et maintenant c'est moi qui suis à l'hôpital. Cela doit te rappeler de mauvais souvenirs.

— Ce n'est pas moi qui ai un bras dans le plâtre et des côtes fêlées. Vous n'avez pas à vous sentir désolée. Vous n'y pouviez rien. Au moins, vous avez sauvé la vie d'un chien.

— Oui, et je le referais sans hésiter.

Gianna s'éclaircit la voix.

— Je vous ai apporté des chocolats. Gage et moi les avons achetés ensemble. Vos préférés.

Elle sortit de son sac une boîte couleur lavande marquée de lettres d'or et la posa sur la table à roulettes.

— Merci. C'est gentil.

Elle tendit la main vers Gianna, qui la recouvrit de la sienne.

— Comment vont les choses entre Gage et toi ?

Gianna sentit son visage s'empourprer.

— Bien. Le voyage à Nashville était agréable. Et l'interview s'est mieux déroulée que je ne l'espérais, ce qui est une bonne chose car c'est la seule que je ferai !

Elle sourit, heureuse de pouvoir discuter avec la meilleure amie de sa mère.

— Vous n'imaginez pas à quel point nous étions inquiets quand nous avons appris votre accident.

— Je serai vite sur pied, rassure-toi. Je suis plus robuste que je n'en ai l'air.

Gianna s'efforça de retenir une montée de larmes.

— Je m'en réjouis.

Elle ne pouvait supporter l'idée de perdre Rose si peu de temps après avoir perdu sa mère.

— Gianna ? Quelque chose d'autre te perturbe ? C'est Gage ?

— Non. Ça ne concerne pas Gage.

Une question la taraudait. Et, maintenant que sa mère était décédée, seule Rose pouvait lui donner une réponse.

— C'est à propos de mon… père.

— Ton père ?

— Oui, mon père.

L'homme qui les avait trahies sa mère et elle. L'homme qui l'empêchait de laisser libre cours à ses sentiments pour Gage.

— Voyez-vous, j'ai trouvé des lettres, il y a des années. Une correspondance secrète entre mes parents. Savez-vous quelque chose à ce sujet ?

Rose soupira.

— Oui, je suis au courant de cette histoire. Je suis la seule personne à connaître la vérité. Et j'ai juré à ta mère de ne rien te dire.

— Rassurez-vous, je sais déjà ce qui s'est passé. J'avais

quinze ans quand j'ai découvert les lettres. Ma mère ne l'a jamais su car je ne lui en ai jamais parlé.

— Pourquoi ? Pourquoi ne pas l'avoir interrogée quand tu le pouvais ?

— Parce que je savais à quel point elle tenait à ce que je croie à sa belle histoire. Une relation parfaite, une famille parfaite. Ma mère ne voulait pas briser mes illusions. Elle ne voulait pas que je me sente coupable du départ de mon père. De sa désertion.

— Il était important pour elle que tu ne ressentes jamais la même peine qu'elle lorsqu'il est parti avec une autre femme. Aussi étrange que cela puisse paraître, elle trouvait plus facile de te faire croire qu'il était décédé d'une mort tragique. Tonette t'aimait tant qu'elle ne voulait pas que la vérité te fasse souffrir.

— Je sais. C'est pourquoi je ne l'ai jamais questionnée. Je ne lui ai jamais demandé des comptes sur ses mensonges. Et puis, ces lettres expliquaient tout. Cet homme ne voulait rien avoir à faire avec elle, ou avec moi.

— Elle comptait tout te révéler quand tu serais adulte. Mais ensuite, elle s'est dit que cela pourrait entraver ta réussite professionnelle. Elle était très fière de ce que tu avais accompli. Peut-être avait-elle peur de te parler.

— Est-ce qu'il est encore en vie ?

— Non, il est décédé il y a plusieurs années. Il s'était installé en Europe où il avait épousé une femme fortunée. Il a continué à écrire à ta mère pendant un an seulement. Ensuite, les lettres ont cessé. Tonette préférait cela car ces courriers lui faisaient du mal. Quand elle a tourné la page, elle était une femme nouvelle. Une femme forte, comme toi.

Rose serra doucement sa main.

— Je suis navrée, Gianna.

— Rassurez-vous, je vais bien. J'ai fait la paix avec cette histoire il y a des années. Mais il y a une question que je me pose. Comment était mon père ? Pouvez-vous me parler de lui ?

— Eh bien… oui. Joie Marino était extrêmement charmant et drôle. Les femmes avaient du mal à lui résister. Mais c'était aussi un être égoïste. Il voulait toujours ce qu'il ne pouvait pas avoir. Et, une fois qu'il l'obtenait, il s'en débarrassait comme d'une vieille chaussette. Tonette est immédiatement tombée sous son charme. Elle l'aimait à la folie, et il lui a brisé le cœur. Ils ont connu trois belles années de mariage. Ensuite, ton père s'est lassé de la vie conjugale. Il était toujours en quête d'attention et voulait à nouveau se concentrer sur sa petite personne.

— Eh bien ! J'avais compris cela d'après les lettres, mais l'entendre de votre bouche rend tout cela bien plus réel.

— Ta mère m'a toujours dit que tu étais la meilleure chose qui lui soit arrivée.

Gianna sentit son cœur cogner.

— Merci, Rose.

— Il n'y a pas de quoi, trésor. Et, pour ce que ça vaut, je pense que tu as bien fait de ne rien dire à ta mère. Elle voulait te protéger.

On frappa doucement à la porte, puis Gage entra.

— Les bavardages entre filles sont finis ? demanda-t-il.

— Entre, dit Rose. Nous avons bien discuté, toutes les deux.

Gianna, échangea un regard avec Rose.

— Oui, en effet, approuva-t-elle.

Elle se leva tandis que Gage embrassait sa mère sur la joue.

— Bonjour, maman. Comment va notre malade ?

— Un peu cabossée mais impatiente de quitter ce lit.

Gage se mit à côté de Gianna et posa le bras sur son dos. Elle s'écarta légèrement pour rompre le contact. Elle ne pouvait pas le laisser la toucher. Pas devant Rose, si perspicace et observatrice.

— Encore un jour et tu pourras rentrer à la maison, maman.

— J'espère bien. Je vais danser au mariage de Cade, bras dans le plâtre ou pas.

— Et je serai le premier à t'emmener sur la piste.

Rose sourit puis lança des regards curieux entre Gianna et Gage. Gianna craignait qu'elle ne pose une question à laquelle ils ne pourraient répondre. Qu'elle ne découvre qu'ils avaient cédé à leur désir. Si tel était le cas, la mère de Gage s'inquiéterait, or ce n'était pas le moment de la perturber.

— Je vais vous laisser discuter tous les deux. Gage, je serai dans la salle d'attente, dit-elle.

Elle déposa un baiser sur la joue de Rose.

— Essayez de vous reposer.

— Promis, Gianna. Merci de ta visite.

— Il n'y a pas de quoi. Je repasserai demain.

— Je n'en ai que pour quelques minutes, dit Gage.

Gianna hocha la tête puis sortit de la chambre.

Elle fit une halte dans les toilettes et s'aspergea le visage d'eau fraîche. Mais cela ne l'aida pas à reprendre ses esprits. Trop de choses tournaient dans sa tête. Et cela l'agaçait de ne pas tout contrôler. En temps normal, elle était plus rationnelle, plus posée. Mais, après avoir fait l'amour avec Gage, elle avait appris quelque chose sur elle-même : elle était vulnérable face à Gage et à son charme. Il lui avait fait connaître des sensations qu'aucun homme ne lui avait fait connaître. Il lui avait donné le sentiment d'être féminine et séduisante, des choses qu'elle n'avait pas crues importantes, ou nécessaires. C'étaient pourtant des sentiments merveilleux.

Mais Gage était-il comme le père de Gianna ? Il n'avait jamais eu de relation sérieuse avec une femme. D'après Lily, il n'avait jamais été amoureux. Était-il trop égocentrique pour faire passer une femme avant lui ?

Dix minutes plus tard, Gage la retrouva dans la salle d'attente.

— Maman se repose, annonça-t-il.

— Tant mieux.

Son esprit fut assailli par des images de Gage, nu et splendide, en train de la caresser, de la faire crier de plaisir.

— Avec un peu de chance, elle pourra rentrer demain, ajouta-t-il.

Elle se leva.

— Tu es prêt à rentrer ? J'ai du travail à terminer.

Gage se fendit d'un petit rire et se frotta le menton.

— Tu es dévouée à ton travail, on ne peut pas le nier.

— Ça, tu le savais déjà.

— Je sais aussi beaucoup de choses sur toi que j'ignorais jusqu'à hier.

Gianna ne releva pas. Elle glissa l'anse de son sac à son épaule et passa devant lui.

— Tu viens ? demanda-t-elle.

Gage la rattrapa en trois enjambées et la prit par la main.

— Je te suivrai partout.

— C'est plutôt l'inverse, non ?

— Après cet après-midi, Gianna, je n'en suis plus si sûr.

D'autres images de Gage splendidement nu surgirent. Elle voulut lâcher sa main, mais il la retint.

— L'hôpital est plein de monde. Ça fait beaucoup de regards sur nous, lui murmura-t-il à l'oreille. Et nous sommes un couple, tu te souviens ?

Il raffermit sa prise sur sa main, la faisant frissonner. Ils jouaient à nouveau la comédie, songea-t-elle en serrant les dents.

Gage était impossible.

Mais il était aussi sexy.

Et charmant.

C'était un mélange explosif.

Gage descendit de l'Aston Martin et vint ouvrir la portière de Gianna, tel un digne gentleman texan. Sur le trajet, ils n'avaient pas beaucoup discuté. Gage avait allumé la radio et fredonné en rythme avec la musique. Il était insouciant et détendu, comme si tout se déroulait selon son plan. Gianna aimerait se laisser porter elle aussi, rien qu'une fois. Mais ce n'était pas dans son ADN. Elle planifiait tout et avait toujours besoin de savoir où elle allait. Seulement, Gage avait bouleversé son monde.

Elle entra dans la maison et alla poser son sac sur le canapé. Tout à coup, elle sentit deux bras puissants enlacer sa taille. Le parfum subtil de Gage taquina ses sens et son souffle chaud caressa son cou.

— Je sais que tu as du travail, murmura-t-il. Mais quand tu auras fini, je serai dans ma chambre.

Elle se retourna entre ses bras pour lui faire face. Son regard avait pris une teinte bleu nuit troublante.

— Gage, nous ne pouvons pas…

Il passa les lèvres sur les siennes. Une fois, deux fois. Il était trop difficile de résister à sa saveur, à la promesse contenue dans ses baisers. Elle s'accrocha à son cou et lui rendit son baiser. Il passa les mains sur elle, lui prodiguant de douces caresses qui la firent frissonner.

Puis il interrompit leur étreinte et recula.

— Je te laisse travailler, Gianna, dit-il d'une voix rauque. Tu sais où me trouver. C'est à toi de choisir.

Sur quoi, il quitta la pièce, la laissant tremblante, les lèvres enflées par son baiser.

Sur des jambes chancelantes, elle gagna sa chambre et s'installa devant son ordinateur. Elle avait une douzaine de pages de notes à compiler pour sa future conférence. Pour la première fois depuis bien longtemps, travailler ne la réjouissait pas. Elle lut les pages dans une sorte d'état second, tentant de mettre de l'ordre dans cette foule d'informations. D'habitude, elle trouvait du réconfort dans ses recherches et aimait créer des listes à puces bien ordonnées.

— Qu'est-ce qui ne va pas chez moi ? marmonna-t-elle.

Inutile d'être un génie pour le savoir.

Gage l'avait éveillée à la sensualité. Il lui avait montré à quoi devrait ressembler l'amour charnel entre un homme et une femme. Sa tête était emplie d'images de lui, de leurs deux corps entrelacés. Pourrait-elle jamais le regarder comme avant ?

Gage n'était pas fait pour elle. Ils étaient diamétralement opposés. Mais Gage lui avait appris une leçon : faire l'amour et être amoureux étaient deux choses différentes. Il lui avait montré que le désir physique n'était pas de l'amour, et qu'il avait plus à voir avec les plaisirs de la chair qu'avec des émotions réelles.

Sur le plan intellectuel, elle le savait déjà. Après tout, elle avait donné de nombreuses conférences sur la nature humaine et sur les relations. Toutefois, jusqu'à hier, elle ignorait qu'elle pouvait être concernée. Savoir que Gage était dans sa chambre, en train de l'attendre, et qu'il était prêt à lui offrir une autre session de… eh bien, de plaisir orgasmique, la déconcentrait totalement.

Elle ferma le clapet de son ordinateur. Elle n'arriverait à rien aujourd'hui. Elle réfléchit une demi-seconde à ce qu'elle allait faire. Puis elle enfila ses bottes, prit une veste légère et sortit de la chambre.

Elle s'arrêta net quand elle vit Gage se diriger vers la cuisine.

— Tu vas quelque part ? demanda-t-il.

— Je sors.

— Où ça ?

— Je sors, c'est tout.

Elle comptait seller un cheval et faire une balade. Une idée stupide… Le soleil était déjà couché, et elle n'était pas une cavalière très expérimentée. De plus, elle ne savait même pas seller un cheval.

Cela ne lui ressemblait pas d'agir sans réfléchir. C'était la faute de Gage. Il lui faisait perdre la tête.

— Tu prends la fuite, Gianna ?

Elle poussa un grand soupir.

— Gage, je ne suis pas un jouet commode avec lequel tu peux t'amuser.

— Tu as raison. Il n'y a rien de commode chez toi, Gianna.

Il n'était pas en train de se moquer d'elle. Pas cette fois.

— Tu as fini de travailler ?

— Non. Je n'arrive pas à me concentrer.

Bon sang, pourquoi avait-elle fait cet aveu ?

Il soupira à son tour et passa la main dans ses cheveux.

— J'allais me préparer une coupe de glace. Tu en veux ? demanda-t-il.

— Non. Oui. Je…

Elle fixa ses muscles hâlés qu'elle apercevait sous le col ouvert de sa chemise.

— Ce n'est pas une question compliquée, Gianna. Soit tu en veux, soit tu n'en veux pas.

Elle reporta son regard sur son visage.

— J'en veux.

Sans un mot, il lui saisit la main et la conduisit dans la cuisine. Elle s'installa à table pendant qu'il sortait deux bacs de glace du freezer. Il attrapa un bol dans le placard, dans lequel il déposa une grosse cuillerée de glace au chocolat et une autre à la fraise, auxquelles il ajouta des noix et un peu de sauce au caramel. Glissant deux cuillères dans le bol, il le posa sur la table.

— Sers-toi, dit-il.

Il posa sur elle ses yeux si bleus, si clairs. Prenant une cuillerée de glace, il émit un délicieux gémissement. Soudain, Gianna n'avait plus envie de crème glacée. Non, ce dont elle avait envie, c'était de faire gémir Gage. Elle voulait mettre de côté ses doutes, pour une fois. Elle voulait céder à son désir et jeter aux orties ses règles strictes.

Cela faisait trop longtemps que son esprit logique se battait contre son cœur vulnérable.

Elle saisit le bol et murmura :

— Suis-moi.

Il eut l'intelligence de ne pas afficher un air choqué. Parfois, Gage semblait la connaître mieux qu'elle ne se connaissait elle-même.

Elle entra dans la chambre de Gage puis se retourna vers lui. Il lui retira le bol des mains, le posa sur une commode, puis enlaça le jeune homme. Ils étaient si près l'un de l'autre qu'ils respiraient le même air. Gianna sentit son cœur battre à se rompre et sourit tandis que Gage la couvrait de baisers exigeants.

— Gia, chérie, je ne pensais pas pouvoir passer une autre nuit dans ce lit sans toi.

— Moi non plus.

Sur ces mots, elle s'abandonna à lui.

Enfin, elle était libre. Elle n'avait de comptes à rendre qu'à elle-même et elle était bien décidée à se laisser aller.

Totalement. Avec Gage Tremaine.

Qui l'aurait cru ?

Gage était étendu à côté de Gianna. Après des ébats mémorables, ils avaient fait une sieste. Ils avaient totalement oublié leur glace, qui s'était transformée en flaque crémeuse dans le bol.

Gianna ne mesurait pas l'effet qu'elle avait sur lui. Son corps, son esprit, ses drôles de lunettes… tout chez elle l'excitait. Et il n'était pas encore rassasié. Cette fois, il avait envie d'y aller en douceur. De lui montrer une autre facette de lui, celle de l'amant nonchalant.

Il passa la main sur la jambe de Gianna, en partant de sa cheville pour remonter doucement jusqu'à sa cuisse. La toucher était instinctif ; ses mains et sa bouche savaient ce qu'elle aimait.

Lorsqu'il effleura du bout des doigts son pubis, elle s'agita. Elle était très réactive à ses caresses.

— Gage, murmura-t-elle, les yeux clos.

— Chut, chérie. Laisse-moi te caresser.

Il remonta vers son ventre plat, suivit le cercle de son nombril. Puis il dériva vers sa poitrine et prit l'un de ses seins ronds et doux dans sa main. Sans hâte, il lui donna du plaisir, taquinant les tétons fermes avec ses mains puis avec sa langue.

Gianna arqua les hanches en gémissant.

Oh ! bon sang ! Ces sons sensuels l'excitaient plus qu'il ne l'aurait cru possible. Son sexe dressé était dur comme la pierre, mais Gage était bien décidé à terminer ce qu'il avait commencé.

Glissant la main sur sa nuque, il lui donna un long et délicieux baiser. Puis un autre, et encore un autre, avec une lenteur délibérée.

Il lui chuchota des mots doux à l'oreille, lui disant à quel point elle était belle, sexy, lui promettant de prendre son temps pour lui faire l'amour.

En guise de réponse, elle émit d'autres sons exquis.

Il s'allongea sur elle, frottant son sexe contre le sien. Elle se cambra comme pour lui demander d'aller plus loin. Alors, il lui donna un peu plus de lui-même. Et encore un peu plus. Elle ondula avec lui, lentement, patiemment. Exerçant sa retenue au prix d'un effort, il s'enfouit en elle peu à peu, pour la laisser savourer les sensations.

Elle agrippa ses épaules, et ils ondulèrent ensemble, sans hâte, le rythme de Gianna épousant le sien. Mais bientôt Gianna serra les lèvres et se raidit. Elle trembla tandis qu'il continuait à la caresser, son orgasme prenant la forme d'une longue vague époustouflante.

Gage atteignit le plaisir suprême à son tour, puis il la serra dans ses bras.

— Merci, dit-elle doucement.

— C'est moi qui devrais te remercier, Gianna.

Il ponctua sa phrase par un baiser. Il n'arrivait toujours pas à croire que Gianna Marino soit un tel trésor caché. Et il avait eu la chance de le trouver

Il ignorait s'il pouvait le garder.

Ou s'il le devait.

— Je ne voulais pas t'empêcher de te rendre à Los Angeles avec Gage.

Rose avait souhaité prendre le thé à l'ombre d'un immense chêne. Cela faisait des jours qu'elle passait sa convalescence dans la maison, et elle avait besoin d'air frais. Installées confortablement sur des chaises de jardin, Gianna et elle contemplaient la vue sur le domaine des Tremaine.

— Je sais que tu devais y aller avec lui. Et Los Angeles est une ville formidable.

— Sans doute, mais je la visiterai une autre fois, dit Gianna.

Los Angeles était peut-être une ville fabuleuse, mais pas autant que la semaine qu'elle venait de passer avec Gage. Quand ils ne faisaient pas de sorties publiques ou ne rendaient pas visite à Rose, ils passaient leur temps dans le pavillon, à faire l'amour matin et soir. Ils étaient apparemment insatiables, et le sexe avec Gage était stupéfiant. Elle adorait se réveiller dans ses bras chaque matin, mais ils avaient décidé qu'il valait mieux qu'elle ne l'accompagne pas en Californie. Ainsi, elle pourrait tenir compagnie à Rose. Lily et Harper étaient débordées par les préparatifs du mariage qui aurait lieu dans à peine un mois. Quant à Cade, il travaillait beaucoup, pour prendre de l'avance en prévision de sa lune de miel.

— Je suis contente d'être ici, avec vous. Et puis, Gage n'a pas besoin de moi. Regan est avec lui, et ils vont surtout œuvrer en coulisses. Rencontrer des producteurs, ce genre de choses. Il me semble qu'il donnera une seule interview. Dieu merci, sans moi.

Rose sirota son thé, l'air songeur.

— Alors, Gage et toi, vous vous entendez mieux à présent ?

Gianna sentit son cœur s'accélérer.

— Eh bien… oui.

Rose scruta son regard.

— Gianna, je ne veux pas être indiscrète. Vous êtes des adultes.

— Ce n'est rien, Rose. Je peux vous assurer que nous continuons à suivre le plan. Tout va bien.

— Tant mieux. C'est tout ce que j'ai besoin de savoir.

Gianna ne comptait pas tomber follement amoureuse de Gage. Ce serait imprudent, et illogique. Gage et elle avaient une aventure, simplement. Une histoire qui durerait encore quelques semaines. Ensuite, chacun reprendrait son chemin.

Elle but une gorgée de thé et sourit. Toutefois, une pensée insidieuse lui vint à l'esprit.

Était-elle en train de mentir à Rose ? Ou, pire, de se mentir à elle-même ?

Gage lui manquait terriblement. Cela faisait déjà vingt-quatre heures qu'il était parti et elle n'avait eu aucune nouvelle de lui. Ce qui était étrange. Elle n'aurait pas cru qu'il l'ignorerait. Après tout, elle était sa fausse fiancée.

— Comment avance ton travail, Gianna ?

— J'ai presque terminé. Je donne une conférence vendredi soir. J'ai l'honneur de participer aux travaux d'été de l'université.

— Je sais que tu as travaillé très dur.

— Le sujet me passionne, alors ce n'était pas difficile.

Gage avait promis de venir, ce qui était gentil de sa part. Mais était-ce pour la soutenir ou pour faire une apparition publique de plus avec elle ?

De retour au pavillon, Gianna passa le reste de l'après-midi à peaufiner son texte. Sa présentation de trois heures comportait une heure entière sur la confiance dans les relations humaines. Exemples et données à l'appui, elle montrerait que la confiance était l'un des facteurs clés pour entretenir une bonne dynamique familiale.

Un sujet qui la touchait de près, étant donné son histoire personnelle. Sa mère avait accordé sa confiance au père de Gianna, qui les avait abandonnées. Tonette avait choisi de cacher ce fait, et Gianna ne pouvait pas le lui reprocher. Mais une petite part d'elle aurait aimé que sa mère se confie à elle.

Son téléphone vibra. Elle venait de recevoir un SMS de Gage. Le cœur battant, elle ouvrit le message.

Très occupé, ça n'arrête pas. Je reste un jour de plus. Je rentre samedi. Désolé de manquer ta conférence. Je me rattraperai. Gage.

Elle sentit des larmes lui piquer les yeux. Ce n'était pas ce que Gage avait dit ou l'aspect laconique de son message qui la blessait. C'était ce qu'il n'avait pas dit. Et le fait qu'il ne vienne pas à sa conférence vendredi soir.

Elle devrait pourtant se réjouir. Si Gage n'était pas là, elle n'aurait pas à mentir ni à faire semblant. Alors, pourquoi était-elle si déçue ? Qu'avait-elle espéré ? Des roses et des chocolats ? Une déclaration d'amour ? Non. Mais, au moins, il aurait pu demander de ses nouvelles. Après tout ce qu'ils avaient partagé, il aurait dû prendre la peine de lui téléphoner.

Dans son esprit, des réponses cinglantes surgirent. *Eh bien, merci de m'avoir accordé une seconde de ton temps.* Ou : *Ne t'inquiète pas pour ma conférence, ça ne fait qu'un été entier que je travaille dessus*. Et la meilleure : *Idiot, mais qu'est*-ce qui ne va pas chez toi ?

Elle n'envoya aucun de ces messages. Au lieu de quoi, elle écrivit simplement :

À samedi. Gianna.

« Le cœur a ses raisons que la raison ignore », comme le disait souvent sa mère.

Gianna n'avait jamais cru à cet adage. Elle était bien trop rationnelle pour cela. Elle n'avait jamais cru que le cœur pouvait prendre le dessus sur la raison.

Jusqu'à maintenant.

Sa mère lui manquait.

Gage lui manquait.

Elle envoya le message puis se pelotonna sur le canapé.

Et elle fondit en larmes.

- 9 -

Assis sur le lit de sa chambre d'hôtel, Gage fixait son téléphone. Il était plus de 22 heures au Texas, et Gianna était sans doute déjà couchée. Il brûlait de composer son numéro, d'entendre sa douce voix. Il avait très envie de lui parler, de lui raconter sa journée. De lui demander comment la sienne s'était passée. Il lui avait envoyé un message à son arrivée à Los Angeles, quelques jours plus tôt. Le SMS ressemblait à un gribouillis, pourtant il avait passé du temps à l'écrire.

Bon sang, sa main tremblait. Cette femme avait un tel effet sur lui… Il ne pouvait pas lui dire simplement : *Bonsoir, je pense à toi. Tu me manques.*

Non. Il ne pouvait pas lui dire cela. Car il ressentait pour elle des choses qu'il ne devrait pas ressentir. Quand il était avec elle, sa volonté s'évaporait et il n'arrivait plus à réfléchir. Mais, maintenant qu'ils étaient séparés, il y voyait plus clair. Gianna et lui étaient très différents. Lui était un musicien insouciant, et elle une intellectuelle raisonnable.

Une intellectuelle très sexy.

Néanmoins, ils étaient diamétralement opposés.

Il avait promis à sa mère d'être prudent avec Gianna, fragilisée par le décès de sa mère, et de ne pas la blesser. Or, qu'avait-il fait ? À la première occasion, il avait trahi cette promesse. Oui, il avait tout gâché.

Quelqu'un frappa à sa porte. Il décida d'ignorer cette intrusion. Mais les coups continuèrent. Résigné, il se leva et enfila une chemise avant d'aller ouvrir.

Il regarda par le judas puis ouvrit la porte à la volée.

— Regan ?

— Bonsoir. J'espère qu'il n'est pas tard.

Il remarqua la bouteille de champagne et les deux flûtes que Regan avait à la main. Elle portait une petite robe moulante en maille et ses boucles blondes tombaient en cascade sur ses épaules.

— Tard pour quoi ?

— Pour faire la fête, voyons !

Elle entra dans la chambre sans attendre d'y être invitée.

— Rassure-toi, personne ne m'a vue entrer.

Recevoir une femme dans sa chambre d'hôtel à cette heure-ci pouvait être mauvais pour son image, même s'il s'agissait de sa manageuse et associée. D'habitude, Regan ne prenait pas ce genre de risques.

— Qu'est-ce qu'on fête ? demanda-t-il.

— Tout, dit-elle, s'asseyant sur le lit. Ton bout d'essai d'aujourd'hui était excellent. J'ai entendu les producteurs en parler. Leah Marie et toi avez une belle alchimie à l'écran. Je crois que tu as décroché le rôle.

— Tu crois, seulement ?

— Eh bien, nous ne pouvons pas en être certains tant qu'ils ne nous ont pas fait d'offre. Mais notre petit plan semble avoir fonctionné. Gianna et toi, vous êtes très convaincants. Les producteurs apprécient le fait que tu épouses une enseignante. C'est une bonne publicité pour le film.

C'était une excellente nouvelle. Alors, pourquoi avait-il soudain l'impression qu'un rocher lui compressait l'estomac ?

— Portons un toast, Gage. Tu veux bien ouvrir la bouteille ?

Cela faisait des années que Regan se démenait pour lui. Sans elle, il n'aurait pas de carrière. Il ne pouvait donc pas refuser de boire à leur succès.

— Volontiers. Un petit verre, ça ne peut pas faire de mal.

Il s'assit à côté d'elle et lui prit la bouteille des mains.

— Gage, tu pourrais sourire un peu. On dirait que tu es en deuil !

Il afficha un sourire pour lui faire plaisir.

— Désolé, je suis un peu fatigué. Nous avons eu une journée chargée.

— C'est vrai, mais j'ai adoré chaque minute. Rappelle-toi, il y a le gala de charité demain soir.

— Je n'ai pas très envie d'y aller. On pourrait se décommander ? Gianna donne une conférence demain, à laquelle j'avais promis d'assister. Ça m'ennuie de ne pas être présent pour elle après tout ce qu'elle a fait pour moi.

— Le rat de bibliothèque comprendra, Gage. Les conférences, ce n'est pas ton genre, non ?

Le « rat de bibliothèque » ? Il n'aimait pas entendre Regan la dénigrer ainsi. Bien qu'il ait affublé Gianna de tas de noms d'oiseaux autrefois, ce n'était qu'un petit jeu entre eux.

— Elle est bien plus que cela, rétorqua-t-il, l'irritation perçant dans sa voix.

Regan le dévisagea et rougit violemment.

— Ne me dis pas que tu es tombé amoureux d'elle ! Gage, elle n'appartient pas à notre monde.

Il baissa la tête. Regan n'avait rien dit qu'il ne sache déjà. Néanmoins, il n'aimait pas qu'on lui rappelle cette vérité.

— Regan, laisse tomber, tu veux ? C'est une amie.

— Une amie, pas ta fiancée. Ne l'oublie pas.

Elle serra sa main.

— Et, oui, nous devons nous montrer à la soirée demain. C'est le gala de Leah Marie. Tu sais à quel point la cause des chats lui tient à cœur. C'est la star du film. Nous devons être gentils avec elle.

C'était avec Gianna qu'il avait envie d'être gentil. Depuis que Regan était entrée dans la chambre, il ne pensait qu'à sa fausse fiancée, et aux choses qu'ils pourraient faire ensemble en ce moment.

Mais, surtout, il avait envie d'entendre sa douce voix.

Vingt minutes plus tard, Regan s'en alla. Gage se réjouit d'être enfin seul. Il avait une longue réflexion à mener à propos de Gianna. Il s'était montré trop froid avec elle. Le SMS qu'il lui avait envoyé était destiné à la tenir à distance. Mais, tout ce que Gage avait réussi à faire, c'était se noyer dans la culpabilité.

Gianna lui manquait. Il avait très envie de lui parler et il avait besoin d'entendre sa voix.

Bon sang, il était vraiment mordu.

La voix de Gage résonna dans son oreille, la sonnerie de son téléphone l'arrachant à un profond sommeil. Elle consulta le réveil sur sa table de chevet. Il était plus de 23 heures. Se redressant d'un bond, elle se mordilla la lèvre. Pourquoi Gage l'appelait-il si tard ? S'était-il passé quelque chose ? Elle saisit son téléphone sur la table de chevet.

— Allô, Gage ?

— Bonsoir, Gia.

Sa voix était douce, tendre…

— Pourquoi m'appelles-tu si tard ? Tout va bien ?

— Oui, tout va bien, chérie. Pardon si je t'ai réveillée.

Chérie ?

— Ça ne fait rien. Je veux dire, je dormais, mais maintenant je ne dors plus alors…

— Comment vas-tu ?

— Moi ? Je vais bien.

— Tant mieux. Excuse-moi de ne pas t'avoir téléphoné plus tôt. Je… je n'ai aucune excuse.

Elle se redressa sur le lit. Parler avec Gage dans le noir lui paraissait très intime.

— Pourquoi m'appelles-tu maintenant ?

— Tu veux la vérité ? demanda-t-il d'une petite voix.

— Si possible, oui.

Elle n'allait pas le laisser s'en tirer aussi aisément.

— Tu me manques. J'avais besoin d'entendre ta voix, Gia.

Elle ferma les yeux. Mesurait-il l'effet qu'il avait sur elle ? Savait-il que son aveu emplissait son cœur de joie ?

— Pourquoi, Gage ? Pourquoi maintenant ?

— Parce que je me suis comporté comme un mufle. J'essayais de tenir une promesse que j'ai faite.

— Quelle promesse ?

— Celle de ne pas te blesser.

— Ah. Tu as promis à ta mère de ne pas me blesser et tu as pensé que me repousser était la solution ?

— Je n'ai jamais voulu te repousser. Simplement, quand je suis arrivé à Los Angeles, j'ai pensé qu'il valait mieux que nous limitions nos contacts. Je croyais bien faire. La première minute a été facile, mais ensuite cela a été une torture.

— Qu'est-ce que tu es en train de dire ?

— Que je n'aurais jamais cru éprouver ça. Cette folle attirance pour toi.

— Moi non plus, je n'aurais jamais cru éprouver cela.

— Tu me manques terriblement, Gianna. J'aimerais tant que tu sois avec moi à cet instant.

Elle ne savait que penser. Était-ce la partenaire sexuelle qui lui manquait ? Ou Gage parlait-il avec son cœur ?

— Tu me manques aussi, murmura-t-elle.

— Tant mieux.

— Tant mieux ? répéta-t-elle avec un petit rire. Pourquoi ?

— Gianna, il y a des choses que je veux te dire. Mais pas au téléphone. À mon retour, nous aurons une discussion.

L'espoir et la promesse dans sa voix la surprirent. Des larmes lui montèrent aux yeux.

Et soudain elle comprit.

Pourquoi ses émotions étaient des montagnes russes.

Pourquoi elle avait été si en colère contre lui.

Elle aimait Gage. Elle était tombée amoureuse de son ennemi d'enfance, de l'adolescent qui s'était moqué d'elle sans relâche, de l'homme qui avait fait vibrer son corps.

Elle aimait Gage Tremaine. Cette révélation ouvrait des possibilités infinies.

— Tu es fatiguée ? demanda-t-il.

Plus maintenant.

— Non.

— Et tu es au lit ?

— Oui.

— Qu'est-ce que tu portes, chérie ?

— Tu veux vraiment le savoir ?

— Je t'imagine dans ton T-shirt de l'université. Ou plutôt, je m'imagine te le retirer et caresser ta peau douce.

Une vague d'excitation l'envahit.

— Gage ?

— Je suis désolé, Gia. Mon esprit s'emballe.

— Ça me plaît, murmura-t-elle.

— Je sais. Tu as envie de faire quelque chose de fou, là, maintenant ?

Avec lui ?

— Oui. Qu'est-ce que tu as en tête ?

— Pour cette fois, mets ton esprit brillant en veilleuse et concentre-toi sur… *les sensations*. Tu es avec moi, Gia ?

Des frissons dansèrent sur sa peau.

— Je suis avec toi, Gage.

À cent pour cent.

Et son cœur débordait d'amour, la rendant plus vulnérable que jamais.

Perchée sur l'estrade de l'amphithéâtre, Gianna regardait les étudiants, plus nombreux que prévu, prendre place sur les sièges. Elle n'était pas assez naïve pour penser que sa conférence sur les études familiales était la seule raison de leur présence. Une bonne partie d'entre eux étaient ici par curiosité. Ils voulaient voir la femme qui avait conquis le cœur du grand chanteur de country Gage Tremaine. Ils tenaient à voir celle qui avait apprivoisé le *bad boy*. Elle sourit en son for intérieur. Qui avait apprivoisé qui hier soir pendant leur conversation téléphonique, cela restait à déterminer. Quoi qu'il en soit, les étudiants étaient là et, avec un peu de chance, ils apprendraient une chose ou deux.

Dès qu'elle pensait à Gage, son cœur battait à coups redoublés. Il lui avait téléphoné tout à l'heure pour lui souhaiter bonne chance. Pour lui dire qu'il aurait aimé être présent, mais que, selon Regan, le gala de charité était trop important pour être manqué. Gianna l'avait volontiers excusé. Le seul fait de savoir qu'il se souciait d'elle lui suffisait.

Assises au premier rang, Lily et Harper lui firent des

petits signes de la main, auxquels elle répondit par un sourire.

Lorsque la salle fut pleine et que les portes furent refermées, Gianna prit une grande inspiration. Ses mois de dur labeur étaient sur le point de payer. Derrière elle se trouvait un écran sur lequel s'afficherait son diaporama.

— Bienvenue à tous, dit-elle dans le micro. Avant tout, je tiens à vous remercier d'être venus. Je sais que nous sommes en été et que vous avez bien d'autres choses à faire, alors votre présence signifie que le sujet vous intéresse. Ce soir, nous allons aborder les relations avec les proches, les dynamiques familiales, et la façon dont le monde en perpétuel changement complique et influence l'unité familiale. Nous aborderons l'importance de la compréhension, de la confiance et de la vérité, en nous appuyant sur des exemples tirés de la vie réelle et en examinant comment les existences sont souvent marquées par ces trois notions. Je commencerai par évoquer la puissance de la compréhension…

Gianna poursuivit, soulignant les aspects les plus importants de sa démonstration en utilisant les graphiques de son diaporama.

Quand elle arriva à la moitié de sa démonstration, elle accorda aux étudiants une pause de dix minutes. Tandis qu'elle rassemblait ses notes, son collègue Timothy Bellamy vint la féliciter pour son travail. Elle respectait son opinion, et ses compliments la flattaient. Mais elle se rendit compte que ce qu'elle avait pu éprouver pour lui était insignifiant comparé à ce qu'elle ressentait pour Gage. Un brillant professeur d'université *versus* un séduisant chanteur de country ? C'était peut-être ainsi que la plupart des gens verraient la situation. Mais désormais Gage était bien plus pour elle. Contre toute attente.

Lorsqu'elle eut terminé sa brève conversation avec Timothy, Lily et Harper la rejoignirent sur l'estrade.

— Tu t'en sors très bien, fit Lily. Et j'ai appris des choses.

— Je m'en réjouis, dit Gianna. Alors, je ne vous ennuie pas trop avec toutes ces statistiques ?

— Pas du tout, assura Harper. C'est réellement captivant. Qui aurait cru que la confiance était l'élément le plus important dans une relation ?

— Moi aussi, j'ai été surprise de l'apprendre, enchérit Lily. Les dix minutes sont presque écoulées, Si nous allions dîner quelque part après ta conférence ?

— J'en serais ravie, mais il y a Rose, objecta Gianna.

— Cade dîne avec elle ce soir, confia Harper. Elle n'est pas seule.

— Dans ce cas, d'accord. Et, les filles, merci d'être venues ce soir. Cela me touche beaucoup.

Gianna reprit sa présentation, la seconde partie de la conférence se déroulant sans accroc ni difficultés particulières. Ensuite, elle prit le temps d'échanger avec les étudiants. Certains avaient des questions, d'autres souhaitaient simplement la remercier pour cette « brillante conférence ». Ces compliments récompensaient son travail acharné.

Après quoi, Lily, Harper et elle quittèrent l'amphithéâtre. Gianna était impatiente de fêter sa réussite avec ses amies. Elle s'autoriserait peut-être un cocktail fruité et savoureux, mais un seul. Gage approuverait sûrement.

Alors qu'elles sortaient de l'université, un car de reportage s'arrêta. Plusieurs personnes en sortirent et prirent des photos de leur trio. Gianna n'avait aucune idée de ce qui se passait. Elle interrogea Lily et Harper du regard, qui ne semblaient guère plus informées. Toutes les trois restèrent là, immobiles tandis que les journalistes encerclaient Gianna, glissant leurs micros sous son nez et la bombardant de questions.

— Professeur, un commentaire sur le fait que votre fiancé vous trompe ?

— Étiez-vous au courant de sa liaison avec Leah Marie ?

— Avez-vous vu la photo ? ajouta un autre.

Des étudiants intrigués approchèrent, et soudain Gianna et ses amies furent entourées par une foule importante.

— Ne venez-vous pas de donner une conférence sur les relations, professeur ? demanda une journaliste.

Les questions s'enchaînaient, et Gianna ne savait toujours pas de quoi il était question. Harper, qui avait eu plusieurs fois affaire aux paparazzis, prit son téléphone et trouva une photo sur un réseau social.

— Peut-être que c'est de ça qu'ils parlent, trésor, glissa-t-elle d'une voix compatissante.

Gianna regarda le cliché. Gage et la célèbre actrice Leah Marie s'embrassaient sur la bouche. Deux grandes stars qui échangeaient un baiser, ne laissant pas de place au doute. Les photos ne mentaient pas. Pas celle-ci, en tout cas.

Gianna se sentit pâlir et se mit à trembler. Elle ignorait si ses tremblements étaient uniquement internes ou s'ils étaient visibles. Peu importait. Elle avait le cœur lacéré, et la douleur était presque insupportable. Pourquoi Gage lui avait-il téléphoné hier soir, et ce matin ? Pour s'assurer qu'elle continuerait à jouer la comédie de la fausse fiancée ? Pour faire en sorte qu'elle soit docile ?

Oh ! Seigneur.

Lily et Harper l'entouraient et la soutenaient. Malgré tout, elle avait envie de disparaître sous terre.

Pourquoi Gage lui avait-il fait cela ?

Pourquoi n'avait-il pas pu attendre que leur petite mascarade soit finie ?

Pourquoi l'avait-il humiliée ainsi ?

— C'est peut-être un baiser innocent, Gianna, lui chuchota Harper à l'oreille. Ne tire aucune conclusion tant que tu n'as pas parlé avec Gage.

Lily lui prit la main.

— Mon frère ne ferait pas une chose pareille. Il doit y avoir une explication.

L'image de Gage embrassant Leah Marie lui nouait le ventre. Mais elle devait répondre aux questions indiscrètes des journalistes. Sinon, ils ne la lâcheraient plus

Tiens-t'en au plan, lui souffla sa raison. *Attends de parler avec Gage*. C'était d'ailleurs ce que Lily et Harper lui conseillaient de faire.

— Qu'avez-vous à déclarer, professeur ?

Bien que la douleur la tenaille, elle redressa les épaules et rassembla son courage.

— J'ai confiance en mon fiancé, déclara-t-elle. Gage est un homme respectable. Vous avez tort de faire toute une histoire de cette photo.

— Donc, vous pensez qu'il ne vous trompe pas ?

— Oui. Il se trouvait à un gala de charité, pour faire une bonne action.

— Votre conférence de ce soir ne portait-elle pas sur la confiance ?

— Si, en partie. J'ai foi en Gage, dit-elle, mettant à profit ses talents d'actrice nouvellement découverts. Nous avons une entière confiance l'un en l'autre.

Lily et Harper glissèrent chacune un bras sous le sien et l'éloignèrent des journalistes. Ces derniers ne les suivirent pas. Ils avaient obtenu ce qu'ils voulaient d'elle : l'affirmation de sa loyauté indéfectible envers Gage. Une loyauté en laquelle elle ne croyait pourtant plus. Lorsqu'elles furent dans la voiture, Lily écrasa la pédale de l'accélérateur, pour fuir au plus vite les vautours.

Le téléphone de Gage sonna, l'arrachant à un doux rêve où figurait Gianna. Quand il décrocha, il eut la surprise d'avoir en ligne Cade et Lily. Ils le houspillèrent aussitôt, sans que Gage comprenne pourquoi. Il lui fallut un instant pour reprendre ses esprits.

— Attendez, de quoi parlez-vous ?

— Une photo de toi en train d'embrasser Leah Marie circule ! tempêta Lily. Elle est partout sur les réseaux sociaux et elle donne une très mauvaise image de toi. Je viens de t'envoyer le cliché en question. Jettes-y un coup d'œil. La pauvre Gianna a été harcelée par des journalistes devant l'amphithéâtre hier soir. Elle est très secouée, mais en digne battante, elle t'a défendu.

Mince. Il aurait voulu protéger Gianna de ce genre d'épreuves.

— D'accord. J'ignore ce qui se passe. Je rentre dès que je peux. Et, sachez-le, il ne s'est rien passé avec Leah Marie. Je vous l'assure.

— Eh bien, ce n'est pas à nous qu'il faut le dire, mais à Gianna. Elle est bouleversée. Et c'est peu de le dire.

— Je vais lui parler. Je lui expliquerai tout.

Gage réserva le premier vol pour le Texas, et tandis qu'il était en route pour l'aéroport, son téléphone sonna de manière continue. Il reçut des dizaines de messages portant sur sa supposée liaison avec la célèbre actrice et vedette du film *Un dimanche dans le Montana*. Le cliché avait été pris à un moment précis de la séance de photos précédant le gala et donnait l'impression d'un baiser bien plus ardent que ce qu'il n'avait été. À la vérité, ce n'était qu'une bise d'une seconde, montée en épingle.

Pendant le trajet en avion, il lut tout ce qu'il put trouver sur Internet concernant l'incident, mais ce qui l'irrita le plus fut de voir la vidéo de Gianna assaillie par les journalistes devant l'amphithéâtre. Ces ordures l'avaient harcelée pour obtenir un commentaire. Fidèle à elle-même, Gianna n'avait pas fléchi. Elle avait défendu Gage avec des mots si puissants qu'il avait été ému aux larmes. Elle avait été parfaite.

Rien de tout cela n'aurait dû se produire. Cette photo était un mensonge, un coup publicitaire méprisable, sans doute. À présent, sur les réseaux sociaux, certains prédisaient la fin de son couple. Gage s'inquiétait surtout pour Gianna. Elle ne répondait pas à ses appels.

Quand il arriva enfin à la propriété familiale, il décida de ne pas frapper à la porte du pavillon. Au lieu de quoi, il utilisa sa propre clé et entra. Gianna était assise à la table de la cuisine, en train de boire un café.

Le calme des lieux était étrange. Gianna semblait être l'incarnation de la sérénité tandis que lui avait les nerfs à vif.

Il approcha, respirant une bouffée de son parfum, mélange floral de gel douche et de shampoing. Ses cheveux étaient ramassés en un chignon, comme d'habitude ; elle portait un bas de jogging gris et un débardeur tout aussi terne. Pourtant, il la trouva magnifique.

Il s'assit face à elle. Enfin, elle leva les yeux vers lui. Derrière ses lunettes, son regard était empreint de tristesse, et il en fut bouleversé.

— Gianna, rien de tout cela n'est vrai. Tu me connais, jamais je ne te ferais une chose pareille.

— Je ne suis plus sûre de te connaître, Gage, répondit-elle d'un ton détaché.

Mais ses yeux trahissaient son émotion.

— J'ignore qui a pris cette photo, mais c'était totalement innocent, argua-t-il. Leah aime flirter et, avant que je m'en rende compte, elle avait ses lèvres sur les miennes. Mais ça n'a duré qu'une seconde. Quand je me suis écarté, elle a plaisanté en disant que ma fiancée serait furieuse.

Il s'éclaircit la voix.

— Et c'est le cas, dit-il.

Elle lui lança un regard surpris.

— Je veux dire, elle sait que je suis... que nous sommes fiancés

— Mais nous ne le sommes pas. Tout est faux, Gage. J'ai l'impression d'être un escroc.

— Écoute, je suis vraiment navré que tu aies dû subir ce que tu as subi hier soir.

Il voulut lui prendre la main, mais elle la retira.

— Ces journalistes n'auraient jamais dû te passer sur le gril. Ce n'était vraiment rien.

— Rien ? J'ai été humiliée devant mes étudiants, Gage. Devant tout le monde. J'avais consacré tant d'efforts pour... Peu importe.

Elle porta sa tasse à ses lèvres.

— Je sais à quel point tu as travaillé dur ces dernières semaines. Tu as été fantastique. Tu *es* fantastique. Et je suis désolé. Mais ce genre de choses n'arrivera plus jamais. Je te le promets.

— Tu ne peux pas faire une telle promesse, Gage. Tu es une star. Tu es constamment observé. Je t'ai promis que je t'aiderais, donc je ne vais pas revenir sur ma parole, mais je ne me soumettrai pas à une autre humiliation. Notre cohabitation est terminée.

Il émit un rire incrédule, qui lui valut un regard noir.

— Je suis sérieuse, Gage. Nous avons joué les gentils petits couples, mais cela prend fin aujourd'hui.

— Comment ça ?

— Je veux que tu déménages. Que tu retournes vivre dans la maison principale. Nous ne nous verrons que pour les événements publics. Dans quelques semaines, comme prévu, nous romprons officiellement.

— Non, protesta-t-il.

Il sentait son cœur tambouriner dans sa poitrine. L'idée de perdre Gianna lui coupait le souffle. Elle n'était pas sérieuse, non ?

— Gianna, tu as perdu la tête.

— Non, Gage. Au contraire, je réfléchis de façon logique. C'est la seule façon de continuer cette comédie.

— J'aimerais que tu cesses de tout analyser.

— Je ne peux pas, Gage, c'est dans ma nature. Voilà pourquoi cela ne peut pas marcher entre nous. Nous sommes totalement opposés. C'est mieux ainsi. Bien entendu, je ne serai plus ta partenaire sexuelle.

— Ma... quoi ?

Était-ce ce qu'elle pensait ? Eh bien, elle se trompait. Il n'avait jamais pensé à elle en ces termes. Pas une seule fois.

— Tu m'as bien entendue.

— Je t'ai entendue, mais je ne te crois pas. Je... ce que nous vivions ensemble était exceptionnel. J'ai cru que tu ressentais la même chose. J'ai cru...

— C'est difficile pour moi, l'interrompit-elle. Tu veux bien t'en aller ?

— Tu me mets à la porte de ma propre maison ?

Elle l'observa calmement.

— En effet, c'est ta maison. Si tu refuses de t'en aller, c'est moi qui partirai. Je retournerai dans mon appartement.

— Non ! Je ne veux pas que tu t'en ailles.

Il ne pouvait pas la laisser partir. Il fallait qu'elle reste ici. Parce qu'il avait besoin de la voir tous les jours.

— C'est moi qui pars, déclara-t-il. Mais avant, je tiens à te remercier de m'avoir défendu et d'avoir défendu notre couple. Ce n'était pas facile, mais tu as tenu bon face aux journalistes. Tu as respecté ta part du contrat. Et je t'en suis infiniment reconnaissant.

— J'ai au moins cela pour moi. Je suis loyale, comme un stupide petit chien.

Elle se leva et quitta la cuisine, le laissant seul.

Bon sang. Jamais il n'avait été amoureux auparavant, mais si c'était à cela que cela ressemblait, c'était terrible.

De retour dans la maison principale, Gage était assis sur son lit, sa valise non défaite à côté de lui.

Sa mère apparut sur le seuil de sa chambre.

— Tu reviens t'installer ici ? demanda-t-elle.

— On dirait bien.

— Ce baiser a fait la une des journaux.

— Je n'ai pas embrassé Leah. C'est elle qui m'a embrassé. Et ça a duré une seconde, maman. Je n'y pensais même plus, jusqu'à ce que Cade et Lily me passent un savon ce matin.

— Alors, Gianna t'a fichu à la porte ?

Il tressaillit.

— On peut dire ça.

— Tu n'as pas l'habitude que les femmes te tiennent tête.

— Qu'est-ce que je suis censé comprendre ?

— Que j'ai des yeux pour voir, mon fils. J'ai vu la façon dont vous vous regardez, Gianna et toi. Tu tiens à elle. Peut-être même que tu es amoureux d'elle.

Gage passa la main dans ses cheveux.

— Je ne sais pas, maman. Je n'ai jamais été amoureux jusqu'à maintenant.

Sa mère vint s'asseoir à côté de lui.

— Comme tu le sais, je pense que Gianna est une femme exceptionnelle. Je t'ai fait promettre de ne pas lui faire de mal. Mais je crois que tu n'as pas tenu cette promesse.

— Les choses sont arrivées comme ça. Je ne suis pas un saint, mais je ne voulais surtout pas la blesser. Elle m'a intimé de partir, et c'est ce que j'ai fait.

— Si tu peux vraiment être heureux sans elle, alors laisse-la s'en aller. Mais si tu as des sentiments forts pour elle, agis, Gage. Lily m'a dit qu'un professeur de l'université s'intéressait à Gianna.

— Ah ?

Un sentiment de jalousie le tenailla aussitôt. Imaginer Gianna avec un autre homme lui déchirait le cœur.

— Apparemment, il était à la conférence, poursuivit Rose. Lily l'a vu discuter avec elle. Leur histoire était sur le point de commencer quand tu as demandé à Gianna de te rendre un immense service.

— Elle ne m'en a jamais parlé.

— Ce n'est pas son genre. Et puis, je crois qu'elle est tombée amoureuse de quelqu'un d'autre. Un homme digne de son amour.

— Maman, si c'est un sermon, il n'est pas très convaincant.

— Je veux juste que mes enfants soient heureux.

— Gianna ne veut plus rien avoir à faire avec moi.

Sa mère secoua la tête.

— J'en doute. Tu t'es montré égoïste, mais tu peux réparer tes torts. À mon avis, elle attend que tu fasses un geste, que tu lui prouves que tu tiens à elle.

— Je ne peux pas la porter par-dessus mon épaule comme un homme des cavernes.

— Non, mais tu pourrais être son chevalier blanc, pour changer. Pense à toutes les fois où elle t'a aidé.

Il acquiesça d'un signe de tête. Sa mère avait raison.

— Comment faire ?

— Tu es assez intelligent pour le découvrir tout seul, Gage. J'ai confiance en toi.

Il passa la main dans ses cheveux. Gianna lui manquait tant que c'en était physiquement douloureux.

— Je vais te laisser, déclara Rose. Pour que tu puisses réfléchir.

Gage la regarda partir et soupira.

Pourquoi les femmes le laissaient-elles à sa solitude ces derniers temps ?

Gianna était attablée avec les Tremaine. C'était la première fois depuis deux jours qu'elle revoyait Gage. Il était hors de question qu'elle laisse sa peine paraître devant le reste de la famille. Elle avait déjà été assez humiliée et elle avait besoin de leur montrer qu'elle allait bien.

Il était logique qu'elle dîne avec la famille de Gage. Elle n'allait pas laisser ce qui s'était passé entre eux détruire sa longue relation avec les Tremaine. Elle leur faisait confiance ; ils la soutenaient. Cela dit, elle avait fait confiance à Gage aussi, et pour quel résultat ?

— Je suis impatiente que le mariage arrive, lança Lily. Plus que quelques semaines.

— Moi aussi, enchérit Harper. Il me tarde d'être mariée, mais je me sens un peu débordée. Heureusement pour nous, Gianna a proposé de nous aider.

— C'est très gentil, ma chère, approuva Rose.

— Lily, tu auras un cavalier ? demanda Harper.

— Moi ? Eh bien… je ne sais pas encore. Peut-être.

— Je suis sûre que Nathan serait ravi de t'accompagner, avança sa mère. En tant qu'ami, naturellement.

Lily rougit.

— Nathan a une petite amie.

Cade et Gage échangèrent un regard. Il se passait quelque chose avec Nathan, mais les deux hommes gardèrent leurs lèvres scellées.

— Ah, je l'ignorais, lança Harper. La dernière fois que j'ai discuté avec lui, il m'a dit qu'il viendrait seul au mariage.

— Je ne vais pas lui demander d'être mon cavalier, alors inutile d'en parler, répliqua Lily pour clore le sujet.

Dommage – le mariage était un sujet de discussion sûr. Pendant le dîner, Gianna avait pris soin de ne pas regarder dans la direction de Gage trop souvent, mais chaque fois que cela arrivait, il avait un air sombre.

Après le dîner, Gianna regagna tranquillement le pavillon à pied. L'air du soir était frais et les criquets chantaient leur sérénade. Derrière elle, elle entendit des pas rapides sur la route pavée.

— Gianna ! Attends !

— Laisse-moi, Gage.

Elle continua de marcher. Ses émotions étaient sens dessus dessous, et discuter avec Gage ne ferait qu'empirer la situation.

Il la rattrapa rapidement.

— Je veux juste te dire une chose. Ensuite, je te laisserai tranquille.

Elle se retourna vivement vers lui. Il n'était qu'à quelques centimètres, et une bouffée de son eau de toilette parvint jusqu'à elle. Sa barbe de trois jours et ses cheveux ébouriffés étaient fichtrement sexy. Elle recula d'un pas pour remettre de la distance entre eux.

— Que veux-tu me dire ? Je suis au courant pour ton interview de demain matin. J'y serai.

Elle n'avait pas envie de s'y rendre, mais, depuis l'apparition de la photo de Gage et Leah Marie sur les réseaux sociaux, Gage croulait sous les invitations. L'émission *Juliet Matin* étant réputée pour être juste envers Gage, Regan l'avait poussé à accepter leur demande d'interview. Gianna était censée l'accompagner dans les coulisses. Après tout, elle était toujours sa fausse fiancée.

— Et je t'en remercie, mais il ne s'agit pas de ça.

Il prit sa main, son regard cherchant le sien.

— Je donne un concert à l'université, dit-il. Toutes les recettes iront à Apprentissage et Alphabétisation.

Gianna fut abasourdie.

— Comment ça ?

— Regan ne pensait pas que l'on pourrait tout organiser si vite, mais le concert aura lieu ce week-end. Les musiciens joueront gratuitement. Les billets seront vendus au prix de dix dollars, alors, les étudiants et tous ceux qui voudront être présents pourront se le permettre. Nous allons récolter beaucoup d'argent pour ta fondation.

C'était un geste si généreux... Des larmes piquantes lui brûlaient les yeux, mais elle refusait de pleurer.

— Gage, je... je ne sais pas quoi dire. Pourquoi fais-tu cela ?

— Je le fais pour toi, Gianna. Parce que ça a du sens pour toi. Et que cela aidera beaucoup d'enfants. Je regrette juste de ne pas y avoir pensé plus tôt.

— C'était ton idée ? Pas celle de Regan ?

— Oui, c'est mon idée. Je l'ai trouvée tout seul.

Cherchait-il uniquement à redorer son blason ? Elle ne pourrait jamais le savoir. Mais elle vit dans ses yeux le désir sincère de lui faire plaisir. Peu importaient les motivations de Gage. L'œuvre de bienfaisance préférée de Gianna en bénéficierait, et c'était formidable.

— Gianna, j'espère que tu sais à quel point je tiens à toi.

Elle hocha la tête, bien qu'elle ne soit pas sûre de le croire.

— Merci, Gage. Je suis très surprise, et reconnaissante.

Elle l'embrassa sur la joue.

Sur quoi, elle fit volte-face et fila vers le pavillon.

Pour fuir Gage.

Et pour fuir les émotions qui menaçaient de la submerger.

Dès qu'ils sortirent de la voiture, Gage prit la main de Gianna et maintint le contact tandis qu'ils marchaient vers la station de télévision. Il portait un stetson noir ainsi qu'une élégante chemise beige et une cravate texane. Son assurance et son charisme ajoutaient à son aura de star. Juste avant d'aller sur le plateau de *Juliet Matin*, il embrassa Gianna en coulisses.

Pendant l'interview, il géra brillamment l'incident Leah Marie, réaffirmant qu'il s'agissait d'une simple bise amicale. Une vidéo de la scène était apparue sur les réseaux sociaux, dans laquelle on pouvait constater que le baiser avait duré une seconde, ce qui avait coupé court aux rumeurs de liaison. Gage profita de l'entretien pour promouvoir le concert qu'il donnerait à l'université. Il expliqua comment obtenir des billets et offrit même d'organiser une rencontre avec les fans avant le concert afin de lever des fonds supplémentaires. Il sut séduire le public comme le présentateur. La plupart des gens le trouvaient admirable. Mais Gianna jugeait son côté charmant suspect. Il pouvait le faire apparaître et disparaître à volonté. Qui était le vrai Gage ? Le savait-elle ?

Ils venaient de deux mondes très différents, et pourtant elle était tombée amoureuse de lui.

Comme bien des admiratrices.

Les femmes l'aimaient, les hommes s'identifiaient à lui. Il était talentueux, beau et séduisant. Mais il était aussi têtu, agaçant et…

Gage prononça son prénom, interrompant le fil de ses pensées.

— Gianna est une femme extraordinaire, dit-il au présentateur. J'ai de la chance. Nous espérons nous marier dès que nos emplois du temps nous le permettront.

Ces paroles la laissèrent bouche bée. Si seulement elles étaient vraies… Gage était très doué pour le mensonge. Il n'avait jamais parlé d'avenir avec elle. Et pourquoi l'aurait-il fait ? Ils avaient conclu un accord. Cette comédie prendrait fin dès que la réputation de Gage serait restaurée.

Ensuite, peut-être, la vie de Gianna reviendrait à la normale. Quoi que cela veuille dire.

Après l'interview, Gianna et Gage serrèrent quelques mains avant de quitter la station. Gage lui ouvrit sa portière et elle s'installa sur son siège, heureuse de ne plus avoir à faire semblant.

— J'aimerais passer par l'université, annonça Gage. Pour voir le lieu où se déroulera le concert. Ça ne t'ennuie pas ?

— Regan ne s'en est pas occupée ?

— Si. Elle a rencontré les coordinateurs de l'événement, mais cela fait un moment que je ne suis pas allé sur le campus. J'aimerais y retourner. Et puis, quel meilleur guide que toi ?

Elle ne pouvait décemment pas refuser. Quelles que soient ses motivations, Gage faisait une bonne action avec ce concert.

— D'accord, mais il faut que je sois rentrée pour

14 heures. J'ai promis d'aider Harper et Cade pour les préparatifs de leur mariage.

— 14 heures ? Ça nous laisse le temps de déjeuner. Je meurs de faim.

Elle n'avait pas envie de déjeuner avec lui. Mais comment décliner sans paraître impolie ?

— D'accord,répondit-elle.

Ils achetèrent des sandwichs dans un snack et les emportèrent pour les manger à l'université.

Le campus était l'endroit où elle se sentait en sécurité, où elle avait ses repères. Elle ne pouvait s'imaginer enseigner ailleurs. Elle adorait l'université et ses étudiants. De bien meilleure humeur à présent, elle fit faire à Gage le tour du campus, y compris le bâtiment dans lequel elle donnait ses cours. Après cela, Gage prit une couverture dans sa voiture et l'étala sur la pelouse à l'ombre d'un peuplier de Virginie. Ils s'assirent dessus pour déjeuner.

Gianna mordit dans son sandwich.

— C'est délicieux, dit-elle.

— Je ne suis pas le seul à avoir un bon appétit, on dirait. Tu es en train d'engloutir ce sandwich. Et avec peu d'élégance.

— Tu es un vrai mufle, rétorqua-t-elle, lui donnant une tape sur le bras.

Il gloussa et saisit sa main, l'attirant vers lui.

— Mais je suis *ton* mufle.

Elle reprit aussitôt son sérieux.

— Non. Tu ne peux pas être à moi. Nous sommes trop différents.

— Quelle importance que nous soyons différents ? Ce qu'il y a entre nous est unique, Gia.

Il posa les lèvres sur les siennes, lui coupant le souffle. Son cœur se mit à battre si fort qu'elle se demanda si les gens autour d'eux pouvaient l'entendre. Le baiser l'emplit de chaleur, de désir, et de tout ce qu'elle s'était évertuée à oublier.

Ce fut la sonnerie de son téléphone qui les interrompit. Elle jeta un coup d'œil à l'écran et constata qu'elle avait reçu un SMS de Timothy Bellamy.

— Qui est-ce ? demanda Gage d'un ton brusque.

— Personne. Juste un ami.

Elle reposa son téléphone sans ouvrir le message. Ses lèvres picotaient encore après le baiser de Gage.

— Qui ? insista-t-il.

— Le professeur Timothy Bellamy. Un collègue.

— Il t'intéresse ? lança-t-il d'un ton sec.

— Après le baiser que nous venons d'échanger, comment peux-tu me poser cette question ?

— Je le peux parce que tu m'as mis à la porte, au cas où tu l'aurais oublié.

— Il n'a rien à voir avec… nous. Toi et moi, nous sommes un faux couple. Ça n'est pas réel. Et ça ne le sera jamais.

— Pourquoi, Gianna ? Pourquoi est-ce que tu résistes tant ?

Il la pressait de questions. Peut-être que si elle lui révélait la vérité, Gage comprendrait.

— J'ai peur que tu sois comme mon père, dit-elle calmement.

Il parut déconcerté.

— Comment ça ? Tu peux être plus précise ?

Gianna passa les dix minutes suivantes à lui relater l'histoire de son père, et les mensonges que sa mère lui avait racontés pour la protéger de la vérité. Et elle le compara, peut-être de manière injuste, à son père infidèle. Un homme séduisant et plein de charme, un homme qui semblait toujours s'en sortir dans la vie sans tenir compte des gens qu'il blessait.

Gage l'écouta attentivement, l'air compatissant.

— Je suis désolé que Tonette et toi ayez traversé tout cela. Je n'étais pas du tout au courant. Mais je n'ai rien à voir avec ton père. J'essaye de gagner ta confiance, Gianna.

— Dans quel but ? Je ne sais pas ce que tu attends de moi, Gage. Je fais ce que tu m'as demandé, pour t'aider à redorer ton blason. J'ai menti à beaucoup de gens, et cela me met mal à l'aise. Je t'ai défendu dignement quand la photo avec Leah Marie est sortie. C'était humiliant, mais je n'ai rien laissé paraître. Tout cela est vraiment difficile pour moi.

— Je te l'ai dit, ce baiser avec Leah était innocent. Et j'apprécie tout ce que tu as fait pour moi. C'est pour ça que je me démène pour ce concert.

— Vraiment ? Ce n'est pas pour améliorer ton image ?

Il serra les lèvres, l'air agacé.

— Non, Gianna. Je le fais pour toi. À toi de décider si tu me crois ou non.

Il se leva et lui tendit la main.

— Allons-y. Il est presque 14 heures.

Gianna glissa la main dans la sienne, mais il n'y avait pas de chaleur dans ce contact. Gage était fâché, et elle se sentait coupable. Elle lui avait dit la vérité, et il avait du mal à l'accepter.

Elle aussi avait du mal à l'accepter.

Mais elle préférait toujours la vérité au mensonge.

Seulement, à présent, elle avait des sentiments pour Gage.

Et son cœur souffrait terriblement.

Les réglages du son étaient faits, les musiciens s'assuraient que tout était en ordre et en état de marche, dans le pavillon de l'université comme sur la scène extérieure. Une équipe s'occupait du spectacle sons et lumières qui clôturerait la soirée. Gage tenait à ce que son public en ait pour son argent.

Près de la scène, Cade et Gage observaient Gianna. Un crayon coincé derrière l'oreille et un porte-bloc à la main, elle discutait avec des étudiants. Elle était dans son élément, comme en témoignait la joie sur son visage.

Gage soupira, le cœur serré.

— Tu lui as annoncé la nouvelle ? demanda Cade.

— Pas encore.

— Parce que tu sais déjà ce qu'elle dira ?

— Oui, Cade. Et je ne suis pas sûr d'être prêt à l'entendre.

— Je ne te comprends pas. Tu as obtenu tout ce que tu voulais.

Hier soir, Gage avait appris qu'il avait décroché le rôle masculin principal dans *Un dimanche dans le Montana*. Regan avait voulu crier la nouvelle sur tous les toits, mais il lui avait fait promettre de garder le secret pendant quelques jours. Sa manageuse était fâchée, et il ne pouvait pas lui en vouloir. Elle avait beaucoup travaillé et, maintenant qu'ils récoltaient les fruits de leurs efforts, elle devait se taire. Néanmoins, elle était présente ce soir, allant et venant pour s'assurer que tout se déroulerait comme prévu.

— Je ne suis pas sûr d'avoir obtenu ce que je voulais, Cade, avoua-t-il.

Il avait peur d'annoncer à Gianna qu'il avait été choisi pour le film. Il craignait qu'elle veuille arrêter leur relation plus tôt, or il n'était pas prêt. Le serait-il un jour ? Et puis, il y avait Leah Marie. Et si l'actrice voulait plus qu'un petit flirt sans conséquence ? Accepter cette opportunité n'était peut-être pas la meilleure décision.

— Pour l'instant, je ne suis sûr de rien, ajouta-t-il.

— Gianna te fait douter de toi ?

— Elle pense que nous ne sommes pas compatibles. Que nous n'avons pas les mêmes aspirations.

— Alors, c'est sérieux avec elle ? Parce que dans le cas contraire, tu dois…

— Bon sang, Cade ! Tu ne vas pas t'y mettre aussi ! Maman m'a déjà fait un sermon. Je ne veux pas faire de mal à Gianna, crois-moi.

— Tu lui as dit ce que tu ressentais pour elle ?

Gage passa la main sur son visage.

— Pas avec des mots.

Cade posa la main sur son épaule.

— Gage, les mots comptent pour les femmes. Elles ont besoin d'être rassurées. En fait, nous avons tous besoin d'être rassurés. Et rappelle-toi, parfois, ce n'est pas ce qu'on dit qui provoque des dégâts, mais ce qu'on ne dit pas.

Gage observa son frère avec étonnement.

— Ce sont de très bons conseils, Cade.

— Je sais. Harper m'a rendu sage.

Gage se fendit d'un petit rire.

Quelques heures plus tard, Gage était sur scène, après avoir livré l'une de ses meilleures performances devant sept mille fans. Il demanda à Gianna de le rejoindre et la remercia pour son investissement au sein d'Apprentissage et Alphabétisation. Puis il s'adressa au public.

— Nous avons récolté beaucoup d'argent grâce à vous, alors un grand merci à tous. Sachez que je compte ajouter sur mes propres fonds la même somme que celle que nous avons recueillie ce soir.

À ces mots, Gianna plaqua la main contre sa bouche,

les larmes aux yeux. Elle murmura un remerciement et prit Gage dans ses bras. Il la serra contre lui, savourant la chaleur de son corps.

Dans le public, des applaudissements et des acclamations retentirent. Gage jeta un coup d'œil à Regan, installée au premier rang. Son regard était glacial. D'habitude, ils discutaient de tout avant de prendre la moindre décision, même quand il dépensait son propre argent. Mais, depuis son retour de Los Angeles, il prenait de plus en plus de décisions seul. Il sourit à sa manageuse. Elle s'en remettrait.

Il aida Gianna à descendre de la scène puis tous deux rejoignirent les membres de sa famille. Des cris s'élevèrent dans la foule pour réclamer une autre chanson. Gage réservait toujours un ou deux de ses tubes pour les rappels.

Le public se tut dès que les musiciens se remirent à jouer. Gage se mit à chanter pour ces milliers de personnes, mais il ne pensa qu'à Gianna.

Il se trompa dans les paroles et plaisanta en disant que c'était dû à son grand âge. Ses fans furent amusés.

Mais, quelques secondes plus tard, les sourires disparurent et une odeur de fumée lui piqua les narines.

— Au feu ! cria quelqu'un.

Gage se retourna et vit des flammes s'élever dans les coulisses. Son groupe quitta précipitamment la scène, et Gage les imita, rejoignant sa famille.

— Partons d'ici ! lança Cade.

— Attendez ! cria Gage.

Il regarda autour de lui, paniqué.

— Où est Gia ? Maman où est-elle ? s'égosilla-t-il par-dessus les hurlements de la foule. Je ne la vois pas !

— Oh ! mon Dieu, fit Rose. Elle m'a dit qu'elle t'attendrait dans les coulisses.

Gage retint son souffle. La scène n'était pas encore totalement envahie par les flammes.

— Je vais la chercher !

Regan apparut soudain et le retint par le bras.

— Non, Gage ! N'y va pas ! Tu ne l'aimes pas ! éructa-t-elle avec véhémence. Ce n'est même pas ta vraie fiancée ! Ne risque pas ta vie pour elle !

Puis la manageuse fondit en larmes.

— Gage, je t'en supplie ! N'y va pas !

— Lâche-moi ! gronda-t-il, se dégageant brusquement. Il faut que je la retrouve !

Couvrant sa bouche et son nez avec son bandana, il se fraya un chemin entre les flammes. Tout en priant pour que Gianna soit saine et sauve.

- 10 -

Deux jours plus tard, dans son appartement, Gianna visionnait une fois de plus le moment exact où sa vie stable avait basculé. Une dizaine de médias, parmi lesquels ses sites de réseaux sociaux préférés, avaient repris la vidéo dans laquelle Regan révélait au monde que Gianna et la star de la country Gage Tremaine étaient des menteurs. Leur supercherie avait été dévoilée. Non seulement Gianna n'avait pas sauvé la réputation de Gage, mais elle avait ruiné la sienne.

— Gianna, arrête de regarder ces vidéos, ordonna Lily.

— Tu te fais du mal pour rien, enchérit Brooke.

Ses deux amies étaient assises à côté d'elle sur le canapé. Parce qu'elles étaient loyales et aimables, elles s'efforçaient de la réconforter.

— Justement, je veux me faire du mal. Je ne veux pas oublier quelle idiote j'ai été. Je veux me rappeler que j'ai tout gâché. Il faut que je retienne cette leçon.

— Tu n'as rien gâché du tout, objecta Lily.

— Ah, non ? Alors pourquoi est-ce que j'ai envoyé ma lettre de démission à l'université ?

— Personne ne te l'a demandé. Tu l'as fait de ton propre chef.

— Je n'ai pas le choix. Je ne peux pas affronter mes étudiants ou le personnel. Je suis trop mortifiée.

— Tu devrais te laisser du temps, suggéra Brooke.

Tu adores ton métier, Gianna. Ce serait dommage que tu abandonnes tout à cause de cette histoire.

— Pourquoi essayes-tu de me réconforter, Brooke ? Je t'ai menti pendant des semaines. Contre mon gré, mais ça n'excuse rien.

— Je comprends tes motivations, Gianna. Je suis toujours ton amie. Ça ne changera jamais.

Gianna grimaça. Ses amies étaient trop gentilles avec elle.

La voix suppliante de Regan s'échappa de l'ordinateur :« Tu ne l'aimes pas ! Ce n'est même pas ta vraie fiancée ! »

— Tu veux bien éteindre ce truc ? marmonna Lily, fermant le clapet de l'ordinateur. Gage s'en veut beaucoup. Il a renvoyé Regan. Il s'avère que c'était elle qui était derrière les scandales. Elle créait secrètement des problèmes pour pouvoir ensuite les régler. De cette manière, elle gardait son emprise sur lui. Elle a fini par avouer que c'était elle qui avait fait fuiter la photo avec Leah Marie. C'est pathétique, quand on y pense. Elle prétend qu'elle est amoureuse de lui depuis des années. Finalement, tout s'est écroulé.

— Je sais, j'ai lu des articles là-dessus, déclara Gianna. Elle ne pensait pas que Gage tomberait amoureux du « rat de bibliothèque ». Oui, même ça, c'est sur Internet.

Gianna ferma les yeux. La blessure de l'humiliation était encore vive.

— Ça prouve seulement que tout n'est pas la faute de Gage, fit valoir Lily.

— Je le sais. C'est moi qui lui ai promis de lui rendre service. Alors je suis responsable.

— Non, tu ne l'es pas, protesta Brooke. Et, Gianna, réfléchis. Gage a bravé les flammes pour te sauver.

— Je sais. Jamais je ne l'oublierai.

Elle lui était infiniment reconnaissante d'avoir essayé

de la sauver. Elle en aurait fait autant pour lui. Mais, pour ce qui était de sauver leur relation, il était déjà trop tard. C'était un fiasco monumental.

Au moins, personne n'avait été blessé dans l'incendie. Pendant qu'elle était dans les coulisses, elle avait vu des étincelles jaillir du dispositif pyrotechnique. Elle avait dit à toutes les personnes présentes de sortir puis s'était précipitée dehors à son tour et avait appelé les secours.

Quand Gage l'avait retrouvée, elle était avec Rose et les autres.

Jamais elle n'oublierait l'expression de soulagement sur son visage noirci par la fumée. Elle avait été émue aux larmes. Gage l'avait serrée très fort et avait déposé une pluie de baisers sur son visage. Cela avait été un moment extraordinaire, mais l'avant et l'après ne seraient jamais aussi parfaits. Alors, elle s'était dégagée de son étreinte.

Elle lui avait rendu sa liberté.

Et elle avait repris la sienne.

Quant à leurs réputations, le mal était fait.

Le scandale de leurs fausses fiançailles avait fait le tour d'Internet.

Gage termina son second verre de whisky et se remit à faire les cent pas dans le salon. Il était de mauvais poil. À dire vrai, cela faisait une semaine qu'il était de mauvaise humeur. Il avait tout gâché avec Gianna. Elle ne répondait pas à ses appels et lui avait envoyé un seul SMS, pour le remercier d'avoir essayé de la sauver. Il se rappelait ses mots exacts. *C'était un geste noble et héroïque.*

Pourtant, il n'avait pas l'impression d'être un héros. Au contraire, il avait le sentiment d'être un minable.

Elle avait quitté le pavillon des invités. Et elle l'avait quitté, lui.

— Tu veux bien t'asseoir, Gage ? Tu me donnes le tournis.

— Désolé, maman, je ne suis pas de bonne compagnie. Je devrais m'en aller.

— Pour aller où ? Ton tourment te suivra partout.

Il hocha la tête.

— Tout est allé de travers, n'est-ce pas ? lança-t-il.

Il s'assit dans un fauteuil à oreilles face à sa mère.

— Les choses vont souvent de travers, mais en général il y a moyen de les arranger, répliqua Rose.

— Pas cette fois. Selon Lily, Gianna va démissionner de son poste. Tu sais à quel point elle adore son travail, dit-il, fixant son verre vide.

— Je le sais, oui.

— Tu lui as parlé ?

— Je lui parle tous les jours. Elle souffre, elle aussi.

— Tout est ma faute. Pas étonnant qu'elle refuse de répondre à mes coups de fil.

— Tout espoir n'est pas perdu, Gage.

— Je ne sais pas, maman. Je me suis comporté comme un mufle égoïste. Quand j'ai cru que Gianna était en danger, rien n'aurait pu m'empêcher d'aller à son secours. Mais maintenant il est peut-être trop tard.

— Alors, tu as bravé les flammes pour la sauver et à présent tu baisses les bras ? Ça n'a pas de sens. Est-ce qu'elle compte si peu pour toi finalement ?

— Comment peux-tu me demander ça ? Je ne veux pas me lancer des fleurs, mais j'ai risqué ma vie pour elle.

— Exactement. C'est ce que tu as fait. Alors n'abandonne pas.

Gage médita les paroles de sa mère. Elle avait raison,

bien sûr. Rose Tremaine avait souvent raison. Il n'avait pas encore épuisé toutes les possibilités.

Gianna valait la peine qu'il prenne des risques.

Une fois encore.

— Tiens, mets ça, ordonna Lily, tendant à Gianna une casquette de base-ball rouge. Mais d'abord, relève tes cheveux.

— Et retire tes lunettes, pour une fois, ajouta Harper. Sois une grande fille et mets tes lentilles de contact.

— Eh bien ! Je ne vous savais pas si autoritaires.

— Allez, obéis ! insista Lily. Tu ne peux pas te terrer dans ton appartement éternellement.

— Ça ne fait que dix jours.

— Ce qu'il te faut, c'est une sortie entre filles, plaida Harper. Et nous allons nous amuser ce soir.

Gianna roula des yeux.

— J'en doute. Vous allez mourir d'ennui avec moi.

Elle se plaça devant le miroir de sa chambre et mit ses lentilles de contact, clignant des yeux plusieurs fois.

— Trésor, tu es tout sauf ennuyeuse, assura Harper.

Ha ! C'était vrai : ses aventures avec Gage avaient été une bonne source de divertissement pour les amateurs de ragots.

Ses amies étaient bien intentionnées, mais elles allaient vite constater qu'elle n'était pas d'humeur à faire la fête. En vérité, elle n'était d'humeur à rien. Pour la première fois de sa vie, elle n'avait pas de projets et ignorait quelle direction prendre. Aucune quantité d'alcool ne pourrait changer cela.

— D'accord, je veux bien sortir une heure. Pas plus.

— Une heure ? s'exclama Lily. C'est trop généreux.

— Après la première demi-heure, tu ne voudras plus repartir, crois-moi, déclara Harper. Eddie prépare un cocktail incroyable, le Texas Tumbler, qui te fera oublier tous tes soucis.

— Très bien, mais j'en prendrai un seul. Gage dit que je ne tiens pas l'alcool.

Lily et Harper sourirent. C'était la première fois depuis des jours que Gianna mentionnait Gage.

— Un seul verre pourrait suffire, avança Harper. Tu es prête ?

— Je ne sais pas, est-ce que vous m'avez suffisamment déguisée ? De toute façon, quelle importance si on me reconnaît ? Un scandale de plus ou de moins…

— Hé ! fit Lily. Nous allons nous amuser, pas nous morfondre !

Gianna se fendit d'un petit rire. Lily avait raison. Elle s'était accordé deux jours d'apitoiement, mais il fallait que cela cesse. Dès ce soir.

— Bien, je suis prête.

Toutes les trois s'engouffrèrent dans la voiture de Lily qui les conduisit jusqu'au centre-ville de Juliet. Elle se gara devant l'Eddie's Bar.

Heureusement, il n'y avait pas encore beaucoup de monde. Le trio s'installa au bar et Lily commanda trois Texas Tumblers.

Elles furent servies rapidement. Gianna avala une gorgée, puis une autre.

— C'est délicieux. Qu'est-ce qu'il y a là-dedans ?

— La question est plutôt : qu'est-ce qu'il n'y a pas là-dedans ? rétorqua Harper.

Soudain, sur l'écran de télévision derrière le bar, le visage de Gage apparut. Il donnait une interview sur une chaîne nationale, dans l'émission de Lucinda Day.

— Je m'en vais, décréta Gianna, pivotant sur son tabouret.

Harper la retint par un bras et Lily par l'autre.

— Vous m'avez piégée ? lança Gianna.

— Je te jure que je n'étais pas au courant, affirma Lily.

— Moi non plus, ajouta Harper. Mais nous sommes là et nous n'allons pas fuir juste parce que Gage passe encore à la télé.

— Comment ça, encore ?

— Eh bien, il a fait beaucoup d'émissions cette semaine.

— Peut-être que nous devrions l'écouter, glissa Lily.

Gianna était piégée. Par ses amies. Par sa propre curiosité. Qu'est-ce que Gage pouvait bien avoir à dire ?

— Vous pouvez monter le son ? demanda Lily au barman.

La voix de Gage devint forte et claire.

— Oui, mes fiançailles étaient au départ un coup publicitaire. Mais tout le reste est vrai. Gianna et moi sommes amis depuis des années. Nos familles sont très proches. Pour être franc, je n'aurais jamais cru tomber amoureux d'elle. Nous étions amis depuis longtemps, mais nous ne nous entendions pas si bien que ça.

Gianna s'affaissa sur son siège. Pourquoi Gage éprouvait-il encore le besoin de parler d'elle ?

— Qu'est-ce qui a changé ? interrogea Lucinda.

— J'ai appris à la connaître. Véritablement. Elle est épatante. Brillante, belle, impertinente. Elle n'a jamais eu peur de me tenir tête.

— Et ça vous plaisait ?

— Oh ! oui, j'adorais ça.

Lily serra sa main, et Gianna ferma les yeux. C'était douloureux de l'entendre parler d'elle de cette manière. Tout était fini entre eux. F-I-N-I.

— Certains disent que vous avez accepté cette interview uniquement pour sauver votre réputation.

— Ma réputation survivra. C'est pour celle de Gianna que je m'inquiète. Elle a travaillé très dur pour en arriver là où elle est aujourd'hui. Elle adore enseigner. Rien de tout cela n'était sa faute. Tout vient de moi. J'assume l'entière responsabilité de cette affaire.

— Alors, pourquoi tout avouer maintenant ?

Gage afficha un de ses sourires irrésistibles.

— Parce que je me suis pris de passion pour la vérité. Grâce à Gianna.

Gianna vida son verre d'un trait.

— Incroyable, murmura Harper.

— En effet, approuva Lily.

— Alors, quelle est votre vérité, Gage ? demanda la présentatrice.

— Ma vérité ? Je ne la révélerai qu'à Gianna.

— Elle paraît facile à deviner. Nous avons tous vu ces images de vous en train de braver le feu pour la sauver.

— Oui, et je le referais sans hésiter.

— J'ai l'impression que vos fans vous voient comme un héros. Peut-être que vous avez raison et que votre réputation survivra à tout cela. Une dernière question : vous avez trente-deux ans et vous n'avez jamais eu de relation durable avec une femme. Avez-vous déjà été amoureux ?

— Non, jamais. Jusqu'à récemment.

Jusqu'à récemment ? Gianna sentit son cœur vibrer.

— Barman ! lança-t-elle.

Il lui fallait un autre verre. Évidemment, ses amies pensaient que Gage disait la vérité. Mais comment Gianna pourrait-elle être sûre qu'il ne mentait pas ? Comment pourrait-elle le croire à nouveau ?

— Il a tout à gagner avec cette interview, lâcha-t-elle.

En avouant ce qui s'est passé, il s'attire la sympathie des gens et… et…

— Il dit la vérité, Gia, l'interrompit Lily. Je connais mon frère.

— Cade pense que Gage est fou de toi, enchérit Harper.

Le barman lui apporta son second verre, et elle en but la moitié en une seule gorgée.

— Peut-on cesser de parler de Gage ? Nous sommes censées nous amuser.

— Trésor, tu es peut-être une femme intelligente, mais pour l'instan, tu es un peu lente à la détente, railla Lily.

— D'accord, d'accord. Pense ce que tu veux, tant que tu me commandes à boire.

Après son interview avec Lucinda Day, qui s'était mieux déroulée que prévu, Gage prit un sandwich à emporter dans un restaurant non loin de la station de télévision. D'habitude, après ce genre d'événements, il dînait avec Regan. Mais ce temps-là était révolu. Les déclarations d'amour de sa manageuse ne l'avaient pas convaincu. Elle avait saboté toutes ses relations, mais il avait été trop aveugle pour le voir.

Il avait été naïf sur quelques autres points aussi. Et il faisait son possible pour réparer les dégâts.

Son téléphone sonna, la photo de Lily apparaissant sur l'écran. Il était plus de 22 heures. D'habitude, elle n'appelait pas si tard.

— Bonsoir, petite sœur.

— Gage, heureusement, tu as décroché !

Elle semblait affolée.

— Pourquoi ? Qu'est-ce qui t'arrive ?

— Gianna va me tuer quand elle saura que je t'ai appelé,

mais tant pis. Nous sommes à l'Eddie's Bar. Nous… nous voulions passer une soirée entre filles. Gianna ne voulait pas venir, mais maintenant elle refuse de partir. Elle a un peu trop bu.

— Bon sang, Lily ! Tu sais qu'elle ne tient pas l'alcool.

— Maintenant, oui. Harper et moi, nous ne sommes pas de taille pour l'emmener de force.

— Je suis dans le quartier. J'arrive.

Gage appuya sur l'accélérateur et après quelques minutes s'arrêta devant le bar. Le cœur battant, il entra dans la salle enfumée et sombre. Gianna était en train de rire toute seule.

Lily l'aperçut et se précipita vers lui.

— Dieu merci, tu es là !

— Combien de verres a-t-elle pris ? demanda-t-il.

— Quatre.

— Des bières ?

— Des Texas Tumblers.

— Enfin, Lily ! Tu as perdu la tête ?

— Nous voulions juste lui remonter le moral.

— Si vous rentriez, Harper et toi ? Je m'occupe du reste.

— Tu en es sûr ? Elle ne sera pas ravie de te voir.

— Dommage pour elle, parce que je ne partirai pas d'ici sans elle.

— D'accord. Merci, dit-elle, l'embrassant sur la joue. Et, Gage, ne gâche pas cette opportunité de lui dire ce que tu ressens pour elle.

— Ce que je ressens à cette minute, il vaut mieux qu'elle ne le sache pas, maugréa-t-il.

Lorsque Harper et Lily furent parties, Gage longea le bar de chêne et s'assit à côté de Gianna.

— Bonsoir, Gianna.

Elle arrêta son verre à mi-chemin de ses lèvres. Gage

lui prit le cocktail des mains et le reposa. Le manque de réaction de Gianna en disait long sur son alcoolémie.

— Qu-qu'est-ce que tu f-fais ici ? bredouilla-t-elle.

— J'avais envie d'un verre.

— P-prends-en un avec Harper et Lily.

— Elles sont parties.

— R-rabat-joie !

Elle s'esclaffa. Apparemment, elle trouvait la situation très drôle.

— Tu auras une sacrée gueule de bois demain, avertit-il.

— Mais p-pour l'instant, ça va.

D'autres rires.

Gage sentit des regards se poser sur eux. Certains clients l'avaient reconnu, et bientôt tout le monde les observerait et chuchoterait dans leur dos.

— Il faut qu'on y aille, Gianna. Ne discute pas, d'accord ?

— Je ne v-veux pas p-partir maintenant.

— Soit tu viens avec moi, soit je te porte pour te faire sortir d'ici. À toi de voir, mais décide-toi vite.

À sa grande surprise, elle descendit aussitôt de son tabouret. Mais elle perdit l'équilibre. Il la rattrapa avant qu'elle ne se retrouve ventre à terre.

— Je… je ne me s-sens pas si b-bien.

— Accroche-toi à moi, chérie.

Il la porta dans ses bras et l'emmena hors du bar.

— C-c'est un enlèvement ? demanda-t-elle.

— En quelque sorte. Tu pourras me faire arrêter demain.

Gage l'installa dans sa voiture tant bien que mal puis boucla sa ceinture de sécurité. Lorsqu'il fut à son tour installé sur son siège, Gianna s'était déjà endormie. Elle serait dans un sale état demain matin.

Plutôt que de la conduire à son appartement, il prit la direction du domaine des Tremaine. Gianna y était chez elle, et il le lui ferait comprendre, d'une manière ou d'une autre.

Lorsqu'ils furent arrivés au pavillon, il mit Gianna au lit et se glissa sous les draps à côté d'elle. Elle gémit un peu, se tenant le ventre.

— Tout ira bien, Gia, murmura-t-il.

Après quelques instants, elle s'endormit. Gage sortit de son lit. Cela l'ennuyait de la laisser seule, mais il ne pouvait pas dormir à ses côtés si elle ne lui avait pas donné son accord. Il posa un verre d'eau et deux aspirines sur la table de chevet. Après quoi, il alla s'allonger sur le canapé, en espérant que Gianna irait mieux demain.

Gianna se réveilla dans la chambre du pavillon des invités. Étonnamment, l'odeur du café qui provenait de la cuisine ne la dégoûta pas trop. Elle se rappelait à peine ce qui s'était passé hier soir, en dehors du fait que Gage s'était montré au bar. L'avait-il portée pour la faire sortir ? Était-ce lui qui l'avait amenée ici et mise au lit ?

Sans doute, songea-t-elle en souriant.

Il était là, dans la cuisine, s'efforçant de ne pas faire de bruit.

Elle avait mal à la tête, mais cela aurait été pire si elle n'avait pas pris les aspirines qui étaient apparues comme par magie sur la table de chevet. Elle avait encore des crampes d'estomac, mais bien moins fortes que quelques heures plus tôt.

Elle se leva lentement, enfilant un grand sweat-shirt gris et nouant sa chevelure en bataille sur le sommet de sa tête.

C'était son allure matinale habituelle, alors autant que Gage la voie telle qu'elle était.

Quand elle arriva dans la cuisine, Gage était en train

de verser du café dans deux tasses. Elle resta sur le seuil pour l'observer. Il portait ses vêtements froissés de la veille, et elle trouvait cela diablement sexy.

— J'aimerais savoir une chose, Gage, déclara-t-elle.

Son cœur tressauta lorsqu'il leva les yeux vers elle. Il y avait dans son regard une émotion qui la troubla.

— Je t'écoute, dit-il.

— Tu n'as jamais pensé à offrir des roses et des chocolats ? Quel genre d'homme va sur une chaîne de télévision nationale pour déclarer sa flamme ? Pourquoi les caméras sont-elles toujours en marche avec toi ?

— Bonjour quand même, Gianna. Comment te sens-tu ?

— Mieux qu'hier. J'imagine que j'ai eu de la chance.

— Prends un peu de café. Ça te fera du bien.

— Réponds à ma question, Gage.

Il posa la cafetière sur la table et avança vers elle, capturant son regard. Fichtre, elle pourrait se noyer dans ses yeux bleus si intenses.

— Tu n'es pas du genre roses et chocolats, ma chérie.

— Ah, non ?

— Non, tu es bien plus que cela. Tu es le genre de femmes qui s'infiltre dans l'esprit d'un homme jusqu'à ce qu'il n'arrive plus à penser.

— Vraiment ?

— Le genre de femme dont l'intellect est ultra-sexy.

Elle déglutit.

— Ultra ?

Il acquiesça.

— Je ne suis pas si brillante. Je n'ai plus de projet de vie en ce moment, Gage. Je suis perdue.

— Tu n'es pas perdue. Et tu n'as rien perdu. Ni ton travail, ni tes amis.

— Comment peux-tu dire ça ?

Avec douceur, il écarta une mèche égarée de son visage. La douce caresse la fit vibrer tout entière.

— Je peux le dire parce que j'ai parlé avec le président de l'université. Il ne veut pas que tu démissionnes. Il ne l'a jamais souhaité.

— C'est vrai ? demanda-t-elle, l'esprit soudain en ébullition.

— Oui. Ils t'adorent et veulent que tu reviennes.

— Tu veux dire que je peux récupérer mon poste ?

Le sourire de Gage dissipa tous ses doutes.

— Tu ne l'as jamais perdu, ma chérie. Mais je te suggère de prendre des congés.

— Pourquoi ?

— Pour commencer, je ne veux plus jouer dans *Un dimanche dans le Montana*.

— C'est vrai ? Pourtant, nos fausses fiançailles avaient pour but de t'aider à obtenir le rôle.

— Je n'ai pas besoin de ce job. Je suis musicien, pas acteur. En fait, je suis soulagé. Je n'ai pas envie d'être séparé de toi pendant trois mois.

— Ah ?

— Non. Tu me manquerais trop. Et puis, nous irons en Europe dès que possible. Il paraît que l'Italie et la Grèce sont magnifiques à cette époque de l'année. Je pense que nous avions bien besoin de vacances, tous les deux.

— Ah, oui ?

— Oui. J'ai tout ce que je veux. Du moins, si je t'ai, toi.

— Moi ?

— Oui, ma douce Gianna.

Il la regarda droit dans les yeux puis se mit sur un genou et prit sa main.

— Tu es très belle, Gianna, physiquement et intérieurement. Je t'aime. De tout mon cœur. Je n'avais jamais été amoureux avant toi, alors il m'a fallu du temps pour reconnaître mes sentiments, mais je ne peux pas imaginer ma vie sans toi.

— Gage, murmura-t-elle.

Elle avait l'impression de rêver.

— Je te veux à mes côtés, pour toujours. Je souhaite que nous fondions une famille. Que nous vieillissions ensemble. Je veux t'emmener en Europe et aller à l'opéra avec toi. Je veux tout cela, mais à une condition. Que tu deviennes ma femme. Gianna, veux-tu m'épouser ?

Elle ne put retenir ses larmes.

— Oh ! Gage ! Je t'aime, moi aussi. Et, oui, je veux t'épouser.

Dès que Gage se releva, elle se jeta dans ses bras. Il l'étreignit et l'embrassa. La saveur exquise de ses lèvres exacerba ses sens. Le baiser était aussi parfait que l'homme qu'elle allait épouser.

Elle caressa sa joue, le cœur empli d'amour.

— J'avais tort sur ton compte, Gage. Tu n'as rien à voir avec mon père. Je suis désolée de t'avoir comparé à lui. Tu veux bien me pardonner ?

— Bien sûr. Je l'avoue, je t'ai donné des raisons de douter de moi. Mais jamais de manière intentionnelle. J'imagine que je suis un peu lent à la détente, parfois.

Elle sourit.

— Tu es un homme merveilleux, Gage. Et Lily va pavoiser longtemps. Elle t'a défendu depuis le début.

— C'est bon à savoir, dit-il en riant.

À nouveau, il l'embrassa. Cette fois, ce baiser était une promesse de ce qui viendrait ce soir. Il lui tardait d'y être.

— Tu es ma fiancée pour de bon à présent, déclara Gage, caressant sa joue.

— Et tu es mon fiancé.

— Gianna, je n’ai jamais été aussi heureux.
— Moi non plus, mon amour.
Elle sourit. Leur avenir s’annonçait radieux.
Loin des caméras.

Retrouvez prochainement,
dans votre collection

PASSIONS

Un ambitieux rival, d'Adriana Herrera - N°989

SÉRIE : HÉRITAGE CONTROVERSÉ 1/2

Quand Esmeralda hérite de l'empire médiatique de son père, elle sait que cela ne plaira pas à tout le monde, et surtout pas à Rodrigo, le protégé de son géniteur – et son ancien amant, qui l'a trahie dix ans plus tôt par pure ambition. Mais, alors qu'ils doivent collaborer, la tension qui les oppose n'a d'égale que la passion qui les rapproche de nouveau. Rodrigo sera-t-il le parfait partenaire, dans les affaires comme dans l'intimité…, ou au contraire ce rival qui causera sa perte ?

Un charme dévastateur, d'Adriana Herrera

SÉRIE : HÉRITAGE CONTROVERSÉ 2/2

Directrice de casting, Perla sait quel serait l'acteur idéal pour son nouveau projet de série. Seul problème ? Gael Montez est aussi son grand amour de jeunesse, celui qui l'a quittée sans ménagement six ans plus tôt. Alors que, résolue à aller de l'avant, elle se rend chez lui pour le convaincre d'accepter le rôle, les voilà bloqués par une tempête de neige ! Si proche de Gael, Perla s'efforce alors d'ignorer son charme dévastateur afin de préserver son cœur…

Dangereux désir, de Niobia Bryant - N°990

Connu pour être le rebelle de sa riche et célèbre famille, Cole n'a qu'une seule règle : ne jamais tomber amoureux. Mais le désir qui brûle entre lui et Jillian, la cheffe personnelle des Cress, est réel, irrésistible – et dangereux. En effet, Jillian vient d'un monde différent du sien, et les Cress seraient prêts à tout pour mettre fin à leur idylle… quitte à les détruire tous les deux.

Le retour d'un Fortune, d'Allison Leigh

Fraîchement arrivé à Austin où il souhaite s'installer, Grayson Fortune engage la belle Billie Pemberton pour le guider dans ses recherches de maison. Entre eux l'attirance est immédiate, mais Grayson garde d'abord ses distances : il n'est pas homme à s'engager et refuse de briser le cœur de Billie. Au fil du temps, pourtant, cette dernière parvient à percer ses défenses et s'évertue à lui prouver qu'il est fait pour l'amour et la famille…

Indomptable play-boy, de Cat Schield - N°991

Lani a été très claire avec Asher, son ancien amant : ce n'est pas parce qu'elle a payé sa caution afin de le sortir de prison et qu'elle emménage avec lui pour le surveiller qu'elle retombera dans ses filets ! Au contraire, elle doit garder la tête froide tant que durera l'enquête qu'elle mène sur le détournement de fonds dont Asher est accusé, et dont il se dit innocent...

Fiancée à un don Juan, de Brenda Harlen

Tout a commencé par un mensonge destiné à dissuader sa mère de jouer les entremetteuses... Mais un baiser brûlant échangé avec Jason Channing a rendu la comédie trop réelle, et voilà maintenant Alyssa fiancée à ce don Juan notoire ! Pire, alors qu'elle apprécie depuis toujours sa vie de célibataire, Alyssa se prend à rêver que Jason soit l'homme qu'il lui faut...

Le défi d'Autumn, de Karen Booth - N°992

SÉRIE : LES HÉRITIERS DE MOONLIGHT RIDGE 2/3

Autumn est bouleversée. Quittée par son fiancé la veille de son mariage, elle vient de perdre toute crédibilité en tant que *wedding planner*... Or, maintenant que sa réputation est ruinée, son travail à Moonlight Ridge est menacé. Grey Holloway, un des héritiers du domaine, s'est montré parfaitement clair : si elle veut conserver son poste, elle devra le convaincre que l'amour n'est pas qu'une illusion. Un défi pour elle car, si Grey fait rêver les femmes, il est surtout un séducteur réfractaire à tout engagement...

Après une nuit d'amour, de Silver James

Profondément indépendante, Britt fait tout pour éviter Cooper, un insupportable beau parleur que le destin ne cesse de mettre sur sa route. Deux fois déjà, elle l'a quitté après une nuit d'amour époustouflante, pour revenir ensuite dans ses bras... Mais aujourd'hui il n'est plus question de fuir, car Britt attend des jumeaux de Cooper !

Une semaine pour t'aimer, de Kristi Gold - N°993

Son mari, Sebastian, est ici, au Texas ? Nasira est furieuse : n'a-t-elle pas été assez claire lorsqu'elle lui a annoncé, trois semaines plus tôt, qu'elle quittait Londres pour aller vivre aux États-Unis et qu'elle tirait un trait sur leur mariage ? Pourtant, face aux efforts que Sebastian déploie pour la reconquérir, Nasira se fixe un ultimatum : elle se laisse une semaine, et pas un jour de plus, pour prendre une décision définitive...

Un jeu risqué, de Katherine Garbera

Belle, séduisante, intelligente... Ferrin a tout de la femme idéale ! Hunter ne pouvait rêver mieux : lui qui doit la charmer, il ne va pas avoir à mentir en lui affirmant qu'elle lui plaît. Pourtant, il doit se méfier. Car s'il a décidé de séduire Ferrin ce n'est pas pour trouver l'amour, mais pour récupérer des documents que possède le père de la jeune femme et qui l'innocenteront du meurtre dont on l'accuse à tort...

Pour le bonheur de Rose, de Catherine Mann - N°994

SÉRIE : LES FRÈRES DE KEY LARGO 1/2

Lorsque Xander, son patron, lui propose de l'épouser, Maureen est désemparée. Bien sûr, il ne s'agirait que d'une union de convenance lui permettant d'obtenir la garde de sa fille, Rose. Et pour elle, qui a besoin d'un visa pour exercer en tant que zoologiste, l'arrangement serait idéal... Bien que tentée, Maureen ne peut s'empêcher d'hésiter. Car devenir la femme de Xander, qu'elle aime en secret depuis leur rencontre, ne serait-ce pas exposer son cœur ?

Enceinte de son patron, de Catherine Mann

SÉRIE : LES FRÈRES DE KEY LARGO 2/2

Le jour où Portia découvre qu'elle est enceinte de son patron, Easton, elle craint de céder à la panique irrépressible qui menace de la submerger : ce moment d'égarement qu'Easton et elle ont partagé, quand ils se sont retrouvés enfermés alors qu'une tempête tropicale grondait, ne devait être qu'une simple parenthèse, et rien de plus... Mais, pour ce bébé qu'elle sent grandir en elle et qu'elle aime déjà, elle est prête à tout. Même à perdre son travail en révélant à Easton qu'il va bientôt être papa...